口絵3

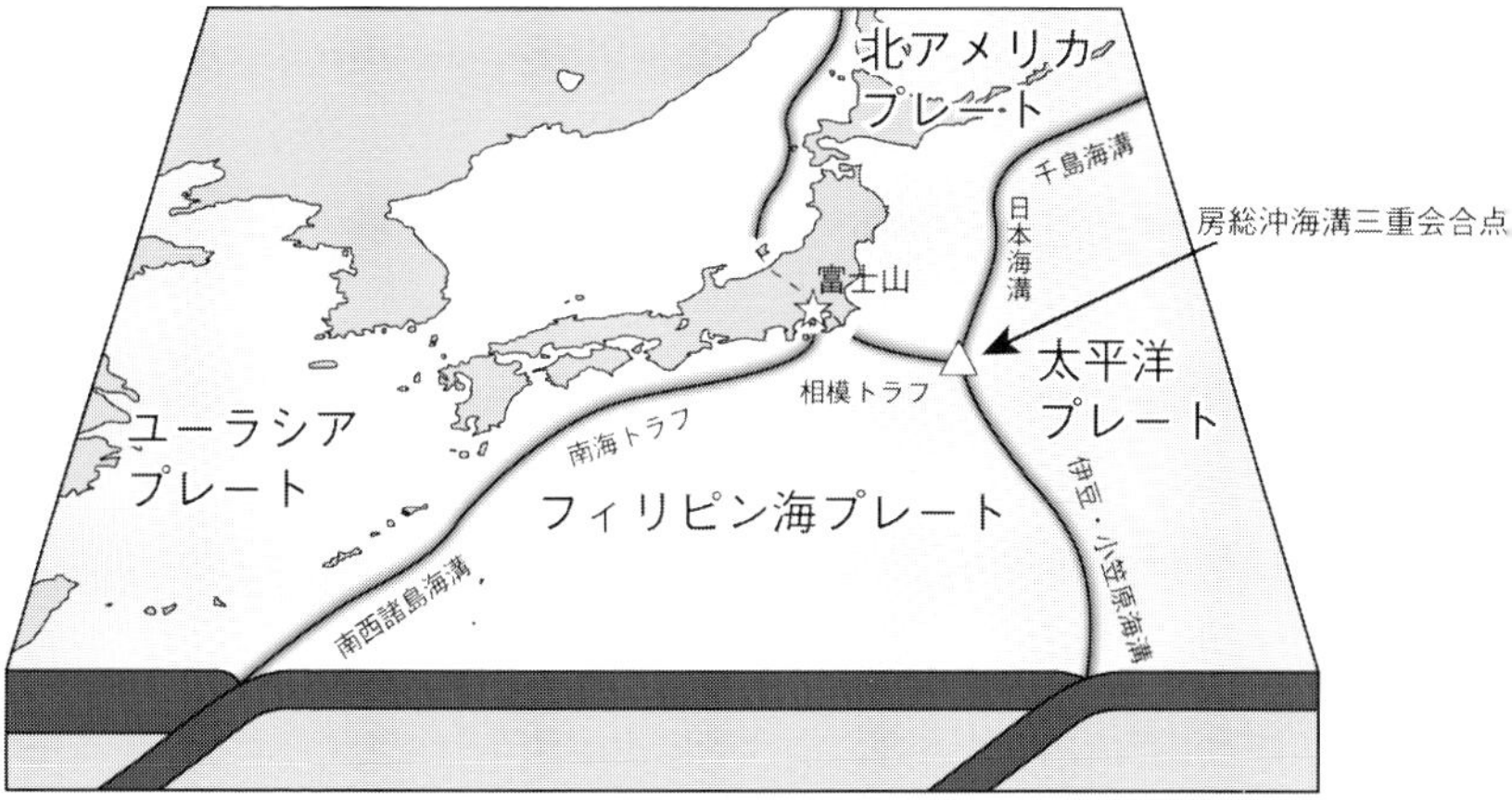
北アメリカ
プレート
千島海溝
日本海溝
房総沖海溝三重会合点
富士山
太平洋
プレート
相模トラフ
ユーラシア
プレート
南海トラフ
フィリピン海プレート
伊豆・小笠原海溝
南西諸島海溝

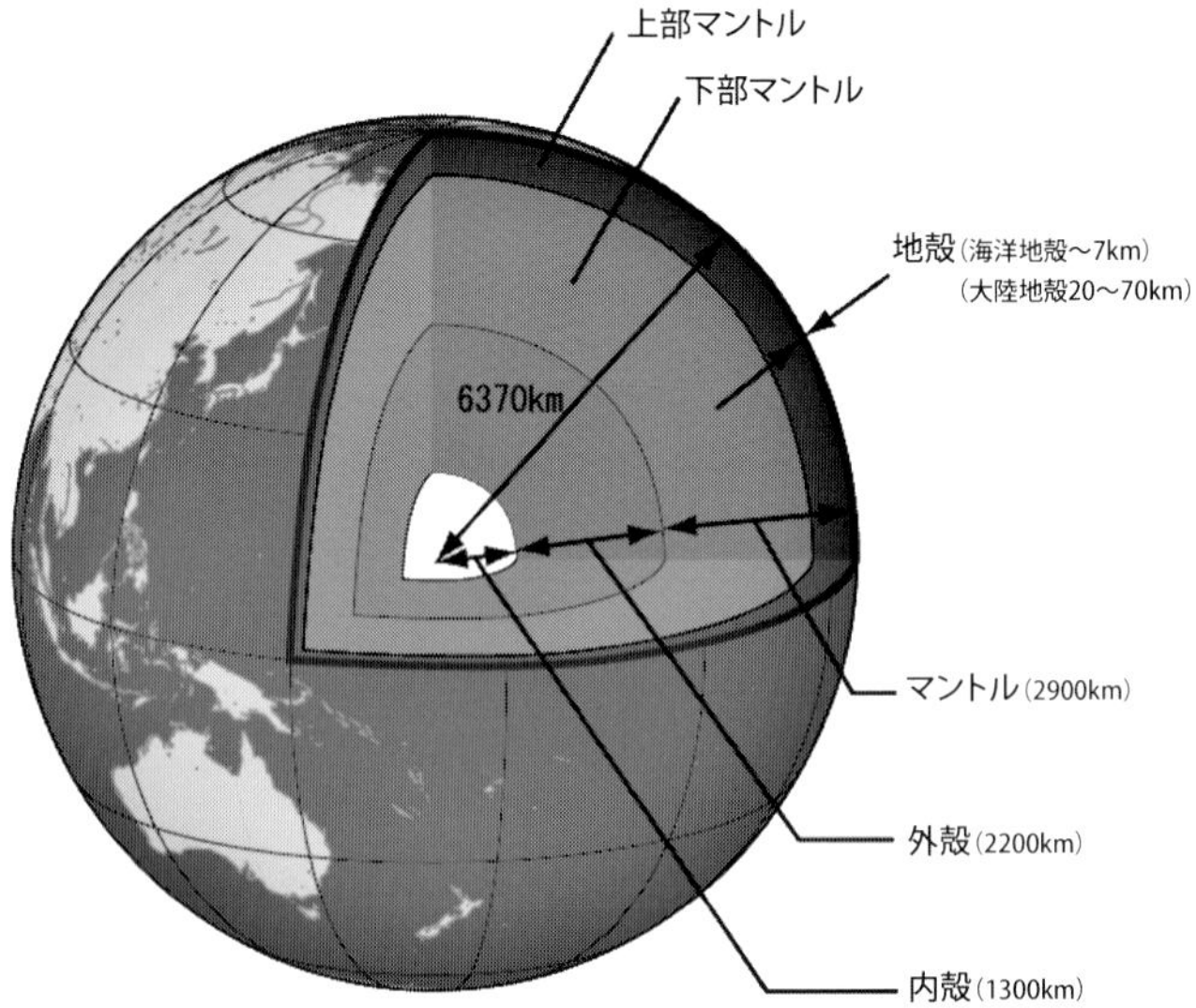

「組成のちがいによる分類」

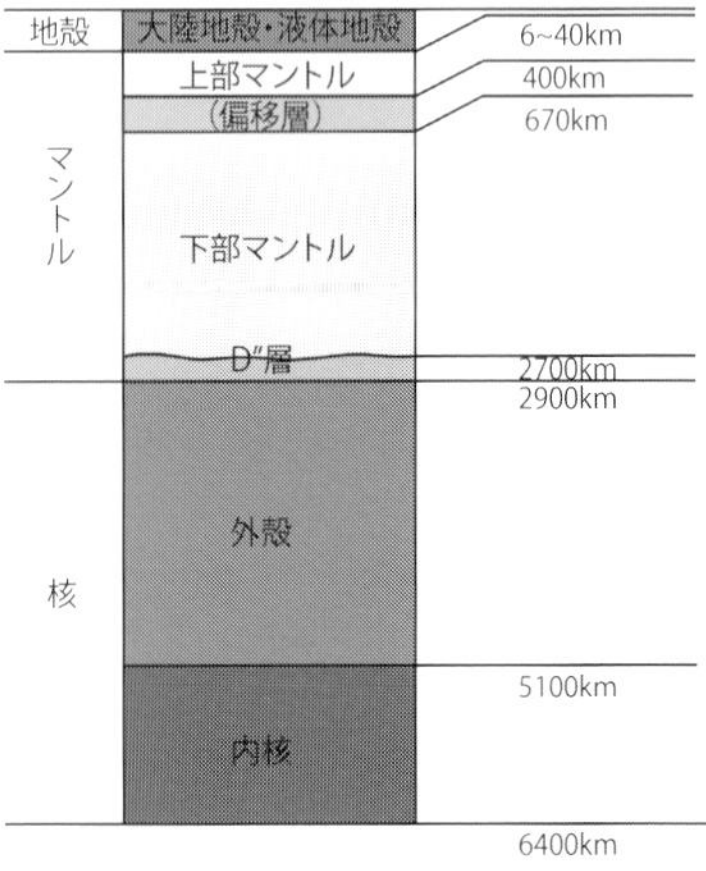

「粘性のちがいによる分類」

炎の環

目次

カナリア諸島

ドレインバック

植民地時代の名残として、スペインは三ヵ所の飛び地をアフリカに領有している。二ヵ所は地中海に面するモロッコ北部のセウタとメリリャであり、もう一ヵ所がアフリカ大陸西方の、七つの島からなるカナリア諸島である。

かつては幸運の島と呼ばれていたが、野犬をそこらじゅうで見かけるのでラテン語の『犬の島《カヌム》』となり、カナリアに変転したという。警察犬のK9《ケナイン》も語源はいっしょである。一六世紀になると、スペイン人が諸島に生息する鳥のフィンチを持ち帰り、カナリアの鳥と呼称され、正式な学名になった。

貿易風そよぐ常春のリゾート地として有名で、人口は二二〇万人だが、ヨーロッパから年間一千万人の旅行者が雲霞《うんか》のごとく訪れ、加えて大陸から数万人が密入国を試みている。

島しょを代表するテネリフェ島は、中央に標高三七一五メートルのテイデ山を擁している。テイデとは先住民族のグアンチェ族の言葉で、地獄や悪魔を意味するエチェイデが由来である。その悪魔を封じ込めた聖なる山は、スペイン本土のピレネー山脈やシエラ・ネバダ山脈よりも標高が高い。国際火山学協会はテイデ山を重要な一〇大火山――つまり世界で危険な一〇座――として指定したことがある。実際、一七〇四年から六年にかけて噴火をおこして、西側の港町をつぶした。直近では一九〇九年に小規模な噴火があった。それから一〇〇年以上休眠しているが、いつでもおき出せる状態だ。

そもそもカナリア諸島全体が活火山からできている。地球深部から高温のマグマが上昇してくるホットスポット帯に位置しているためだ。テネリフェ島の北西にある、ラ・パルマ島のクンブレ・ビエハ山では、いまも噴煙があがっている。

したがってＩＮＶＯＬＣＡＮ《インヴォルカン》（スペイン国立火山センター・カナリア諸島火山研究所）によって、一帯には地震計や地面の歪みを検知する精密観測網が敷かれ、変位を常時モニターしている。

それならば島民と旅行者は安心できるかというと、地球科学はそれほど成熟した学問ではない。世界で監視が行き届いている活火山は半分にも満たない。そもそも活火山の定義すら曖昧である。そんな有様で、災害を防ぐ手立てなど、予算がいくらあっても足りない。

まして海底など、ほとんど手つかずの領域である。

もとより過去にできた地殻の裂罅《れっか》（割れ目）は、何万年にもわたる火山活動で、溶岩が重厚に積まれ、蓋がされている。さらに海底は水圧により、蓋の上に多層の重しを載せている状態である。これら作用のおかげで、高温のマグマは海水との接触が断たれている。

地中下部からマグマの貫入が増えると、岩脈の圧力が高まり、脆弱《ぜいじゃく》な部分を押し広げて、無理にでも逃げ場を探すようになる。このとき岩石が破壊されて高周波の地震となって機器のセンサーが振れる。とはいえ、人間の五感には感知されない微弱な悲鳴だ。

大西洋の地中深くから岩を破砕して移動するマグマは、やがて水深一二〇〇メートルの海底面近くまで上昇する。そこにも太古に噴出した溶岩による重い蓋があり、容易には開口できない。粘性の高いマグマは水平に広がり、より厚みを増して、さらに重くなる。この状態でガスが抜け、冷却により体積はしぼむが、逆に密度は高くなる。上層が重く、下部が軽いという不均衡にあがっていたマグマの塊は、重力安定を求めて落下する。

ドレインバックである。

マグマのあった空間は洞穴になる。ドレインバックの衝撃で天蓋がひび割れ、海水が減圧した内部に吸い込まれる。海水はたちまち加熱限界温度をこえて沸騰し、水蒸気となり、体積を急激に膨らませる。液体の水は水蒸気になると体積は一七〇〇倍になる。地下空間は高温高圧の蒸気溜まりとなり、限界をこえると蒸気爆発をおこす。

これが火山の水蒸気爆発である。

この小規模の噴火で、マグマの滞留していた地殻が崩壊する。

地下に溜まったマグマが急激に減圧して自己破砕で細粒化し、表面積が広がる。マグマ破砕は瞬時に進行し、いっせいに沸騰と急膨張をおこす。

すでに水蒸気爆発で天井が吹き飛ばされている中で、マグマはそれ自体で爆発膨張し、ついには海底火山として周囲の岩石を崩して、脆弱な岩盤をつぎつぎ粉砕し、裂孔から連鎖的に爆発をおこす。

マグマ水蒸気噴火である。

海底火山はおびただしい固形物を巻き込んで猛烈に噴きあげる。

海面までの到達時間は二秒——

ブリティシュ号

イギリスのサウサンプトン港を出航した全長三〇五メートル、全幅四二メートルの大型クルーズ船ブリティシュ号は、五〇〇〇人の乗客乗員を収容して、船隻の多い海域を航海していた。そこはアメリゴ・ヴェスプッチやコロンブスの時代を経て、ヨーロッパとアメリカ、そしてアフリカ大陸を結ぶ海上交通の中継地点となっている。遠洋漁業場としても人気で、マグロやカツオを求めてアジアからもはるばる遠征してくる。

ブリティシュ号はリスボンを経由してモロッコのカサブランカで二日過ごすと、大陸を離れ、カナリア諸島に入り、ふたつの島に寄港した。乗客は常春の島でハイキングなり海水浴なりでほどよく身体を火照らすと、さらに四日後には水色の航跡を引きながら、旅の折り返し地であるテネリフェ島を目指していた。

船長はブリッジに入ると、当直だった副船長と申し送りをおこなった。

「雲が動いているな」

「雲量は多めですが、小一時間で卓越風が払ってくれるでしょう」

「スタビライザーは順調のようだね」

「チーフエンジニアは優秀です」

船の横揺れを軽減させるフィンスタビライザーから、かすかに異音がすると機関室から報告があったので、グラン・カナリア島で修理していた。油圧系統のささいな不具合だったが、これが機能不全すると、背の高い船はタイタニック号並みの阿鼻叫喚の図となる。

船長は先を走る中型貨物船以外に障害物がないことを認識すると、視線をテイデ山の勇姿に向けた。成層火山でありながら、安定感や均整感よりも、鋭く天を突き刺す厳しさが目立つ山体だった。山頂部の溶岩でできた三角の尖塔がそう感じさせるのだ。

「何度見ても、迫力があるな」

「地球の内部から巨人が立ちあがっているように見えます」

航海長が驚嘆のうめきをもらした。ブリッジにいるオフィサーは皆、イギリス人だ。彼の地での最高峰はスコットランドのベン・ネビス山で、一三四五メートルしかない。イギリスはプレートの境界から外れているため、造山活動が低調だった。

「国によっては山を神と崇《あが》めるそうだ」

「北欧やアジアですね。溶岩や火山灰による災害はひどいですが、豊穣な土地をつくります。敬う気持ちもわかりますね」

ブリッジがほんのりと神妙になった。皆、故郷が懐かしくなったのだ。

そんな穏やかな感傷は、船底からの轟《とどろ》く悲鳴で唐突に終焉《しゅうえん》した。巨大なドラムを叩いた渋みがありながら、乾燥した無機的な響きが、船体を不気味に震わせる。

ブリッジの全員が顔を見合わせる。

「なんだ、いまのは」

船長は暗礁をこすったのではと危惧したが、深度は十分あるはずだ。彼の思慮を先読みしたのか、レーダー監視員と二等航海士がすかさず報告した。

「レーダーとソナーに異常なし」

「ＥＣＤＩＳ（電子海図システム）とＡＩＳ（船舶識別装置）にもアラートは出ていません」

「機関長、いまの音はなんだ？」

航海長が船内通信で尋ねた。雑音混じりで返事が入る。

「わかりません。船底から聞こえました」

機関長がディーゼル発電機の稼働音に負けない声を張りあげた。

潜水艦のアクティブソナーにさらされたときにも似ていたが、あれは特徴がはっきりしている。もっと単調で、金属の板を叩く冷たい音だった。これは大西洋の隅々に届く、なにかが力に屈して割れる、強くて痛々しい音波だった。応急修理したフィンスタビライザーが音源とすると、損傷度合も重篤だ。スタビライザーは横揺れの九割を減少させてくれるクルーズ船には必須の装備だ。これを失うと、船は大荒れになる。

船長は瞬時に対応策を一ダースほど練るが、どうもしっくりしない。船の機構でおこる音ではないと、彼の経験が知らせる。

すると、ふたたびおなじ音が船を揺らした。明らかに船底のさらに奥から届くうめきだ。

「こっちではありません。もっと深いところから突きあげてきます」

機関長が意味深なことを伝達する。

こんなに強い圧力をつくる音源は機械装置ではない。それは感覚として判断できる。海軍が爆発物の実験をしているのかと考えたが、ここは国際海事機関が認定した、大型タンカーも入れない特別敏感海域《PSSA》であるため、場所柄、あり得ない。

またもや船殻を共鳴させる音が、ギリシャ神話のセイレーンの誘いを連想させる。セイレーンは歌声で船乗りを海に引きずりこむ魔物だ。これは甘美な歌声ではない。枯れた喉からほとばしる絶叫、テイデ山に閉じ込められた悪魔の猛る叫びだ。

ブリッジから見える範囲を探るが、異変は見つからない。航海士たちも謎が解けず、操船に逡《しゅん》巡《じゅん》していた。少なくともフィンスタビライザーの可能性は却下できる。

いったん静かになったかと思うや、船首右手の海面が盛りあがった。海水の塊、ウォータードームだ。真っ白い水風船が膨らんだと同時に、破裂し、空間に衝撃波が走る。

その直前には海面を揺らす波頭に一筋の線が引かれ、輪を広げてブリティシュ号を横切った。テラスから島を眺める乗客は、白い波頭が通過すると、海中から泡が立つのを目撃していた。海の中を衝撃波が伝わったのだ。

空気中を走る衝撃波も一拍遅れて到達した。

つづけて爆風がブリティシュ号に体当たりし、船体を揺らす。

ものすごい音響がしたはずだが、視覚からの入力に圧倒されて神経系が麻痺し、内耳への圧力だけを感じた。通信士がブリッジに倒れる。船長はからくも持ち手をつかんだので、海面の様子を目撃できた。前を走航する貨物船が忽然《こつぜん》と姿を消した。救難信号は受信していない。状況を理解できない船長は、これは海軍の爆雷だ、という馬鹿げた考えがふたたび頭をよぎったが、すぐに理性が否定した。立ち昇る白い雲状の物体の中に、灰色や黒色が混ざっているのを目にすると、もっとまずい事態になったことを悟った。雲が拡大し、船を襲おうと触手を伸ばす。

船長はようやく自然現象であることに気づいて絶叫する。

「海底火山だ！　両舷全速、取舵いっぱい！　避航せよ、全力で抜け出せ」

豪華クルーズ船の推進用ディーゼル発電機が最高出力で動き、四基のポッド推進器を高速で回す。しかし巨軀の動きは遅々としている。七メートルもあるプロペラが海水を切り分けるが、推進力は惨めなほど無力だ。

ブリティシュ号の船長は消えた貨物船の捜索と、そもそも彼の乗客の安否を懸念すべきだが、それが瑣末にさえ思える光景が展開されようとしていた。

可視範囲の海面全域が張りだして巨大化した。ふたたびウォータードームがぐんぐん膨れ、高さ数十メートルをこえ、重力にあらがえる限界の大きさまで成長すると、膨張がとまった。一瞬しぼむようにも見えたが、不意に破裂する。内部からさっきより何倍も大きな柱が空に昇り、特大の衝撃波が八方へ環を広げて、船に激突した。

テラスの乗客が海に落ちる。落ちずにこらえても衝撃波は急激な加圧変化で鼓膜、肺、体内臓器を損傷して、苦悶にもだえる。

船長が血によってにじむ視力で凝視すると、全長三〇〇メートル余のブリティシュ号でさえ手漕ぎボートに見えるくらいの、荒々しく沸き立つ雲が世界を覆っている。柱だと思ったのだが、眼前に広がるのは北欧神話の怪鳥、フレースヴェルグが翼を広げた姿だった。怪鳥は『死者の魂が還る場所』の化身だ。その怪物の羽根が扇状に拡張し、空からブリティシュ号をのみ込もうとしている。

衝撃波が四度、五度と繰り返し、やや遅れて爆風が届き、海水に固い岩石も交ざる。強化ガラスに細かい傷がつき、それが深くなり、ヒビがつながり亀裂を成して、ついには粉々に割れて、ブリッジにいる全員が風圧になぎ倒された。

船上の乗客は黒ずんだ雲の下部から、海面を走る霧を見た。それは檻《おり》から解放された獣となって、猛然と突進してくる。霞《かすみ》のようだが、ずっと濃厚だ。そしてずっと獰猛だ。色は白っぽかったが、理性の残滓が霞ではないと知らせている。だが、それが火山から噴出された高温のベースサージだと知る由もない。

マグマの混ざった水蒸気爆発は、海底の陥没と隆起を引きおこし、さらに爆風の勢いで海上へ破砕物と気体を一気に噴きあげる。浅い海では噴流の先端が海水をかきだし、トンネルとなって水の抵抗を下げる。後続のマグマ噴流は水蒸気に礫《れき》や岩塊の火砕物が混じる高温の物質として、海上から天に昇り、噴煙となる。

噴煙が上方へ広がるのに対し、海底火山で発生するガスは、海面においては瞬間的に放射状に放出されるため、垂直だけでなく水平にも広がる。ベースサージはガスを主体として、火山灰や粉砕石の混入した高温の粉体流であり、高速で移動するので、噴煙から独立して移動する気体の塊に見える。

よく似た現象に火砕サージがある。これは火山の斜面を流れ下る火砕流の一部であり、やはりガス成分が多く、火砕流より軽く、高速である。

海底噴火ではベースサージがおこりやすい。海水で冷やされるので、火砕サージの七〇〇度よりは低い温度だが、火山砕屑物をともなうと、礫やマグマの固形物は十分高温を維持しており、海水を沸騰させる。重量のある固形物は海に沈むが、その作用によって水蒸気をベースサージに補給して、まるで火を吹きながら原野を走る数千頭のイノシシとなって、勢いを保ったまま猛進する。

噴火地点に近いため火山砕屑物を落としきれていない熱風がクルーズ船のブリッジに侵入し、しかも気体は通り抜けできず、内部に溜まる。そこには蒸気を噴く石や、ガスを吐きだしている火山礫が含まれていて、それより大きい塊は割れて赤黒い溶岩を暴露する。強制排気システムが作動しても、外からなだれ込む量が膨大で役に立たない。

ブリッジ内は闇に包まれる。船員は火傷に身もだえして転がるが、互いの姿はうっすらと影でわかるだけだ。そのうち髪の毛が焦げ、難燃性の制服にすら穴が開く。火山ガスが充満し、生命の灯が順番に消える。

転落しないようにテラスに呆然としてつかまる人々は、火山灰混じりのねっとりした沸騰する蒸気にさらされて、重度の火傷を負い、耐えられずに海に飛び込んだ。

船内にいた乗客はベースサージによる火傷こそ免れたが、彼らへの愚弄はこれからだった。

船尾が海中へ引きずられて傾いた。

海底噴火が周囲の地殻をねじり、亀裂を生じさせる。割れ目噴火で溶岩の下に集まったガスが漏出され、海面へ昇りながら膨張する。水蒸気と二酸化炭素と塩化水素などの混合気体が巨大なガス風船となり、鋼鉄の船体を包んで、瞬間的に浮力を奪ったのだ。そこに噴火の爆風で発生した高低差二〇メートルの津波が激突する。

海に浮かぶ白亜の宮殿がはなはだしく傾く。乗客はウォータースライダーさながらに滑落する。船内のジャイロバランサーが自動で重心を戻そうとするが、すでに体勢を崩したうえ、津波が右舷から襲う。突然のコンピュータの指令にバランサーは追随できず、新たに加わった衝撃に対しては、かえって姿勢を崩す方向に動き、装置の効果を減殺する。バラストウォーターを管理するシステムも異常を検知するが、動作には時間がかかる。

船内の自動警報装置が異変を検知し、船内アナウンスで録音済みの非常事態を宣言する。

『緊急事態です。船が転覆する可能性があります。ライフジャケットを着けて、船員の指示に従ってください。これは演習ではありません。緊急事態です……』

乗客たちは船員に助けを求めるが、彼らも生存に必死で指示の望みはない。船は復原角度をこえて、テラスにいた人々を放りだし、ついに横転した。船内のすべてが投げ出される。

クルーズ船は乗客が滞在するデッキ層の鋼板がうすく、衝撃に弱い。船体が倒れると上層デッキが破壊され、ねじれた船体が苦悶に吠え、鋼鉄の骨格がきしみ、曲がる。肋骨が一本、一本と折られていくようだ。

部屋の形が残っていても、壁に亀裂が入り、濁流がなだれ込む。

レストランのシャンデリアが粉々になり、テーブルも、高級ワインも、カジノのコインも、固定が甘い船内設備とともに、壁や家具に叩きつけられる。吹き飛ばされても意識を失っていない者には、別の試練が待っている。折れた装飾品が、いまは床となった壁でもだえる人間の肉体に食い込み、厨房ではクラムチャウダーの煮立った鍋がひっくり返り、刃渡三〇センチの包丁が降り注ぐ。高熱のガスタービン発電機に落下して焼かれ、トレーニングジムではダンベルが収納棚から飛びあがって、サイクリングマシンにつかまる男の鎖骨を砕く。ブティックの洋服を吊るした壁のポールがむき出しになり、落下で胸を串刺しにされる店員。ランドリーではスチームパイプが破れ、高温の蒸気を浴びるスタッフ。医務室には有毒性のある薬品は規制されているが、医療用の二酸化炭素ガスがバルブからもれて、いまは天井になった壁に手が届かず、部屋に空気がたっぷり残っていながら、医師と看護師は窒息する。

大西洋に落ちた老若男女を、沈む船がつくる渦が巻き込んだ。

ライフジャケットも着ずに海に投げ出され、落下物から身をかわす男性に直撃したのは、留め具が外れた救命ボートだ。その様子を目撃して、必死に泳いで離れる女性にはブリティシュ号の船体がのしかかり、運良く浮遊物を引き寄せて上半身を乗せる老人は、高速回転するポッド推進器のプロペラになぎ倒される。ライフジャケットを偶然手にした乗客は、胸に十字を切ってテラスから飛び降りたが、海面に全身を打ちつけた拍子に、大量の海水を肺に飲み込み、気を失ってそのまま溺死した。

爆発音は継続し、特大の落雷に似た、大地に怒りをぶつける咆哮の後に、ゴロゴロと天の鍋を煮詰める太い響きが混ざっていた。空からだけでなく海中からも音が伝わる。放電が四方に斬り込み、空間を裂いている。火山灰が吹き、噴出物が空爆さながら海に刺さり、ゴルフボール大の氷塊まで降っている。上昇流で大量の水蒸気が急冷されたのだ。海面は瓦礫と軽石で覆われている。

ブリティシュ号が断末魔の身震いをすると、レーダードームが土台から崩れ、客室デッキにぶつかり、細々したものが吹き飛び、噴霧に消えた。横倒しの船から、フィンスタビライザーが瀕死の鯨類の胸ビレのように海面に突きだし、空を漕いでいる。恐竜の雄叫びが船の底から伝わり、どこかが断ち切られ、火花が飛んで、停電になる。

この海域を航行する船舶に搭載される海上遭難安全システムから、自動で遭難信号がいっせいに発報された——死者の魂の還る場所が、ここに開かれたと。

カナリア・ストリーム三五九

カナリア諸島の七つの島で、いちばんアフリカ大陸寄りのランサローテの空港を飛び発ったカナリア・ストリーム三五九便は、貿易風に後押しされてテネリフェ島北側のノルテ空港を目指していた。

本来、機長席は左側だが、この日は昇進試験を受けるため副操縦士がその席を占めていた。機長は補佐役のＰＮＦ（操縦外業務担当）として右席に座っている。

いうまでもなく彼らはテネリフェ島で悲惨な航空機事故が、過去に二度発生しているのを知っていた。

一九七七年には離陸を開始した二機のボーイング７４７――ＫＬＭオランダ航空とパンアメリカン航空――が衝突して五八三人が死亡している。その三年後にイギリスからのチャーター機ダン・エア一〇〇八便が、高度を誤りテネリフェ島の北東、ラ・エスペランサ山に激突し、搭乗者一四六人全員の命を失っている。

彼らの乗る機で三度目のテネリフェの悲劇は御免こうむりたい。それゆえ操縦は格段に慎重になっていた。

空港からの情報では天候は良好だった。風はやや強めだが、この時季には良くあることだ。気流の断崖であるウインドシア予報も出ていない。

カナリア・ストリーム三五九便が高度を下げて七五〇〇フィートになったとき、機体がわずかに横揺れした。いや揺れではなく、数センチすべったといった感じだ。計器にすばやく視線を走らせたが、注意を惹く動きは認められない。機体はそれぞれ個性がある。動作がワンテンポ遅れるもの、旋回時の初動がギクシャクするもの、異音を立てるものと、飛行時間とともに体得してくる。だから三五九便の機体もその個体差と考えたが、その刹那、コックピットのウィンドシールド右下方に、大気を駆け抜ける半球上の円環が見えた。円環は白い波紋を描きながら急拡大している。海中のイルカが気泡のリングで遊ぶときと似ていた。白くなるのは空気が圧縮と膨張により瞬間的な雲ができるためだ。その円環がカナリア・ストリーム三五九便に迫ってきた。

「衝撃波！」

機長が反射的に口にした。彼は湾岸戦争で爆撃地の周辺を飛行したときに、ピンポイント攻撃による衝撃波を経験していた。そのときの恐怖から軍を辞め、カナリア・ストリーム社に転職したのだ、それゆえ超音速の圧力波から逃避できないのも承知している。

円環が広がり、急接近して機体に衝突した。瞬間的に揚力が下がり、機体が揺れたが、それだけだった。アラートは表示されない。アルミ合金の外殻に強い負荷がかかった様子もない。気圧計も安定している。もっとも気圧計は一瞬の変動には反応できない。

機長は原子爆弾の実験にでも遭遇したのではと疑ったが、さすがにそれは荒唐無稽だ。

謎を詮索する余裕もなく、次の衝撃波が襲った。海底火山の噴火が水蒸気爆発から、マグマ水蒸気爆発に発展したのだ。その破壊力は格段に勝る。

前方の厚く張る雲のクッションから、キングコブラのような湧き立つ入道雲が唐突に頭をおこした。ところがコックピットのレーダーにはうっすらとしか映らない。まるで幽霊のようだが、肉眼では明瞭に見えている。コブラの首あたりで雷が走っている。

「噴煙だ！」

副操縦士が火山噴火だと視認した。カナリア諸島に就航する航空機には宿命ともいえる自然現象である。

「左旋回！」

「左旋回！」

機長が声をあげたときには、副操縦士が旧式の操縦桿を左に倒し、ラダーを踏んでいた。カナリア・ストリーム三五九便は左に三〇度バンクして爆風から回避しようとしたが、ほとんど正面から濃密な空気の層に突入した。

衝撃波と爆風は別の物理現象である。衝撃波は音速をこえる鋭いピークを持つ波だが、空気の移動はない。いっぽうの爆風は、濃縮された空気そのものが攻めてくる。

機体が空気のコンクリートに突入して、衝撃が機首から尾翼にまで伝播《でんぱ》した。上昇気流に加え乱流にもまれ、アラートが鳴る。シートベルト着用のサインはだしてあったが、キャビンでは悲鳴が飛び交っている。

バンク角度が深くなりすぎてＢＡＷ（角度警告）が表示され、警報が鳴る。副操縦士が必死にこらえて操縦桿を握る。ＢＡＷになると操縦桿が重くなるのだ。

「こちらキャスト三五九、火山噴火に巻き込まれた」

ＣＡＳＴ《キャスト》はカナリア・ストリームのコールサインである。

「ああ……キャスト三五九、もう一度お願いします」

「火山噴火に遭遇している」

「ＶＡＡＣからの連絡は入っていません」

管制官が見当ちがいの返答をする。

ＶＡＡＣは航空路火山灰情報センターのことであり、出発前のブリーフィングで報告を読んだが、なにも懸念は書かれていなかった。現在地はテネリフェ島沖の洋上である。つまり海底噴火だ。噴火活動を観測して、フランスのトゥールーズにあるセンターが情報を管轄空域へ伝達するには、一五分かかる。

「いま、乱気流にもまれている」

「ええと、こっちでも噴火音が響いてきました。退避できますか」

事情をつかめず管制官はどこか他人事だ。ＢＡＷは鳴り止まない。副操縦士がバンク角度を戻すため操縦桿を引いた。機首が持ちあがるが、その反動で速度が落ち、スティックシェイカーが操縦桿を振動させて失速《ストール》を警告する。

ストール、ストール
スロットルを押して速度をあげるが、乱流により安定しない。失速を避けるために操縦桿を戻し、機首をふたたび下げ、エンジン出力をさらにあげる。短距離フライトのため予備燃料を積んでいないが、まだ残っている。こんどは降下率が高すぎた。

シンクレート
「機首をあげろ」機長が声を高める。

「やってます」副操縦士が即座に応答する。「乱流が激しい」

GPWS（対地接近警報装置）が急激な降下を警告する。まるで暴れ馬に乗って雹《ひょう》の中を走る騎手だ。

「ピッチアップ」

「ピッチアップ」

上向きの強いGがかかる。

「テールプレーンに注意」

「インジケータを読んでください」

尾翼は見えないため、機長が計器の値を伝える。

「AOAが消えている」

「センサーが弾かれたのです」

当惑する機長に副操縦士が冷静に応える。

このセンサーは機体の前部から犬歯みたいに突きだしていて、主翼が受ける気流角度を計測している。外気にさらされているプローブのため、よく壊れるのだが、操縦に慣れていれば必須の計器ではない。

コブラのカマ首を視野いっぱいに見すえる。

機内にケーブル類の被膜が焼ける匂いがした。

「焦げ臭い、なにかが焼けている」

「火災ですか？　警告は点灯していません」

「ノルテ・タワー、火災警告は点灯していないが、その可能性がある」

機長がノルテ空港の管制官へ伝える。

「火元は特定できますか」

「ええと……」機長がニオイの発生源を探るが、多すぎて決められない。「できない」

「キャスト三五九、状況報告できますか」

機長はニオイの素を探した。二〇万点もある部品のどこでも火災の火口《ほくち》になり得る。エンジン、貨物室、コンピュータか？　匂うのはたしかだ。操縦技術に特筆するものがなくても長年コックピットで過ごしたので、空気に異物が混ざっているのは感じた。

「硫黄です、外から入ってきたのです」

副操縦士が先に指摘した。機長も鼻を利かすと、ニオイの中に独特の成分を見つけた。腐った不快な分子が紛れているのを嗅覚が判別した。純粋な硫黄は無臭であり、臭うのは硫化水素である。

「硫黄だ」

「……電波状態が……ない、もう一度……」

雑音が混ざる。アンテナに火山灰が付着して交信を邪魔している。それとも火山雷か。

「火災は取り消す、硫黄だ、火山ガスを取り込んだ」

「硫黄……火災ではないのですね」

「火災ではない」

「濃度は……ですか」

空気を強制排出することもできるが、酸素マスクを装着するルールがある。あれが顔を覆うと操縦しづらくなる。硫黄——硫化水素——は濃度が強くなると嗅覚が麻痺して匂いを感じなくなる。まだその段階ではない。

「この程度なら危険はない」

「キャスト三五九、周波数一一八・一〇〇に……優先使用に……」

「周波数一一八・一〇〇に変更した」

「ああ、感度が良くなりました」

副操縦士は機首を戻すが、気流が激しく暴れるので揚力が乱れて安定しない。いったん機首をあげて高度をかせぐ。機体がブルブル震え、さながらハリケーンの中を飛ぶ紙飛行機である。ストンと機体が落ちたかと思うと、烈風にあおられアクロバット飛行でおなじみのローリングをする。座席の中で左右に揺さぶられる。機長が操縦を替わろうとするがタイミングが悪い。それに副操縦士の判断力と機体操作技術は巧みで、たぶん機長より上だ。機体へ岩つぶてのぶつかる音がする。コックピットのウィンドシールドにも火山灰らしきダストが付着する。

副操縦士は操縦桿を握りつづけた。爆風は急速に通り過ぎていった。彼の操縦する機はなんとかコントロールを取り戻した。目の周りには汗が吹きだしていた。息を止めていたみたいで、胸で深く呼吸する。

「無事に切り抜けた。高度ワン、ファイブ、速度三二〇、ヘディング二七〇」

機長が安堵を隠せない声でテネリフェ島の空港管制に伝えた。

噴煙は雲の上を昇り、貿易風で形を乱して西方へ広がっていく。爆風の厚い層は遠ざかり、乱気流もおさまってきた。TCAS（衝突防止警報システム）から前方を飛んでいたビーチクラフト小型機の機影が消えていた。

火山噴火には三つの様式がある。

マグマに触れて水が急膨張する水蒸気噴火。水蒸気爆発のときにマグマが破砕されて爆発力を増すマグマ水蒸気噴火。それにマグマ自体に含まれる水分や揮発性ガスの急激な発泡で膨大な火山噴出物を放出するマグマ噴火。

通常、威力もこの順番で増す。しかしマグマの組成がおなじ場合、状況次第ではマグマ水蒸気爆発がマグマ噴火を凌駕《りょうが》することもある。いっぽう爆風の威力は距離の二乗に反比例して減衰する。

彼らが直面しているのはマグマ水蒸気噴火であり、初期の衝撃に耐えると危機を逃れる可能性が高くなる。

ノルテ空港への進路が噴煙に阻まれているので、大きく迂回する。機体は速度を落として、アプローチの手順をはじめからやり直した。

危機を乗りこえ、ほっとする間もなく、ふたりは異変に気づいた。

「対気速度は二四〇ノット」

「こちらは三〇〇です」

この機種には左右の操縦席それぞれに、対気速度計がある。だが数値が一致していない。どっちかが故障したのだ。右か、左か。

彼らはなにが進行しているのか、はっきりとわかった。対気速度が異なる値を示すのは、どちらかのピトー管が火山灰でつまったのだ。ピトー管は空気の圧力差から対気速度を測る装置だが、昆虫や氷で閉塞して発生した墜落事故がときどきあった。ピトー管も弾け飛んだＡＯＡと同様に、コックピットから見える機首外部にむき出しで設置されている。

対気速度計が故障しては、オートスロットルは使えないが、空港からの指向性電波の誘導と地上のレーダー計測を補完すればなんとか着陸できる。

機長が操縦を交代しようとしたとき、コックピットが闇に包まれる。泥のような物質が、ウィンドシールドの右半面にべっとり張り付いている。バードストライクを直っ先に連想するが、鳥の血と羽は見当たらず、タールをぶちまけたように視界をさえぎる。機長がワイパーで拭こうとする。

「だめです！」

副操縦士が忠告したときにはウインドウォッシャー液が飛んで、ワイパーが粘着性のある泥を延ばす。

「おお、前が見えない」

「海底火山から固まっていない物質が飛んできたのです、こちらは視界確保できています」

機長が操縦桿から手を離さなかったので、副操縦士が強めの声で宣言した。

「アイ・ハブ・コントロール」

驚愕していたので機長の反応が一瞬遅れた。

「ユー・ハブ・コントロール」

機長に代わって副操縦士が機を掌握した。

計器パネルにシグナルが点滅する。

「推力低下！」

二基あるターボファン・エンジンの出力メーターが低下している。その反対に排気温度が上昇して警告灯が光っている。

この状況はパイロット養成の教科書にも載るインドネシア上空での、有名な事故そのものだった。

一九八二年六月二四日、ロンドン・ヒースロー空港を発った英国航空九便は、ジャカルタ南方の高度三万七〇〇〇フィート（一万一二〇〇メートル）あたりで、ガルングン火山の噴火に遭遇し、ボーイング７４７の四基のエンジンすべてが停止した。全停止はあり得ないとされていたインシデントが発生したのだ。幸運にも一万三五〇〇フィート（四一〇〇メートル）まで降下すると、エンジンの再起動に成功して、全員が無事だった。このとき、前触れとしてウィンドシールドには摩擦によるセントエルモの火が見えた。機長たちは『曳光弾に撃たれているようだ』と表現している。

実は火山による航空機の直接被害は多い。一九八〇年以降、火山噴火による航空機の重大被害は二〇〇件以上発生している。今日では監視の目も充実してきているが、たとえば二〇二二年のトンガ海底での予期しない噴火の現場に遭遇したら、ひとたまりもない。

カナリア・ストリーム三五九便は海底火山からの爆風にのまれ、やむなしとはいえ乱気流内でエンジン出力をあげたため、大量の火山灰を吸い込んだ。昼間なのでセントエルモの火は見えなかったが、より重篤な危機に直面していた。

火山灰はケイ素を主成分とするガラス質の砂である。五五〇度から溶けだし、七〇〇度で溶融してしまう。ジェットエンジンへの気流は、超高速で回転するタービンブレードや、空気を整流するノズルガイドベーンを通過するが、これらはマイクロメートル単位の精度が求められる繊細な部品である。火山灰が溶けて付着し、断熱膨張で冷めて固結すると、精密部品の形状が崩れて気流が乱れる。また冷却孔をふさぐと、エンジンを冷やせなくなり、燃焼が停止する。

「推力ダウン、両エンジン六〇パーセント、ディセント」

「SDS警報、サージングだ！」

サージングはジェットエンジンへの気流が乱れて、圧縮が不完全になり機能低下する現象である。この後につづくのは、エンジン停止である。

海底火山では、水の抵抗を受けて、陸地に比べると噴出物は高くまで飛ばされない。いっぽう海面に到達するまでに冷却されて中途半端に表面だけが硬くなり、空気抵抗に耐えて弾道飛行でぶつかってくる。激突すると、クラスター爆弾となって内容物が飛散する。

「だめだ、エンジンが復帰しない、フレームアウトする」

ミリ単位の火山灰が燃焼室の周りに流入して、一基が二・五トンのエンジンを機能不全に陥らせる。

「キャスト三五九、状況を教えてください」

「エンジン二基ともフレームアウトしそうだ」

「エンジン二基ですか？」

「推力が落ちている、ディセンドしている、エンジン、不完全燃焼、サージング」

「エンジン、サージング、空港まで持ちますか」

オーバーヒートの警告灯が点く。

「右エンジンから発火、燃料供給を止める。機長、燃料供給を停止してください！」

「右エンジン、供給停止、消火する」

「メーデー、メーデー、メーデー、キャスト三五九、右エンジン、フレームアウト、非常事態だ、最大のサポートを求む」

「キャスト三五九、非常事態宣言を受け取った。噴火の影響でここも閉鎖指示が出ている。スール空港へ行けるか」

「無理だ、もたない。ノルテにしてくれ」

「ちょっと待ってくれ」しばしの間。「よし、許可を得た。滑走路を開けておく。そちらの判断を優先する。他機はすべて周辺空港への代替着陸《ダイバート》を指示している」

「感謝する」

「無事の到着を待っている」

副操縦士がトランスポンダーを緊急コード番号に切り替えて、電波に乗せた。

スクォーク、7700
これはメーデーとおなじ意味を持つ無線コードであり、非常事態を通知する標準の手順である。航空機はフライトごとに割り当てられる識別コードに、いくつかの飛行情報を乗せて地上管制へ自動で送信している。ここに緊急時のコードを含ませることができる。7500はハイジャック、7600は無線故障、そして7700は緊急事態である。メーデーのほうが実際の生命に関わる深刻さを表明する手段となっているが、スクォークの利点は管制が航空機を見失わないことにある。

客室からのインターコムが鳴っているが、いまは出られない。機長から覇気が消えている。

「左エンジンの推力四五パーセント、さらに低下している」

シンクレート、シンクレート
警告が無節操にがなりたてる。スティックシェイカーが身もだえる。副操縦士が機体を持ちあげるが、推力を失っているので、どうにか水平を維持するしかできない。さらに機首をあげると、速度が遅くなり失速する。左エンジンの弱った推力だけで高度を維持している。

「推力四〇、下がらないでくれ！」

機長が泣きごとを吐く。

副操縦士はエンジンをいったん冷却させると再起動が可能というのは知っていた。固着した火山灰にヒビが入って吹き飛ぶのだ。しかしエンジンを冷却するにも高度が足りない。さらに再起動には対気速度計で二〇〇ノットが必要だ。ピトー管が閉塞しているので、速度も把握できない。

「排気温度が上昇」

もはや空港まで到達できるか不明だ。万が一、住宅街に墜落したら、大惨事となる。

「不時着水しかありません」

副操縦士が進言した。いや進言ではなく、彼の中では決定事項だ。

「まだ方法があるはずだ」

「高度が低すぎます。チェックリストを読む時間もありません」

「しかし――」

「選択肢はありません！」副操縦士がこれまででいちばん強い口調でいった。つづけて「ノルテ・タワー、われわれは海へ緊急着水する」

「了解、救難即応チームの派遣を要請します」

副操縦士が客室の全フライト・アテンダントに通じるインターコムを鳴らして、緊急通知をした。彼ら、彼女らは一瞬驚いたが、しかし予期していたようで、無駄な会話はなかった。

「五分で周知してください」最後に付け加えた。

「さあ、かかりましょう」

インターコムを切る直前に、皆をまとめるチーフパーサーの号令が聞こえた。

「機長、乗客に伝えてください」

「ああ、そうだ」機長は遠い記憶からメッセージを思いだして、半ば機械的に機内アナウンスをおこなった。「こちら機長です。当機はエンジントラブルにより、水上着陸をおこないます。シートベルトをしっかりと締め、フライト・アテンダントの指示に従ってください。繰り返します……」

水上《ウォーター》？　着陸《ランディング》？　矛盾する言葉に乗客は混乱するが、窓の外には海しか見えない。

プルアップ、プルアップ
コックピットでは機首を引きあげるよう警告が発せられる。

右エンジンが煙を吐いて、尾を引いている。左エンジンの推力もどんどん下がっている。副操縦士側のウィンドシールドも火山灰に削られすりガラス状態となり、視界が狭まっていた。

両エンジンが停止しても、航空機はしばらく滑空できるので、即墜落とはならない。高度一キロメートル降下で水平に二〇キロメートル進めるが、エンジンストールではせいぜい一〇である。

トゥーロウ、テレイン
海面が迫っている。肉眼では距離がわからない。電波高度計は海上でも精度を出せるはずだが、火山灰の雲に覆われての計器飛行は未知だ。

テレイン、テレイン、プルアップ
「左エンジン、フレームアウトする……燃料供給を止める……エンジン・シャットダウン」

完全に推力を失ったカナリア・ストリーム三五九便は、グライダーとなって海面ギリギリを飛行していた。

「着水まで一分」

機長が胸の前で十字を切る。

前方に噴煙が立ち昇り、行手を阻んでいる。噴煙は海面から扇形を描き、怪物が手のひらで万物をつぶそうとしている。稲妻が光る。海底火山の迫力に気を取られていると、ふと手前に白い島が見えた。船だ。クルーズ船が倒れている。座礁か？　そうではない。この機とおなじで噴火の餌食となったのだ。蟻んこくらいのボートがクルーズ船から逃げている。

火山弾が主翼にあたる。ウィンドシールドは傷だらけになり、その隙間から外をのぞいている。

いよいよ海の波まで識別できるようになると、機首をあげて、衝撃を軽減する努力をした。

しかし噴火により海が底からかき乱され、爆風が断続的に襲うので海面が荒れている。泡立つ海が迫る。粗雑に研磨されてすりガラスとなったウィンドシールドが大西洋の飛沫をかぶる。少しでも陸地に近く、救助しやすい場所まで、瀕死の機体を生きながらえさせる。しかし、もう翼には大気を受け止め、重力にあらがう力を生む勢いはなかった。

「衝撃に備えよ！」

副操縦士が声を振り絞って客室へ伝えた。

揚力を消失した機体では水平維持が難しく、潮流に逆らう方向から右の主翼が海の水を切った。

接触した点を中心にして、バレリーナがつま先で円を引くように踊り、前のめり気味に機首が海にのめり込む。機体の全運動量が前部に集中したため、セミモノコック構造の疲労蓄積が進んだ胴体部を破断した。

アリシオス・ホテル

海底噴火は大地と大気と海洋に振動を伝える。大地は地震、大気は空振や爆音である。とりわけ海を伝わるのは津波となって文明社会を襲う。

アリシオス・ホテルはテネリフェ島でいちばんきれいな海岸といわれている場所に近く、喧騒からも離れているので、家族や夫婦での避寒にはうってつけだった。ホテルの評判は良く、客室の稼働率も高かった。課題を強いてあげれば、このところホエール・ウォッチングが徒労に終わっていることくらいである。島にはバンドウイルカやコビレゴンドウなどが近寄ってくるが、この数日は姿がない。おかげで昨日も一昨日も双胴船は港に横付けのままだ。ダイバーたちからウミガメの目撃談も、このところ聞かない。だからオプショナル・ツアーも、カヤックや観光用の潜水艦での海底散策に振り替えていた。

ホテルのプライベート・ビーチで日光浴を楽しむ彼らは、同時に地面の震えを感じた。

海の沖が膨れたかと思うと、直後に空気の濃淡が通過し、爆発音が山にぶつかって反響する。宿泊客がいっせいに音源を探ると、青い海が膨れあがり、力こぶみたいな小山ができると、内部から割れて爆発し、巨大な噴煙が立ち昇った。さっきより強い空気の断崖が椰子の木と、ビーチパラソルと観光客に鞭をふるう。つづいて大地をひっくり返す爆風がホテルを襲い、建物の窓ガラスをことごとく破った。駐車場の車の盗難防止装置がそこかしこで鳴り、ホテルの警報器や周辺の建造物の防犯装置も加わって、コンサート会場の喧騒となった。

宿泊客が沖に手をかざすと、霧が海面を流れて、沖合の大型クルーズ船を包んでいた。霧が晴れてくると人影らしきものが舷側から降っていた。まさか船の乗客だとは考えたくなかった。

するとクルーズ船がなにかに押されて傾きだした。彼らが船を気にしていると、狭霧《さぎり》が島にも近寄ってきた。それがベースサージの先端部だという知識もなく、貿易風が運んでくるミストと勘ちがいするひともいた。彼らが霧をかぶったとき、生ぬるく、ねっとりとして、うっすらと硫黄臭がすることで、火山と関係する現象となんとなく理解した。すでにベースサージの温度は下がり、火山からの噴出物も海に落ちて勢いを失っていたので、彼らは命拾いした。

しかしそれは自然が演じる道化のはじまりにすぎなかった。

宿泊客らは霧に透けて見える海水面が光を受けて輝いているのを目撃した。この距離で波頭が見えるのは、海底に急な傾斜がある場合だが、あいにくそれに該当する場所ではない。いま接近しつつある横一直線に伸びる水平線の偽物は、みるみる背を伸ばしていた。海上を横に広がる線を見分けられるのは、それだけ波高が際立っているということだ。

津波が襲来する前には潮が引くと思っていたが、それが間ちがいだと気づくまで、数秒かかった。実際、津波が海岸を襲う前は引き波だけではない。押し波もあるし、そもそも波の変化に気づかないときもある。

地震が起因となる津波は、海の底で地面の隆起と沈降が広範囲におこるので、エネルギーは巨大だが、水深があるので、海上ではさざなみでしかない。ハリウッド映画に登場する、高波が沖から押し寄せて摩天楼を打ち砕く興奮は、実際の地震ではおこらない。

彼らが直面しているのは地震によるメカニズムとは異なり、隕石の落下映像を上下逆さにしたようなものだ。火山の噴火により、海底の陥没と直後の急激な隆起によって、クレーターの縁《リム》のように波が高まりリム波が発生する。さらにマグマに触れて爆発的に膨張した勢いで海水が排除され空洞《キャビティ》をつくり、直後に空洞がつぶれて海水が高速移動してキャビティ波ができる。これに加えて海底から噴きあがる岩石が海水の渦を生む。これら特性の異なる波が重ね合わさり、複雑な波形を形成し、テネリフェ島の北東部に襲来した。

海底火山による津波は、影響範囲は狭くても、噴煙とともに海面を盛りあげるため、近場では甚大な被害を与える。

「津波だ！　海から離れろ、高い場所へ避難するんだ！」

ホテル従業員たちは年一回、火災とハリケーンの災害対応訓練を受けていたが、津波は入っていなかった。そのため従業員の多くは、宿泊客とおなじ行動をとった。つまり茫然自失したのだ。

不条理な光景から徐々に我にかえっても、さてどこに逃げれば良いのか。そもそも何メートルの津波なのか目測もできなかった。海岸線を走る道路が海水に沈むのは直感としてわかる。その裏は丘陵地となっているので、いくらでも山に避難できるが、時間はとても間に合わない。インドネシアの津波では椰子の木に登って難を逃れたという記事があった。そのため か数人が椰子の木に登りだした。動作はサルに勝るくらい素早かったが、いかんせん思慮はサルより浅い。なぜならプライベート・ビーチの木は最近移植したばかりで、根は張っていないからだ。

逃げ場として残るのは二階建てのホテルだけだ。高さはせいぜい六、七メートル。屋上に出られればもう三メートルくらいはかせげる。それで十分かどうかなんて、あと数分もすれば判明するだろう。

突然サイレンが町中に響いた。電柱や施設に設置されたスピーカーから警報音が絶叫する。津波監視システムがようやく異常な波を検潮したのだ。テネリフェ島だけでなく、カナリア諸島には広く津波観測網が敷かれている。

サイレンに触発されて皆がホテルへ走る。椰子の木に登った愚か者は海を見て、とんでもない事態に怖気づいて、降りる気を消失させていた。

津波は沖合の船舶をのみこみ、圧縮、ねじり、剪断《せんだん》で船体から金属板と鋼材とカーボンファイバーを引き剝がす。さらには観光用の双胴船とダイビング中の船、係留されている小型漁船を木材とプラスチックとガラスに粉砕し、アンテナポールを槍に変えて、沿岸に走りあがった。

波は進路に存在するあらゆる固形物、金属、岩石、木材、コンクリート、泥、機械を搔《か》き込んで、立ちはだかる有機物を千切りにする。

津波の第一波はすでにプライベート・ビーチを蹂躙《じゅうりん》していた。水上バイクを吸いあげると真っ逆さまに落として操縦者をつぶす。ジェットスキー客は無人となったモーターボートのハーネスが足首にからみついて、引きずられるまま海底に沈む。

津波は海を進行する間は海水として振る舞うが、陸地にあがると豹変した。

毎朝丁寧に手入れされている砂浜を、泥と岩屑と浅場に溜まったヘドロで踏みつぶした。椰子の木は根から引き抜かれ、ギザギザの折れ口をさらし、ビーチパラソルの骨材を太い釘に研ぎ、ひとかかえもある海底《うみぞこ》の岩石を狩猟用のハンドアックスにする。

宿泊客の何組かは、とんでもないことに一階の自分たちの部屋にこもっている。破れた窓から成り行きを静観するつもりだ。ホテルスタッフに宿泊客をかばう余裕はなかった。後ろから液体ではない轟音が覆い被さり、万物を微塵に刻もうと金剛の刃を向けている。

逃げ遅れたひとりが、必死になってビーチを走っていたが、「おお、なんだってオレが」というめきを発すると、姿は消えた。

彼らはアリシオス・ホテルの階段を三つ跳びで駆けあがり、二階の踊り場に達した。そこには多少はオツムの働くひとたちがいて、津波の実態に混乱して、身を震わせていた。

すでに波の様相を捨てた流動体は、避難者の目線の高さにまで成長しており、ここでは丸飲みにされるのは歴然としていた。

「低すぎる。高さが足りない」

「のみ込まれる。上へ行くんだ」

だれかが叫んだ。

彼らは階段をつたって屋上に走り、さらにもう一段突き出した塔屋を目指した。

そこには空調設備と給水ポンプが入っている。子どもが転ぶ。両親がかけもどるが、津波の黒い手が延びて、三人を濁流に吸い込んだ。

塔屋に全員は乗りきれないため、ホテルスタッフは梯子《はしご》につかまった。波が襲い、悲鳴があがる。ホテルの外壁に凶器となった船の残骸が激突する。電気回線が青い火花を飛ばして照明が落ちる。椰子の木に乗る男が、津波の頂上で束の間のサーフィンに興じているのを目撃した。

一階に閉じこもった宿泊者の夫は溺れる前に、窓から飛び込んだダイビングのボンベで頭蓋を砕かれた。その妻はクローゼットに入って波をかわそうとしたが、折れた船のアンテナポールで串刺しされてマジックの失敗した出し物となってしまった。別の部屋ではひとまず五体満足だったが、波に押されて壁に磔《はりつけ》になり、胃や肺に汚泥がつまって窒息した。二階でもバルコニーに手をついて観察していたカップルが、波に吸引されてどこかに消えてしまった。その隣の部屋では床が崩れて吹き抜けになったが、落下するどころか水位の上昇でコンクリートの壁に全身を打って気絶し、さらに水圧で内臓を破裂させた。

津波は屋上も襲撃したが、そこには破壊するものがなかった。

塔屋の梯子につかまるホテルスタッフは、ものすごい波の力で引きはがされそうになる。ふくらはぎが刃物で切られる感触があった。砂塵の混ざる流体でこすられ火傷する。背中を激しく打ちつけられる。飛沫で目は開けていられず、その反対に鼻と口から海水が入り喉と胃を焼く。水圧に負けて流されたほうが楽ではと、あきらめの想念がよぎるが、なんとかしがみつく。塔屋の避難者が彼の手をつかんでくれる。めまいがした。視界は閉ざされ、津波は轟音を立てるが、不思議と致命的な打撃は受けなかった。重量物は波の上部には少なく、主に海水の奔流が攻めていたためだ。腕から力が吸い取られ、梯子から手が離れようとした。

するとと急速に波が引いた。悪夢から覚めて、ベッドのうえで幻想の中の絶叫と破壊を思い出して、縮みあがる気分だった。

彼らにはいくつかの幸運が重なった。

第一に、噴火津波は波長が短い。なんとか数分間耐えれば、第一波は去る。地震津波と火山噴火による津波の差異はいくつかあるが、顕著なものとして波長がある。波長、すなわち周期であり、ひとつの波の高まりが開始され、ピークに達し、次の波が到来するまでの時間である。噴火津波は周期が短い。数秒から数分程度である。いっぽう地震津波は三〇分や、大地震になると一時間という長周期になる。

第二に、津波は遠距離になるほど波長が長くなる。津波の波源域では、多種類の波形が群をつくるが、波長の長いほうが移動速度もはやいので、波源域から距離が離れると、先に岸に到達する波長も長くなる。ホテル屋上の塔屋にかかる梯子で、ホテルスタッフが耐えていたのは、海底爆発の現場に近いため、まだ波が分離していない状態だった。

第三に、ホテルの窓が破れ、客室内を波が通過したことで、浸水深が高まることを阻止できた。それにホテルの立地も彼に味方した。入り江でいったん津波は侵入を阻まれ、いくぶんでも破壊力が減殺され、そこから浜に広がったからである。

大波は海岸線の道路のアスファルトをめくり、街灯を倒し、津波警報を鳴らすスピーカーを水中に沈めて黙らせた。レストランを破壊し、オーナーと、給仕の若い女性と、観光客を泥と廃材で埋めた。道路に車を停めて物見遊山する連中を片っ端から、船から剝がれた鋼板で胴体を断ち切り、折れた椰子の木のこん棒と海底の岩で殴り、ビーチパラソルのアルミ支柱でできた槍で突き刺して、砂泥に沈める。作業中だったクレーン船は堤防横の船舶用燃料タンクに穴を開け、そこに給油ポンプの配電盤から火花が飛んで、燃える樽となって形あるものに火をつけて走る。クレーン船はさらに陸に運ばれ、その重い船体でつぎつぎ民家を破壊する。船につぶされなくても基礎土台との結束がいい加減な家屋は、浮きあがって、擁壁やむき出した岩石にぶつかり破壊される。比較的しっかり建てられている病院で診察待ちの患者たちは、逃げ場もなく手を合わせて祈りの言葉を神に捧げたが、その声は建物ごと海水中に没した。別の場所では道路沿いのガソリンスタンドが爆発し、黒煙をあげる。津波は丘陵の果樹園を蹴あがるが、収穫前のバナナやアボカドを乱暴にもぎ取って、ようやく進撃の勢いは消えた。

つづいて引き波が、ゴミとなった粉砕物や瓦礫や人体の一部を掃除ロボットの清掃作業のごとく、一切合切をまるめて海に引き戻す。車の中で身動き取れないひとたちは、生きたまま海底の藻屑となる。津波災害で行方不明者が多いのは、有形物を跡形なく海に引きずりこむからだ。

こういった光景がテネリフェ島の北東部一帯で繰り広げられた。

テイデ山

海底噴火はテイデ山も揺らした。

カナリア諸島最大の島であるテネリフェ島の面積は二〇〇〇平方キロメートルであり、意外にもロンドンより広く、東京都とおなじくらいである。島の中心をスキーのジャンプ台みたいにせりあがるテイデ山の標高は、奇しくも富士山に相当する。つまり首都を循環する山手線の中央に富士山がそびえる景観になる。しかしテイデ山は優美さよりも、威圧感が強い。先住民族の語った悪魔が封じられている火山というのは納得できる。

山の頂上近くまでケーブルカーが走り、標高差一二〇〇メートルを八分間で一気にのぼる。そのため頭痛を訴える登山客が多い。身体が高度に慣れるには時間が短すぎ、高山病にかかりやすいからだ。幼児には入山制限があった。

山麓は色に満ちている。民家の屋根と壁は朱色に白、街路樹は濃い緑、畑ではバナナやトマト、ピーマンの黄色、赤色、淡緑色が目につく。山頂に近くなるにつれ岩石砂漠が広がり、色彩が消失する。そこを覆うのは過去の噴火による火山灰と溶岩、山体崩壊した崖、噴火砂礫の丘である。

鉛直方向だけでなく、南北でも風合いがちがう。強い風に含まれる水分は、山を駆けあがると搾り出される。だから北側斜面は木々が多いが、反対側は茶色の荒地が目立つ。

雲の隙間から、ラ・パルマ、ラ・ゴメラ、エル・イエロの島々を遠望できた。テイデ山の巨体が麓に影を落とす。

「日焼け止めを持ってくるんだった」

鎖を張った頂上で昼食を摂っていたカップルの女性がいった。温暖化は世界のいたるところにおよんでいて、雪はほとんど溶けていた。

「どうせならガスセンサーのほうが役立つよ。硫化水素の匂いがする」

連れの男性が無機質な斜面にあごをしゃくっていった。

「ツアーガイドの解説を小耳にはさんだけれど、アメリカ航空宇宙局が火星探査機の実験場に使っているそうよ」

その団体ツアー客は下山をはじめていた。風が強くなっており、ケーブルカーが止まる前に足早に去っていく。

「生命の枯渇した大地だな。ここは火星なのさ」

「チャールトン・ヘストン主演の『猿の惑星』や、『ワンダーウーマン』の撮影場所でもあるんだって」

「へえ、ワンダーウーマンもあんな服装だとポンポンが冷えるだろうな」

男性がジャンパーのファスナーを締めた。ポケットから登山道でひろった黒光りする礫を取り出す。マグマが急速に冷えてできた黒曜石だ。女性が説明する。

「グアンチェ族は金属を持たなかったけれど、黒曜石を刃物や武器にしていたようね。ポンペイの噴火で亡くなった大プリニウスは、この地を至福者の島と考えたと伝えられている」

「至福者の島って?」

「死後の理想郷よ」

大プリニウスは古代ローマの政治家であり軍人であり、博物学者でもある。彼はヴェスヴィオ火山の噴火に際し、住民の救出活動中に亡くなった。噴火活動を記録した（小）プリニウスは、彼の甥にあたる。

「ぼくの求める理想郷にはほど遠いよ」

女性がしかめ面をした。彼の軽口に対してではない。

「いま地震がなかった？」

「さあ、なにも感じなかったけど」

連れが返事をしたときに、低い振動が届いた。大地ではない。空気の震えだ。テイデ山は標高が高く、空気の層も複雑な動きをするため、高周波の音は削られて、頂上には低周波が残りやすい。そのためゆったりした低音振動として感じられる。

彼らは立ちあがって、四方を見渡した。

「あそこを見て！」

女性が指し示す方向には海しかない。いや、ある。煙がたなびいている。爆発のたびに放射状にリングが広がる。衝撃波の雲だ。

「噴火みたい」

彼らは単眼鏡を取り出して、細部を観察した。噴煙は柱というより幅広に膨らんでいて、まるで威嚇する鳥の翼を見ているようだ。

浅い海での海底火山では、マグマ水蒸気爆発によって、雄鶏の尾《コックステール》の形に似た噴煙を上げる。それは熱と火山弾とマグマの破片が混在した高速の水蒸気ジェット流である。

彼らは非常事態とわかっていたが、不謹慎にも感動すらしていた。

「霧が走っている」

海面を覆う白濁色のテーブルクロス状の幕を、単眼鏡のレンズごしに認識した。ベースサージは遠望では熱せられた路面に昇る陽炎にしか見えない。

ふたりは携帯デバイスで母国の家族へ電話をかけるが、どちらも呼び出し音がひとしきり鳴った後であきらめた。輻輳《ふくそう》のため緊急通報が優先されたのか、中継局の問題かは不明だ。海底ケーブルが切断された可能性もある。

「急いで帰りましょう」

何度か爆発があり地面も揺れた。噴煙の高さは遠近感を考慮しても彼らの目線より上空へ伸び、五〇〇〇メートルに達していそうだ。となると、エアロゾルは成層圏に届いているだろう。これが陸上での噴火だと、夏のない年の再来もあり得ると、聞きかじった知識を思い出した。

自分の呼吸音でかき消されていたが、遠くでサイレンが鳴っている。麓から上昇気流に乗って、かぼそく聞こえる。

「サイレンがきこえない？」

「津波警報よ」

女性が急に立ち止まるので、衝突しそうになる。彼らは海岸を見た。さすがに津波は見えないと思ったが、埃か水煙か判然としないが、北東の海岸線がぼやけている。単眼鏡でも細部はわからないが、とてつもない災難が発生しているのは想像できる。下界での悲鳴が聞こえそうだ。

「なんてことなの……」

女性が悲痛の息をもらす。ふたりは口数も少なく脚を進めた。

ケーブルカーの頂上駅には行列ができていた。山頂までの入山者数は一日一五〇〇人と制限されているが、ケーブルカー駅までならば自由にこられるからだ。

「次が最終便だ。あんたらが最後かい？」

職員たちが心配顔でいった。保守作業員も帰り支度をしている。彼らの気持ちは理解できる。

「後ろにはいなかった。大丈夫だ」

「あれは津波警報だろ、子どもたちは大丈夫かな？　電話かけても通じないんだ」

携帯電話は相変わらず使えない。きっと保守用の固定電話があるはずだが、それを貸してもらうには長い順番待ちができるだろう。それよりもはやく下山したかった。

ツアー客が展望台から北東の噴煙に釘づけになっている。東からの風にからまり、コックステール・ジェットの黒い雲が崩れていく。しかし噴煙はつぎつぎ湧きあがり、テイデ山にも遠くの花火のように空気を騒がせる。ケーブルカーの到着まで時間があるので、カップルは団体客の少ない展望台の端に移動した。

ペットボトルの水で喉を潤していると、島の裏側から地鳴りが轟いた。大地を割り、奈落に突き落とす銅鑼《どら》の連打。ふたりはテイデ山の噴火かと錯覚して、頂上を振り返るが、そこには不動の山が鎮座している。

「西よ、あそこ！」

女性の見る方向は島の西。雲の間から顔を出す外輪山の山嶺《さんれい》が、ロウソクの炎に息を吹きかけたように、ふっと姿が消えた。すると地面が動き、展望台の人々がよろめいた。鉄塔が赤サビを落としてきしみ、ケーブルカーのワイヤーが左右に揺れる。

「地すべり、いや崩落だ」

彼らは心底、恐ろしくなった。これが単なる斜面の滑動でないと理解していたからだ。姿の消えた山嶺の残像は、吹きあがる土煙に入れ替わった。

何秒か経過して、さらに北西の嶺《みね》も連鎖して、土煙を残して山が切り落とされた。登ってくるケーブルカーが揺れて、いまにも落下しそうだが、なんとか堪えた。揺れがおさまるまでケーブルカーは宙吊りになって風に揺れていた。運行が一時停止される。上りの乗客がいないのは幸いだ。帰りは徒歩のほうが安全だ。

「これは山体崩壊よ。海底噴火の振動に誘発されたんだわ」

いくらか科学の知識がある女性が推論を述べた。

カナリア諸島は海底二〇〇〇メートルから立錐する火山島群であり、その成長過程では、地すべりや山体崩壊も多々発生した。周辺海域には幅一〇キロメートルをこえる地すべりが複数あり、堆積物の体積は九〇〇立方キロメートルとも推算されている。その量は三〇〇〇メートル級の山一座に相当する。島にある洞窟も、この崩壊で生じたものだ。テイデ山を含め、テネリフェ島の方々に地すべり跡や岩崩れをおこした断崖がある。北部のアナガ山脈、北西部のサン・フアン・デ・

ラ・ランブラの崖などであり、いまは観光地として整備されている。

彼らのいる場所から被害想定はできなかったが、崩落は島の西側の脆弱な急斜面で発生した。崩れたのは、テノ岬からマスカ峡谷までの四三六号線道路より西側の三ヵ所である。

とくにマスカ峡谷は、峻厳な峰であり、中国の山水画を思わせる幽玄な地形にもなっている。道は狭く、くねくねとつづら折り、少し前まではロバが移動手段だった。海賊たちの隠れ家があったという噂は、たぶん作り話だろう。というのも標高が六〇〇メートルもあり、海の男たちがそんな厳しい山道に我慢できるわけがない。よって住むひとも少ないが、そんな孤立した集落を見学にくる観光客が増え、レストランやカフェまでできている。

崩れたのは集落より下側であったので、住民と観光客の命は助かったが、道が断たれて完全に孤立した。救出はヘリコプターでしかできないが、着地する場所もないので、ホイスト装置で吊りあげることになる。岩屑なだれは流路をさえぎる木々を倒し、土中の岩石をむき出させた。畑をつぶして、乾いた土砂をすくい、時速八五キロで急落下して、海岸線の家屋をことごとくつぶした。土砂の下敷きになったひとは、轟音を耳にしたとたん、苦痛を感じる間もなく、すりつぶされた。

土石流の一部分は海に落下して、津波を引きおこす。

テネリフェ島の西側で発生した山体崩壊は崩落の規模は小さく、人口も少ない地域を襲ったので、北東側の噴火津波より被害は軽かった。それでも岩屑なだれは海に達して大波を発生させた。

津波は隣のラ・パルマ島の海岸線の住民に抜き打ちで襲いかかった。彼らはテネリフェ島の悲劇を速報で聞いており、またカナリア諸島の津波監視システムが、ラ・パルマにも警告を出していたが、それは海底噴火によるもので、波高も五〇センチメートルとされていた。そのため住民の警戒心は波高に反比例して低下し、むしろ海に出て見学する有様だった。だいぶ遅れてから津波監視システムが南東方向からの異常波を検潮したが、情報が錯綜して、結局、ラ・パルマ島への津波警報は更新されなかった。ネットニュースにはテネリフェ島の西海岸での様子が複数、載っていたが、どれも『崖崩れ』と書かれていたので、被害実態とかけ離れた小規模の災害イメージを植えつけてしまった。

五メートルの津波は港の船を翻弄し、海岸線の施設や住居を破壊した。地元の有名なワイナリーも波に急襲され、法律で認定された高級ワインを全損し、醸造施設も使い物にならなくなった。遊泳禁止の海岸でサーファーたちはそれこそ波に乗って、岸壁に叩きつけられ、そのまま海に吸収された。ラ・パルマ島では都市ガス網の整備が遅れており、地域によっては液化石油ガスが使われている。そのタンクのひとつがスロッシング現象で転倒し、電線に接触して爆発した。炎は木々に引火し、大規模な山火事をおこし、島内最大の産業であるバナナ園に延焼した。慢性的に水不足の島では消火もままならず、自然に鎮火するのを見とどけるだけだった。

津波は大西洋を渡り、アメリカ南北大陸に突き進んだ。しかし浅瀬で発生した波は、破壊のエネルギーをカナリア諸島で使い果たして、新大陸での被害は報告されなかった。

この件は別の問題を惹起《じゃっき》する。アメリカ海洋大気庁《NOAA》ではＤＡＲＴと略されるブイ式の津波監視システムを東西海岸の沖に設置している。太平洋側には隙間なくブイが西からの津波の襲来に目を光らせているが、東海岸側は両手の指で余る数しか設置されていない。しかも東海岸のDARTの半数が流出や故障で機能していないことが判明したのだ。歴史を調べてもアメリカ東海岸、すなわち大西洋岸では津波の記録は少ない。一八世紀のリスボン地震と、世界恐慌前のグランドバンクス地震による海底地すべりによるものくらいで、被災範囲も限定的だった。それゆえ監視網も手抜きになっていた。

さらにラ・パルマ島の西側一帯には大規模な亀裂が走っている。もし崩落するとアメリカ東海岸に二五メートルの津波が襲うという研究報告がある。今回の海底噴火で崩れていた可能性もあった。この予算不足に潜在する危機は、どこの国にも共通する課題であるが、ITIC（国際津波監視センター）が各国の協力で張り巡らせた津波監視網に、重大な欠落があることを認識させた。

これだけに終わらない。遠方の海底噴火は安全保障にも脅威を与えた。海中の衝撃波がソーファー層を伝搬して、大西洋の広範囲に設置されている海洋監視装置を破壊したのだ。ソーファー（SOFAR）層とは、海中で音波を遠方まで伝える厚さ数百メートルの自然の導通路である。元は救難用の水中聴音機の名前だったが、軍事目的に転用された。ソーファー層を使ったアメリカ海軍の音響監視システムSOSUSの聴音アレイがいっせいに麻痺して、一時的に索敵能力がいちじるしく低下した。同時刻にロシア軍のボレイ型原子力潜水艦が急浮上して哨戒機に追尾されたのも、なんらかの障害が海底噴火によって発生したためと見られた。

＊　＊　＊

一連の非道な所業が終わると、島の各地で細々とすすり泣きが聞こえ、ボロをまとった生き残りが、海上に湧き立つ噴煙を見上げた。

最大の噴火は過ぎたが、火山活動は止まない。その後も津波は襲来するが、規模はだんだんと小さくなる。三ヵ月もすれば海も落ち着くだろう。これから訪れるのは、火山灰による社会基盤の崩壊だ。

テネリフェ島の主要産業である観光業は当面、成り立たない。それにとどまらず漁場は荒れ、火山灰で農作物も枯れる。交易拠点の港湾も火山噴出物の亜硫酸ガスや塵による設備不良で稼働率が悪くなり、寄港する船も減る。再噴火の恐れがあるためロンドンのロイズ保険組合も引き受けを渋り、掛金は高騰する。そもそも世界市場にとって必須の輸出品があるわけでもないので、そんなケチのついた場所に高価な船舶を寄越す理由がない。

それでも被害は限られている。彼らには世界から支援の手が差し伸べられる。気力さえあればやり直しができる。

東アジア

台湾

先住民が大陸からの来訪者を『ターヤン』と呼称したことから名前のついた台湾島は、二枚のプレート境界に位置している。

太平洋側のフィリピン海プレートと、中国大陸側のユーラシアプレートの狭間にあって、両側から押されるため大地が隆起して、三〇〇〇メートルをこえる高峰が一六四座もできた。とりわけ島の中央にある玉山《ユーシャン》の標高は三九五二メートルであり、東アジアの最高峰を誇っている。日本が統治していた時代には『新高山』とも呼ばれ、日本海軍連合艦隊司令部による真珠湾攻撃を命じた暗号電文の『ニイタカヤマノボレ1208《ひとふたまるはち》』は、この地に由来する。経緯としては、日清戦争の勝利で割譲を受け日本領土となった台湾島に、富士山より高い山があるため『新高山』と名づけられた。つまり日本最高峰の山を制覇しろ、という意味合いから、日米開戦の合図として、暗号に使われたという説がある。さすがにこれほど単純だとするなら、日本の敗戦は出だしから決まっていたことになる。

台湾は南北に幾条もの活断層が走っていて、この百年間だけでもマグニチュード7・0をこえる地震が一〇回以上発生している、世界的にも大地震発生率の高い地域である。発生場所も島のいたるところである。確認されている活断層は四〇条をこえるが、地表に出現していない伏在断層は、神様だって数えたりしない。

六月一〇日になったばかりの深夜〇時五分、台湾島の東四〇キロメートルの太平洋沖でM6・2のプレート境界型地震が発生した。台湾中央気象局の夜勤番は津波を警戒したが、二〇分後に緊張を解いた。震源が三五キロメートルと、この地にしては深く、海底の津波監視システムも異常を検知しなかったからだ。

その八分後に、睡眠中の台湾住民は、天地をひっくり返す激震で、文字どおり寝床から放り出された。

玉山の東にある風光明媚《ふうこうめいび》な観光地である花蓮《ファーリエン》の地下で、逆断層地震が発生した。台湾島の東部を走る複数の断層が連動してすべり、台湾中央気象局の発表でM7・8という当地最大規模の大地震に発展した。変位量は水平に一〇メートル、垂直には八メートルも動いた。

この地震による被害は、北は宜蘭《イーラン》から南の台東《タイドン》市にまでおよび、ビルや家屋の倒壊、堤防と斜面の崩壊、河川の決壊がおきた。またライフラインに直結する道路の寸断や落橋、鉄塔の倒壊、水道施設の破損などが重なり、港湾設備も破壊されて、三ヵ月間にわたり輸出入が滞った。

死者数は一九七一名であり、前回の大地震である一九九九年の集集《チーチー》地震（M7・7）の二四〇〇名より被害が小さかった。これは集集地震と、二〇二四年の台湾東側海域で発生したプレート境界型地震で、欠陥建築物やメンテナンス不良の建物が倒壊したことで、構造物が堅牢になったこと、断層が山岳地に近く、さらに剪断破壊面が断層に沿ってわずか一〇〇メートル幅におさまっていたため、そこに暮らす人口が少なかったからである。

　選挙が近く予定されていたため、台湾野党は集集地震の教訓を活かせなかったと、政府対応を批判した。台湾でも緊急地震速報のシステムが運用されているが、なぜ揺れがくる前に通知されなかったのか。さらに中国では一九七五年の海城《ハイチエン》地震の予知に成功しているのに、いまだ台湾にできない理由はなにか、といった見当ちがいの告発だった。内陸型地震ではほぼ直下型になるので、どんなにシステムの性能が良くても、揺れの最中にしか通知されない。また海城地震では、いくつもの先行現象が観測された幸運な環境にあったからだ。げんに翌年、北京から二〇〇キロメートルしか離れていない地でおきた唐山《タンシャン》地震は、予知できず一〇〇万人が瓦礫の下敷きになり、中国政府発表で二四万人、別の調査報告では六五万人が死亡しているし、その後、明確に予知できたと立証された例はない。

　この地震により台湾北端の大屯《タートウン》火山群が活発化した。火口湖から硫化物の混ざったガスの泡が湧き、別の山では噴気孔の温度が二〇度も高くなった。台湾の中央地質調査所では火山性の群発地震を観測していたが、噴火活動に結びつく兆候は見られなかった。

　台湾中央気象局は、M7・8の大地震と、その二八分前のプレート境界型地震に関連性を見出せなかった。

渤海および白頭山

台湾の野党議員が根拠のない言いがかりで無駄な討論をけしかけてから二週間後、中国の渤海地方でM6・7の地震が、街を揺らした。渤海は中国北東部のロシア沿海地方と、北朝鮮に面する一帯で、七世紀末から一〇世紀にかけて繁栄した国があった。最盛期には唐の国からも『海東の盛国』と称され、日本との交易もされていた。

広大な面積を有する中国だが、大部分が安定したユーラシアプレートに乗っているため、単純な理屈では地震も少ないと想像される。しかし二〇世紀以降だけで一〇〇〇名をこえる犠牲を出した地震が二〇以上ある。

中国南西部の地震の原因は、インド半島——インド亜大陸とも呼ばれる——が南から撞《つ》きあげているためである。この南半球からやってきた陸地の衝突で、インド側がユーラシア大陸の下に沈み込み、接合部分が隆起してヒマラヤ山脈が誕生した。インドの手土産として、山脈からは海洋生物の化石が多数発見されている。衝突帯での地震は顕著で、ネパールやパキスタン、インドさらに中央アジアでも大地震がたびたび発生している。インド半島の撞きあげは激しく、いまだにつづいているため、エベレストの標高は年々五ミリメートルほど高くなっている。

いっぽう中国東部でもインド半島の動きによって押し広げられる力を受け、そのうえ台湾や日本が遭遇しているプレート運動からは圧縮されている。地質学的時間枠で地盤を疲弊蓄積させて断裂帯をつくり、活動期と静穏期を繰り返している。また大河から浸み込む淡水が地殻応力場に影響していて、近代になると人口増により、地下水脈が下がり、鉱物資源の採掘なども不安定要因になっているといわれる。

渤海地方も同様で、先の六五万人を死にいたらしめた唐山地震も、この地域南部にある。台湾地震の一四日後、同地域の吉林省白山《バイシャン》市から通化《トンファ》市にかけて、断層がすべった。揺れは二八秒つづき、台湾の被害をなぞるように倒壊、決壊、崩落により一三五〇人が死亡した。地震の規模はそれほど大きくなかったが、震源の深さが一〇キロメートルと浅く、地震波が構造の弱い建物と共振し、さらに河川に沿って液状化も見られ、ビル倒壊が目立った。

その一〇日後には、三五〇キロメートル離れた北朝鮮と中国に国をわかつ白頭山《ペクトゥサン》で白煙があがった。白頭山は中国では長白山《チャンバイシャン》と呼ばれ、北朝鮮とは呼称だけでなく領有問題まで抱えている。そこに朝鮮半島の正統な政府と自認する韓国までが参戦しているので、決着はつきそうもない。

白頭山（長白山）は活火山であり、有史以来、諸外国の古文書に噴火が記録されている。その中でも最大の噴火は九四六年のもので、火山爆発指数ＶＥＩ７と推定される。ＶＥＩの最大は８であるが、幸いなことに数万年前の出来事である。

渤海国の消滅時期に重なるので、かつては白頭山の噴火が原因とされていた。渤海の史書は残されていないが、朝鮮半島や日本の史料から一一月三日と日付が特定されている。いまでは権力闘争や寒冷化によって渤海は九二六年に滅んだとされるので、とんだ濡れ衣である。

白頭山はその後も噴火をおこし、マグマ移動による火山性地震は継続して観測されていたが、ようやく数百年の眠りについたと考えられていた。

それなのに吉林省の地震に誘発されたのか、山頂の天池カルデラの北朝鮮領側で水蒸気爆発が発生した。北朝鮮はいろいろな事情で白頭山を聖地と崇めているので、おいそれと入山して観測できない。それゆえ確認が遅れたが、中国側の登山客への聞き取り調査と、専門家が中国領内で採集したガスとガラス質の軽石に整合性があり、地下核実験の監視装置が検知した地震波形からも、水蒸気を主体とする噴火と立証された。

水蒸気噴火はカルデラの外輪を崩して、火口湖に溜まった雨水の瀑布を引きおこした。水流は融雪で増水していたため、岩屑を巻き込んで、麓にラハール（火山泥流）を発生させたのが衛星写真で判明しているが、朝鮮中央テレビでは被害報道がされなかった。

吉林省の地震と白頭山の水蒸気噴火を結びつけるはっきりした根拠はない。そもそもどこの国でも、大地震の直後におこる火山噴火との因果関係は解明できていない。中国とロシアは白頭山の動静を注意深く見張る体制をとると発表した。

インドネシア

『インドネシア』とは、インドにギリシャ語の『島々の国』という言葉をつけた造語である。まさに島々からなるインドネシアといえば、地震、火山噴火、津波にさらされる国として、日本やフィリピンと双璧をなす。火山の周囲三〇キロ圏内に住む住民数の比較では、世界順位で四位から八位を占めており、その総計は二四〇〇万人である。別の出典として、USGS（アメリカ地質調査所）のレポートによると、活動中の火山一〇キロ圏内に住む国別人口は、インドネシアがダントツの三三〇〇万人となっている。

インドネシア、フィリピン、日本に共通する地学要素として島弧＝海溝系が挙げられる。海溝とは深海底の溝だが、これができるのはプレート沈み込み帯である。沈んだプレートは圧力によって水分を放出する。炎に水をかけると鎮火するが、相手が一二〇〇度のマントルでは勝手がちがう。水を得たことで、マントルは融点を下げ、逆に溶け出すのだ。すると玄武岩質だったマントルが、流紋岩質のマグマに変わって、軽くなり上昇する。マグマ上昇で火山ができてつくられた陸地が島弧であり、これら太平洋の端にある三つの国である。

インドネシアでの噴火といえば、トバ山であろう。VEI8と推定される噴火で水深五三〇メートルもあるカルデラ湖ができた。時代は七万四〇〇〇年前なので、地質学調査でしか被害は想像できないが、世界の気温は一〇度下がったといわれる。

人類が記録する直近の超巨大噴火は、インドネシアのバリ島に近いタンボラ山によるものであり、白頭山とおなじVEI7であった。一八一五年のことである。タンボラ山が鎮座するスンバワ島の住民一万二〇〇〇人が火砕流にのまれて即死し、生存者はわずか二六人だけだった。隣のロンボク島でも、その後の飢饉や疾病で四万四〇〇〇人が絶命、インドネシアだけで一〇万人の命が失われた。スンバワ地方の島の周囲は軽石と焼け砕けた流木で埋め尽くされて、四つの王国が消滅した。

同国では六八年後にもジャワ島とスマトラ島の間にあったクラカタウ火島が噴火し、二〇〇〇メートルの山が消滅した。あとに残ったのは直径六キロメートルのカルデラと、小粒の三つの島である。噴火規模こそＶＥＩ６だったが、噴煙は高度四〇キロメートルに達し、爆発音はスリランカやオーストラリア南部の人々の耳に入り、最大四八〇〇キロも音波が伝わった。四〇メートルの津波が村々を襲い、火砕流が発生し、サージが時速一〇〇キロのスピードで八〇キロメートル遠方まで流れて、合計三万六〇〇〇人が波とサージにのまれた。

インドネシアはユーラシアプレートの張り出した先に乗っているが、東から太平洋プレートが押し、南西ではスンダ海溝にオーストラリアプレートが沈み込んでいるため、火山噴火と地震がことさら多い。最近の噴火でもスメル山、メラピ山、アグン山と枚挙にいとまがない。

とりわけスマトラ島沖地震による津波被害から、インドネシアは災害対策に力を入れている。ＣＶＧＨＭ（火山地震災害軽減センター）やＢＰＰＴＫＧ（地質災害研究技術センター）などに加え、ＢＮＰＢ（防災庁）とＢＰＢＤ（地方防災局）といった災害対応機関が監視と防災に取り組んでいる。

台湾地震につづき白頭山が鳴動した日から三ヵ月後、ジャワ島東のケルート山が噴火した。この山は従来から噴火活動が激しいので、インドネシアの諸機関にとって、再活動に驚きはなかった。ＣＶＧＨＭの勧告で周辺住民は避難していたが、前回の噴火で誕生した溶岩ドームごと吹き飛んだため、想定より被災範囲が拡大し、火砕流とラハールの襲撃で三五人が亡くなった。ただ大枠では体制が正しく機能したと判断されている。

この成功の裏で、監視体制が整っていない火山の目覚めには気づかなかった。太平洋側のスラウェシ島北東部にあるロコン山が噴火し、火砕流が森林を焼き払った。この火山もときどき噴煙をあげていたが、活発な活動を見せなかったので、監視の優先度は下がっていた。つまり国際協力で設置された観測機器はろくすっぽメンテナンスされず、バッテリー切れで放置されていたり、盗難にあっていても、補充されなかった。観測データがずっと欠落していても対応されなかったのである。ロコン山は成層火山だが、山腹に四万人が住んでいた。彼らの半数が火砕流にのまれた。一〇キロしか離れていない州都のマナドの街は灰色に染まった。島内の液化天然ガス施設は火山の危険性から放棄せざるを得なくなり、隣のニューギニア島インドネシア領にある液化基地も火山灰で操業不能に陥った。国際空港が閉鎖され、ダイビング・スポットの珊瑚礁に致命的な傷をつけた。火山噴出物と崖崩れの礫塊が麓を埋めて、何十年も土砂災害に苦しむことになる。

フィリピン

温暖化の影響か、台風の年間発生数は減っても、個々の破壊力は逆に増している。この三日間フィリピンは動きの遅い台風マールボックによる暴風雨に耐えていた。空は厚く渦巻く雲に閉じられ、複数の堰堤《えんてい》が決壊し、道路は冠水していた。電柱は折れて火花をあげ、下水管は逆流をおこし、交通機関は麻痺していた。

フィリピン科学技術省傘下のPHIVOLCS（国立火山地震研究所）でも所員は出所できず、火山のモニタールームは無人だった。ただし所員が詰めていたとしても、役には立たなかった。というのも火山観測の重点監視対象に入っていない静かな山が活動したからだ。三日前から火山性地震や隆起などの先行現象が発生していたが、それを見つめる目はなかった。

インドネシアのスラウェシ島に近い、ミンダナオ島の南部にある標高二九五四メートルのアポ山が、予期せずマグマ噴火をおこした。アポ山には文書による噴火記録はなかったが、硫黄を含んだ噴気を出しており、決して死んだ火山ではなかった。

噴煙は台風マールボックの雲を破り、一〇キロの高みにまでおよんだ。台風がなければその倍にまでのぼっていただろう。強風によって噴煙が折れて火砕流となって麓を焼灼《しょうしゃく》した。火口からあふれる溶岩はミンダナオ川の源流水域にぶつかり、そこらじゅうで重砲を撃つ激音とともに水蒸気爆発をおこした。この音と振動で山が崩れ、人家が岩屑に埋もれた。

台風の暴風に乗った火山灰は一時間もしないで三〇キロメートル離れたミンダナオ島最大の街であるダバオ市まで運ばれ、下水管をつまらせた。水をたっぷり含んだ火山灰は屋根に粘着し、トランプでできた家さながらにつぶれる。電柱の碍子《がいし》にへばりついた火山灰は漏電をおこして、火災を発生させ、風雨にさらされながら建物が燃える。消防も救急も出動したものの、橋が落ち、道が途切れているので、手も足も出ない。

このときミンダナオ島の沖合八キロで火山活動による海底地すべりが発生し、津波が島にかぎ爪を振りおろした。住民は吹きすさぶ風音と腹部に圧力を感じる太鼓の響きに加えて、耳慣れないざわめきに身動きがとれなくなる。自然災害に再三苦しんできた彼らであっても、慣れることはない。家長は妻と子どもたちと年老いた親を集めて、ただ祈るしかできなかった。

　台風マールボックが去り、いつもの明るい南国の光を浴びる大地は、遺骸さえない黒灰色の荒地となっていた。

関東地方

足柄平野

日本最大の平地は関東平野である。北と西は高峰・秀峰が虫けらごとき浅知恵の人間を睥睨《へいげい》し、東と南は身の程知らずな跳ねっかえりを深淵に引きずりこむ溟海《めいかい》に接している。面積としては国土の五パーセントを占めるだけだが、そこに日本人の三分の一が住んでいる。その狭い土地で国内総生産の四〇パーセントを産み出しているのだから、一極集中もはなはだしい。ひとも工場も多いが、農業生産率は意外と大きく国内の二〇パーセントを占めている。交通網は発達しているが、都心では複雑怪奇なパズル模様となり、一路線の事故が他路線に連鎖する。狭い首都高速道路はいつも渋滞して、細長い駐車場と化している。夏は暑くて湿度も高く、ベトナムやインドからの留学生も辟易《へきえき》している。冬は空っ風吹きすさび、どの家庭にも加湿器が備えられている。自然災害に弱く、数年に一度の台風や雪で、天変地異に遭遇したかのごとくの、あわてぶりだ。

ところで関東地方という言葉には明確な定義がない。一都六県に広がる大地であるが、行政区画を地球科学の定義に使うのは科学界の名折れだ。それなのに学者たちは思慮なく勝手な解釈で関東平野と記述する。

そういうわけだから神奈川県の西部にある足柄平野を、関東平野に組み入れるかどうかも、意見がまとまっていない。そこは神奈川県の西にある、三方を山と丘陵地に囲まれた、東西四キロメートル、南北一二キロメートルの小さな沖積平野である。相模《さがみ》湾へそそぐ酒匂《さかわ》川によって削られてできた。北に丹沢山系、西は箱根連山、東は大磯丘陵に囲まれて、まるで擁壁を築いて関東平野から独立を宣言したような土地になっている。

狭小な足柄平野には四つの町と二つの市がある。それらは北側の松田町、山北町、大井町、開成町、そして平野の中央にある南足柄市を経て、南の小田原市につながる。四町二市の人口は三〇万人に達しないが、面積で二四パーセントしかない小田原市民が全体の三分の二を占める。

丹沢と箱根からの清流が平野を潤して、水資源が豊かであるため、首都圏で騒がれる真夏の水不足には、どこか無関心である。井戸や水の湧く池もそこかしこにあるので、昔からの稲作農業だけでなく、きれいな水が必須となる化粧品や化学製品、食品加工企業などが工場を構えている。気候は温暖だが、最近は温暖を突き抜けてしまっているのは、全国共通だ。

交通の利便性は高く、道路は漢字の『工』の字に走っている。北側の山裾を国道二四六号と、新旧二本の東名高速道路が横切り、南の海岸線にそって国道一号と西湘バイパスが渡っている。西湘とは湘南の西の沿岸部をいう。南北に延びるのは国道二五五号である。小田原厚木道路は神奈川の中央をたすき掛けに切り込んでいるが、酒匂川の河口あたりでようやく小田原に合流する。国道二五五号線を車で南下すると、『これより小田原城下町　美人多し運転注意』の看板が立っているのに気づくが、実際に美人が多い。

鉄道は東海道線と新幹線、小田急線が都心と結んで通勤通学客を朝夕と、車両をいっぱいにして運んでいる。ローカル鉄道が三路線もある。開成町の名刹である最乗寺への参拝鉄道として開業した大雄山線、箱根の温泉街に湯治客をいざなう箱根登山鉄道、そして足柄平野の外周をのんびりと駆ける御殿場線である。

この御殿場線だが、始発駅は小田原の東の端になる国府津《こうづ》駅であり、東海道線との乗り換えができる。東京方面から東海道線に乗って相模湾の濃紺色した海を眺めていると、やがて国府津駅に着く。乗り降りする客も少なく、これといった観光名所を聞くわけでもない場所に、分不相応ともいえる駅舎が建っている。これは鉄道の黎明期、東海道線を延伸すると、峨々《がが》とそびえる箱根連山が障害となって、静岡ひいては大阪まで線路を引くことができないのが明白だったので、国府津から足柄平野を周って沼津につながる迂回路線としたからだ。したがって国府津が東西の要衝となる計画だった。

さて目前で鉄路を断たれた小田原市民は国府津から小田原駅を経て箱根湯本に通じる馬車による独自の交通の便を設立した。これがのちに電気鉄道となり、小田原を発展させる原動力となった。ちなみに当時は、御殿場線が東海道線と命名され、いまの東海道線は熱海《あたみ》線と呼ばれていた。

とはいえ小田原には温泉が湧かない。湯治の先は箱根や熱海、あるいは伊豆半島であり、小田原は都心と観光地を結ぶハブ駅となり、宿泊施設も少なく、やがて駅周辺の賑わいは郊外へ分散していった。

小田原の名産品といえば、かまぼこ、梅干し、干物、寄木細工、漆器などであるが、いまひとつ華やかさに欠ける。ガイドブックでは新鮮な魚介類あふれ、どこで食べてもハズレなし風に書いているが、そんな桃源郷の桃はこの世にはない。地元産を謳《うた》っていても静岡や千葉県産が平然と交ざっているのは、いずこもおなじ。あまり宣伝されていないほうが秀逸だったりする。たとえば足柄ミカンと足柄茶である。どちらも甘すぎず、香りも強すぎず、適度な酸味・渋みを保ち、頬の裏側でほんのり味わう本物嗜好とでもいう仕上がりになっている。歌舞伎に登場する口上の外郎《ういろう》とは、六〇〇年存続する小田原の外郎売り店の商品である。

小田原そして足柄平野ゆかりの著名人といえば、真っ先にあがるのは北条氏一族であろう。北条氏といえば鎌倉時代の将軍家を思い浮かべるかもしれないが、神奈川県西部では小田原北条氏である。京都生まれの伊勢宗瑞《そうずい》（北条早雲）が祖である。伊勢宗瑞は伊豆に出征すると、そこから相模国《さがみのくに》を統治した。宗瑞の嫡男である氏綱《うじつな》が後を継ぎ、小田原城から関東一円を治める。

北条氏を名乗ったのは氏綱からだが、京都出身のよそ者では『他国之逆徒』と軽く見られ、人民の歓心を得ることが難しいとわかっていたため、関東でとおりの良い名を借りたのである。赤の他人の権勢を無闇に拝借したのではなく、伊勢家と旧北条一族には縁があったというのがいまの説である。

公文書に使う北条氏の印判には禄壽應穏《ろくじゅおうおん》と彫られているが、その意は『領民の財産と命の安寧』であった。五代にわたる小田原北条氏の平定によって、庶民は租税改革で負担が減り、城下町は石組みの水道がとおされ、鋳物、染め物、絵画の美術工芸が発展し、目安箱の設置で庶民による直談判も可能とする仕組みもあり、お殿様に忠信する農民も多かった。

どこぞの武家とはちがって小田原北条家には内紛はおこらず、平安を享受していた。それをぶち壊したのが豊臣秀吉である。これまでも強固な総構えの城下を誇り、領民の信頼篤く、農民たちも鍬《くわ》や鋤《すき》を放り出して主君のために戦に馳せ参じ、上杉謙信や武田信玄からの攻撃を蹴散らしていた。それでも相模湾には水軍が、陸地でも豊臣方の敵軍に包囲され、さらにこっそりと南西の山に石造りの城を築いて、森をはらい一夜にして出現したかのごとくの演出に、商人・農民たちは驚愕し、城内でも浮き足立つ姿はしのびなく、ついに無血開城に応じたのである。北条軍三万四三五〇人に対して、豊臣軍は六倍の総勢二一万二七〇人であった。したがって小田原や南足柄の住民は豊臣秀吉を快く思っていない。小田原評定という言葉があるが、あれは足柄平野の人々には民主主義の先駆けとして映っている。

もうひとりの著名人といえば二宮尊徳（金次郎）である。小学校にはたいてい彼の子ども時代の薪を背負って本を読む像が建てられていたが、歩きながらの読書は不適だということで、いまは坐像まであるそうだ。彼は小田急線の栢山《かやま》駅あたりの生活に困らない地主農家に生まれた。足柄平野の中心を貫く酒匂川は暴れ川としても有名で、富士山の宝永噴火がおきてからの百年間は、その噴出物による影響でひときわ深刻な水害が頻発していた。尊徳も幼少のころ、二度の氾濫で土地を荒らされる。それからは父を失い、赤貧に耐える日々であった。その後は母も亡くし、兄弟は離ればなれとなり、彼は伯父の家に身を寄せるが、この頃の姿があの像のモチーフになっている。彼はそれから才覚をがぜん発揮し、没落した生家だけでなく、二宮本家まで再興させる。さらには小田原家老の服部家の財政を五年で再建し、小田原藩主の大久保家に伝わりその分家も立て直した。分家の村では妨害工作にも遭い、彼も腹にすえかねて姿をくらましたりもした。しかし一八三〇年代の天保の飢饉でも村から死者を出さずに乗り切り、方々から教えを請うものがあらわれた。栢山村の百姓の倅《せがれ》が武家に尊ばれ、数百もの農村を指導し、貧困な小作農を救済した。足柄平野には彼を讃える記念碑が各地に祀られている。

ところで観光客は小田原を乗り換え駅として利用しがちなので、時間が余らないと駅から散策に乗り出したりしない。さりとて駅周辺の見どころといえば小田原城くらいである。宿場町の面影も城のお堀周辺に点在するだけである。北条氏ゆかりの城であるが、地震で幾たびも破壊されている。最後は廃城となり取り壊しされたが、昭和三五年（一九六〇年）になって復元された。設計図が不完全なので、復興とはならない。それで開き直ったのか、小田原城はコンクリート造りで形ばかりは蘇ったものの、あろうことか天守に観覧用の高欄《こうらん》と廻縁《まわりえん》をつけてしまった。当時の文部省も反対したのに、市役所からの強い要求に応じざるを得なかったのだ。設計者は『遺憾の限り』と書き記している。二〇一六年には耐震補強のため大改修を終えたが、残念なことに、もはや史跡としての価値はない。その代わり、場内は常設展示を刷新し、いささか郷土愛あふれる演出で、一見の価値がある。

さて奥深い歴史と、豊かな自然にはぐくまれ、生活に不便のない小田原、そして足柄平野だが、ひとつ忘れてならない深刻な悩みがあった。

温泉地学研究所

相原純一は電車で研究所に通っている。自宅は大雄山線の五百羅漢《ごひゃくらかん》駅から徒歩一〇分のところで、狩川が酒匂川と合流するあたりの丘陵地にある。大雄山線は単線で、無人駅もあるが、誠に便利な三輌編成の鉄道で、朝夕は一二分毎に発着するので時刻表がいらない。遅延など滅多にないし、混雑具合はいわずもがなである。

相原はこの地に生まれ、地元の高校から北海道大学へ進んだ。大学院を修了してさらに三年間、北大附属の地震火山研究観測センターで過ごしたので、身体は寒さに慣れたつもりだったのだが、三月の小田原とはいえ、手袋なしではつらかった。車で通っても良いのだが、短時間だけでも携帯デバイスで論文を読めるので、あえて電車を選んでいる。

観光客は小田原駅で箱根の強羅《ごうら》までをつなぐスイッチバック方式の箱根登山鉄道に乗り換えるつもりだろうが、それは昔の話だ。いまは箱根湯本まで小田急線が乗り入れているので、登山鉄道の姿はしばしお預けとなる。登山鉄道は日本でもっとも急勾配な線路を走るため、車輪を止めるブレーキだけでなく、レールに圧着する方式も装備されている。ちなみに箱根登山鉄道は関東では大学駅伝の第五区として、選手が急坂を駆けのぼる映像でも馴染みである。かつて小涌谷の踏切での駅伝選手たちの立ち往生は、ちょっとした波乱が見られる迷所だった。

小田原から三つ目の入生田《いりうだ》駅は、ここが神奈川県かと思わせるような山奥の集落の雰囲気を漂わせている。駅を出て車がとおれない狭いガードをくぐり、階段をのぼると、国道一号線の上に陸橋が架かり、三分で神奈川県立の『生命の星・地球博物館』に到着する。

　そこは国立博物館にも勝る展示物がところ狭しと並んでいて、地層・岩石、恐竜のレプリカや、化石、昆虫といった地球と丹沢地方の歴史をたどる構成になっていて、科学に興味ないひとには手頃なアトラクションとして、興味があれば格好の学びの場として、年間三〇万人が来館している。

　博物館から狭い道路を挟んだところにあるのが、地上三階建ての神奈川県立温泉地学研究所である。

　もとは箱根の温泉資源の保護と利用を目的とした組織だったが、県行政の改正で温泉以外の地質や地震、火山についての研究と観測をになう専門機関として運営されている。改組されたのはちょうど東海地震が騒がれていたころであり、研究所の主目的は、いよいよ目前に迫った大地震の前兆をとらえることだと巷間をざわつかせたが、それは正しい。実際に予知することが目的だった。とはいえ東海地震がニュース種から消え、予知の名目もたびかさなる大震災の不意打ちに廃れ、南海トラフ地震に耳目が集中する中で、研究所は存在意義を世間に説明する義務が出てくる。

　よって研究所というのだから、観測データの公表だけではなく、まさに研究発表が求められる。県立といっても、あまたある地方都市の中途半端な寄せ合い機関ではなく、本格的な研究に取り組んでいる。そこは町田研究課長のもと、発表論文も多く、第三者機関からも高評価を得ている。

　県の所管も衛生部から、環境部、環境農政部、防災局、安全防災局と、コロコロ変わったが、近年の方向性は明確だ。防災である。

「ハラさん、これ見てくださいよ」

朝いちばんの大声は一日の体調維持に関わる。所員の半分が県内外の調査に出かけている日はとくにだ。声の主は客員研究員の府川だった。前月着任したばかりだが、席が隣なので、気さくに話しかけてくる。歳を聞いたことはないが、まだ博士課程の前期なので五歳くらいの差だろう。彼が小瓶をつまんで相原に自慢した。中につまっているのは土だ。

「ATnだな」

相原はちらっと見るだけで、コンピュータ画面に注目した。

「ウゲッ、一発っすか」

府川が希少生物でもつぶしたような声を漏らした。

「こんなあからさまな証拠を見逃したら、ぼくはクビになるよ」

「ろくすっぽ見ないで、なんでわかるんですか?」

「先週、丹沢に登るっていってたろ」

相原はGNSS（衛星測位システム）の水平変位速度場データを観察しながら、府川の問いに答えた。

「いいましたよ、で?」

「小瓶には黄土色したガラス質の交じる土がある」

「それから?」

「きみの目下の研究テーマは、火山灰の拡散モデルだったね。すると、どうなる?」

「なるほど三つの共通といえばＡＴｎしかあり得ないわけですか」

府川がようやく納得した。ＡＴｎとは姶良《あいら》・丹沢火山灰のことである。姶良とは火山学者にとって鹿児島県の市の名前ではなく、姶良カルデラを指す。鹿児島の錦江湾《きんこう》北部、桜島より九州側の海は、二万九〇〇〇年前にウルトラプリニー式の大噴火をおこして、直径二〇キロの窪地、すなわちカルデラをつくった。それが霧島市と姶良市に接する錦江湾の北部となっている。ＶＥＩは7だが8に近いという研究もある。マグマ噴出の総量は日本最大規模の九〇〇立方キロメートルという。火山噴出物は一立方キロメートルで大規模扱いになる。タンボラ山の噴出量が一五〇立方キロメートルなので、その量たるや想像をこえる。火山灰は東に流され、日本各地どころか世界に広まった。丹沢で見つかったのでＡＴｎと呼ばれるが、火山灰の炭素同位体比から姶良カルデラの火山灰と識別できるため、世界の共通した地質時代のカレンダーである『鍵層《かぎそう》』としてＡＴｎは利用される。

「火山灰を集めているのか？」

「ぼくのテフラ・コレクションですよ。三二個目です。姶良カルデラだけで四ヵ所あります。それに鬼界アカホヤと阿蘇山、白頭山にピナツボ火山、支笏《しこつ》カルデラに富士山……こんど、見にきてくださいよ」

「そのうちにな。これだから火山屋は世間から浮世離れした変人に見られるんだな」

「そういう半分火山をやっている地震屋さんは、なに見てんですか」

府川のいうとおり、相原は自分を地震専門と考えたことはない。彼の専門は研究所のホームページにも記載されている地殻活動全般である。地殻といっても、せいぜい数十キロメートルの地球の薄皮にこだわっていない。そこには地震はむろん、プレート運動や火山を含んでいる。

「三次元変位のベクトル解析だ」

彼の見る画面には足柄平野を中心にした神奈川県全域と伊豆半島から富士山までの地図が表示されている。衛星測位システムと、研究所が二〇ヵ所に設置した傾斜計や光波測量機器などのデータが視覚的にまとめられている。

「伊豆半島は北西に押されているのに、小田原は北東方向の応力がかかっているんですね」

「フィリピン海プレートが伊豆半島を時計回りに倒そうとしているんだ」

「伊豆半島の付け根は動きがないけれど、東側は太平洋プレートに沈んでいる。つまり急角度に沈んでいるために相模湾の海底に断層ができたというわけですか」

「それが西相模湾断裂帯、通称ＷＳＢＦだ」

西相模湾断裂帯は伊豆半島に平行する断層である。足柄平野を南北に渡り、小田原直下をとおり、相模湾に入って、初島に到達している。ただし目視できていない想像の断裂である。相模湾北西部のプレート構造は複雑で、理解も一筋縄にいかない。しかし地質調査や地震発生の様子、地盤の応力解析などの状況証拠から存在の強い根拠がそろっていた。

相原が研究しているのはまさにこの断裂帯と、小田原地震、そして富士山の関係だった。

小田原地震というのは、正式名称ではない。神奈川県西部を震源域とする一連の地震であるが、Ｍ７クラスの地震をあげると、無気味な周期性が浮かんでくる。

一五七三年　天正小田原地震　Ｍ７・０
一六三三年　寛永小田原地震　Ｍ７・２（前回から六〇年後）
一七〇三年　元禄関東地震　Ｍ８・２（七〇年後）
一七八二年　天明小田原地震　Ｍ７・３（七九年後）
一八五三年　嘉永小田原地震　Ｍ６・７（七一年後）
一九二三年　大正関東地震　Ｍ８・１（七〇年後）

間隔がほぼ七〇年となっているが、一九二三年（大正一二年）の大正関東地震（関東大震災）から静穏を保っている。このピタリと止まった地震の謎を解くことと、富士山への影響を相原は研究テーマに据えていた。地震予知できれば良いのだが、そんな夢物語は口にしない。また足柄平野を震源とするものは小田原地震に含めないという狭量な考えは、彼はとっていなかった。なぜならフィリピン海プレートの境界は足柄平野の北端に達していると推定されているからだ。

「さっき渋い顔していたのはなんでですか」

「光波測距計の値が四日連続しておなじ傾向を示しているんだ」

相原が病院の心電図みたいな一時間間隔で上下に振れるグラフを指し示した。観測地点は足柄平野の北東部にある大井と松田山だ。いまも時間によって上下運動を示しているが、統計処理するとプラス方向に二ミリメートルほど偏っていた。

「距離が〇・二センチ遠くなったということですね」

「フィリピン海プレートの動きがあるから、足柄平野はマイナスが通常だ。げんに曽我と久野《くの》はマイナスになっている」

「時間を遡ると、一週間ずっとプラスになってから元に戻る場合もあるじゃないですか」

府川は意外とデータに鋭敏だ。ここは理論家肌が顔を出したというわけだ。彼の指摘どおり、連続してプラスなりマイナス値を示すことはままある。とくに周辺で地震や火山噴火があったときだ。大きめの地震の後は箱根山だけでなく、日本の各地で似た現象が生ずる。丹沢もそれにあたる。

「プラスでもマイナスでも、年間の変位量は五ミリから一〇ミリ程度だ。数日間のわりに動きが大きいんだ」

「傾斜計のデータはどうなんですか」

火山学専攻の府川は着任して日が浅いので、箱根の観測機器に注目していて、足柄平野まで気が回らない。

「あれは平地に置かないだろう。あそこら辺では、寄《やどりき》と中井にあるが、とくに変化はない。設置されていたとしても、傾斜計はノイズを拾いやすいから解析が難しい。GNSSもだ」

相原は電話をとって三階の箱根山のデータをまとめる担当者につないだ。しばらく応答して、首を振った。

「箱根の地下水位に変化は出ていない。火山ガスも異常なしだ」

もっとも地下水位は気圧と潮汐《ちょうせき》の自然現象や、工場や水田での揚水といった人間の営みの影響が大きく、微妙な変化の判断には向かない。

「大涌谷の温泉たまごも、固ゆでにならずにすむってことでしょ。まだ四日じゃないですか。機械だって週末は休みたくなるでしょ。異変があればもっとはっきり特徴があらわれますって」

府川が火山学者っぽいことをいった。彼の発言は正論である。レーザー光による距離測定は百万分の一の精度を出すが、そこまで感度が鋭いと、気温や気圧の影響が出てくる。とりわけ水蒸気はレーザー光を屈折させるので誤差が顕著になる。GNSSも大気の状態や電離層の変化で精度が落ちてしまう。だから何度も計測して平均をとるのだ。三日程度のデータで結論が出るほど、この世界は見切りが良くない。

「観測所に行ったことないだろ。土地を知らずに研究なんて無意味だ。予定がなければ午後、出かけるか」

「おお、いいっすね」

＊　＊　＊

相原は町田研究課長に外出の許可をもらって、車をとりにいったん自宅へ帰った。府川を同伴している。

「この電車、最高ですね」

大雄山線は単線のため、途中三つの駅で上下線がすれちがう。彼が乗り降りする五百羅漢駅がそのひとつだ。丹沢登山は小田急線を使うので、府川にとって今回が大雄山線に初乗車らしい。

「出身はどこなんだ？」

「福井の若狭です。三方五湖《みかたごこ》から車で一五分ほどの田舎ですよ」

「水月《すいげつ》湖のあるところか」

「まさに水月湖の水を産湯に使った身です」

「なんてことだ」

そこからしばらく水月湖の話題で盛りあがった。この湖底は厚さ四五メートルに七万年分の歴史を閉じ込めた地質学上の日めくりカレンダーとなっている。年間わずか〇・七ミリメートルだけ堆積するプランクトンと酸化鉄や黄砂などの織物が、植生や気候を活写して現代に『年縞《ねんこう》』として姿絵をあらわしてくれる魔術である。年縞がつくられる条件は厳しく、湖が孤立していて河川からの水の流入がないこと、湖底は溶存酸素に乏しくて生物活動による分解が進まないこと、そして湖底自体がゆっくりと沈降して一定の水深を保てることなどがそろって、物差しとして利用できる。つまり年縞に混入した花粉や火山灰、炭素同位体比などから、白頭山が噴火したときの植生や気候環境までが推理できるのだ。

相原の自宅に到着すると、智美が出かけるところだった。

「若い奥さんですね」

「バカ、妹だ。これから大学か？」

「なにいってるの。とっくに休みに入ってるよ。こちらは？」

「温地研の客員研究にきている府川だ、これは妹の智美」

「兄がお世話になっています」

「府川です、ずいぶんおきれいですね」

「わたし正直なひと好きよ」

「南足柄の観測機を見に行ってくる」

「じゃあ大雄山駅まで送ってよ。友だちと道了尊《どうりょうそん》へ参拝してくるから」

地元では大雄山最乗寺を道了尊と呼び、子どもには道了さんとして親しまれている。

「こっちは仕事だぞ」

「お兄ちゃんの仕事は、半分道楽でしょ」

「それはあんまりですよ。半分以上が道楽なのに」府川まではやしたてる。

智美は返事も待たずに車に乗り込んだ。最低地上高があるマツダのＳＵＶだ。地質学者とたいていの山岳救助隊はオフロード車を選ばない。理由は単純、乗り心地が悪いからだ。

車は大雄山線に沿って伸びる県道七四号山北《やまきた》線を北上する。そこは酒匂川の支流である狩川に並行していて、田んぼだった土地に民家や店舗が建っている。大地震がくれば液状化が懸念される地域だ。もっとも足柄平野そのものが、沖積平野の常で地盤が緩いため、地震波が増幅しやすい。

左手には箱根の外輪山である明神ヶ岳と明星ヶ岳、その先に金時山が空色を区切り、背後には円錐形の半分が雪をかぶった独立峰である富士山が顔をのぞかせる。ちなみに明神ヶ岳も金時山も山体崩壊している。

「へえ、駅前のあの医療系大学に通ってらっしゃるのですか」

府川は後ろ席に座って、なぜか丁寧語で話している。

「看護学科。来月には四年生。明日とあさっては研究室を下見してくる予定。学生は全国から集まるから小田原じゃないみたい」

「全国津々浦々の白衣《びゃくえ》の天使ですか」

「いまは白衣の殿方も多いよ」相川が混ぜ返した。

「みんな富士山を見たことないから、こっちにくるとびっくりするのよ」

「ぼくも新幹線で上京したとき、富士山の勇壮な姿に感動しましたよ」

それを聞いて、あとでもっと感動させてやろうと相原は目論んだ。

「そうだ、パパから電話があって、アイスランドに到着したって」

「珍しいところに出張ですね。商社勤めですか？」

「大学よ、地球物理学者だから」

相原純一の父、相原祥行《よしゆき》は一ヵ月前にオックスフォード大学に招聘《しょうへい》されていたが、帰国前にアイスランド大学から声がかかった。理由ははっきり口にしなかったが、ホットスポット火山に関連するのは勘づいていた。ところが父の専門は火山ではなく、マントル対流のプルーム理論である。

「うお、そりゃすごい、ハラさんは親子で地学屋なんですね」

「お兄ちゃんは研究所ではハラさんって呼ばれているの？」

「えっ、ハラさんが苗字ではないんですか？」

「おい一ヵ月近くも名前を知らなかったのか。相原だよ。みんなハラって呼ぶけどな」

国際学会で自己紹介したとき、『あいはら』をわたしは《アイム》ハラです《ハラ》と勘ちがいされて、それからハラで通用していた。

「待ってくださいよ、それじゃパパさんって、あの相原祥行せんせいですか？」

「知っているの？」

「この業界で知らないひとはいませんよ。マントル・ダイナミクスの第一人者。地球内部を見てきたかのように説明できる先生ですよ」

「ふうん、だれかとちがって偉ぶってはいないけど」

「府川、いわれてるぞ」

「そりゃないでしょ、お兄さん」

「お兄さんはやめろ」

「それからパパが、可愛い妹にお小遣いあげなさいって」

「可愛い妹がいればな」

智美がシートを蹴った。

「あれが金時山ですか、熊と相撲をとったという金太郎伝説の？」

府川が後ろシートから身を乗り出して尋ねたのは、ぽこっと大地から突き出した小山だが、金時山ではない。

「矢倉岳だ、よく間近えられる。丹沢とおなじ石英閃緑《せんりょく》岩の山だ。火山ではない、百万年かけて八七〇〇メートル隆起した。周囲が堆積岩だから浸食されて、硬い山体だけが残った」

東京から東名高速で下ると、富士山の左翼下方にプリンを皿に盛った姿の小山が膨らんでいるのが目につく。まるで入道につかえる小坊主のようだ。それが矢倉岳である。金太郎は源頼光の四天王のひとり、坂田金時のことであり、南足柄市では熊に乗ったブロンズ像から、市の歓迎塔、金太郎祭りと宣伝に余念がない。

「昔の論文を読みましたが、丹沢で大きな噴火があったそうですね」

「あれか。二〇〇万年前という説だが、たいして重要ではない。左手の明神ヶ岳や金時山だって最近まで噴火していたんだから」

「わが家の最近は、他所より一〇万倍長いから」智美が口をはさむ。

「丹沢や足柄平野の生い立ちは知っているだろう」

「ぼくをだれだと思っているんですか、新進気鋭の火山学者ですよ」

「学位取得前だがな。神奈川県の河川を見てなにか気づかないか？」

「神奈川の大きな川っていったら、酒匂川、相模川、境川、あと多摩川ですかね。さて相模湾にそそぐ一般的な川にしか感じませんが」

「わたし知ってる。みんな右下がりのカーブを描いて海へ流れているのよ」

「そういえばおなじ曲がり方をしている」

「どれもフィリピン海プレートに乗って南からやってきた火山島の衝突による反響だ」

「丹沢の岩石が大島や八丈島に似てるっていうのは知っていましたけど、河川の形までは意識しなかったな」

「そんなの意識しているほうが変なのよ、わが家では日常だけど」

丹沢の生い立ちは一五〇〇万年前の南洋の海底火山からはじまる。フィリピン海プレートに乗って移動した火山体は本州に衝突する、五〇〇万年前だ。さらに後からやってきた伊豆半島の母体に押されて丹沢は隆起と褶曲《しゅうきょく》をおこした。エベレストとインドの構図とおなじである。だから丹沢には陸から流れた砂や礫の堆積物がなく、山中からはサンゴによる石灰岩や有孔虫の化石が出土する。しかし貝の化石は少ない。このことから貝が住めない荒れた海岸だったと推測される。その反面で、少ない貝の化石には東北地方で産出するカネハラニシキが見つかっている。つまり貝が埋まった一〇〇〇万年前には寒流が丹沢島の東を流れていて、暖流は南に迂回していたことになる。そして今後百万年もすれば伊豆諸島も本州に衝突する。

丹沢と伊豆半島の衝突だが、その学説が発表されたのは、伊豆半島が先だった。それだったらもっと前にも衝突した島があったのではという理屈で、丹沢の生い立ちが解明されたのだ。

マツダのSUVは右折して大雄山駅のロータリーに停まった。智美の友だちがふたり待っていた。どちらも華やかな服装をしていて、ひたすら笑っている。府川が名刺を手渡している。相原はいくばくかの小遣いを智美に電送して別れた。

相原と府川は三ヵ所の観測所にある光波測量の反射器を巡った。大雄山駅に近い南足柄の設置場所と、松田山、そして大井だ。大井は女子大学の敷地にある。

「今日は女子大生と縁がありますね」

府川が頬を緩ませていう。相原は周囲を探ってありもしない変化を探した。反射器は家庭の郵便ポストくらいの大きさで、中に複眼のプリズムが含まれている。機器は蓋がされて触れないが、できたとしても一〇〇万分の一を計測する精密機器に、裸眼で見つかる瑕疵《かし》があるわけない。もう数日観測して、それから判断しよう。

相原は府川を連れて大雄山方面へ戻り、そこから北上した。足柄平野の北端に地蔵堂という地名の集落があるが、そこにはハマグリ沢なる場所があって、本当にハマグリの化石が採れる。山あいの河原に地質年代の厳酷な刻印でありながら、一〇〇〇万年の悠久さを感じさせる場所だ。

さらにうねりながらも一五分ほど舗装された坂道をのぼると、静岡県との境界に達した。数台分の車を停める空き地がある。丘への階段をのぼると芝の生えた広場に出た。

足柄峠だ。

「これはなんという……」

府川が声をつまらせた。彼の驚嘆は相原に語るまでもなかった。

足柄峠には薮《やぶ》による自然の囲いがあるだけで、なんら眺望の良さをお仕着せする人工物がない。一ヵ所だけ山々のシルエットを案内するコンクリートの台が控えめに置かれているだけだ。峠の西側には日本の大地から天空へと拳を突きあげる富士山が広がっている。山体の曲面は数学的な調和が奏でられている。家屋や道路が張りついたまま、斜面を駆けあがり、転げ落ちないかと不安さえ誘起させる。まるで宇宙へのカタパルトだ。途中からひとの営みを寄せつけない急勾配になり、半分より上は雪を被り山頂にいたる。オレンジ色の太陽の光は東斜面に届かず、家々の照明が灯っている。

足柄峠は日本最古の書物である古事記に書かれ、また万葉集にも詠われた国境である。相模国と駿河国《するがのくに》をわかつ官道であり、上方から関東に入るにはこの足柄峠と箱根しかなく、関所が置かれて厳重に警備されていた。いまではその面影は微塵もないが、街道沿いには旅籠《はたご》や店が旅人の疲れを癒していた。峠の坂より東にある国なので関東地方を『坂東』と呼ぶが、歌舞伎役者の坂東家とは語源が異なる。流域面積が日本一広い利根川は坂東太郎という別名を持つが、河川の長男という意味からきている。利根川の水が太平洋に注ぐ房総半島の南東部には、奇しくも坂東深海盆という海底の窪地がある。そこに存在するのが、世界で唯一の海溝型三重会合点である。

そして日本にあるもうひとつの三重会合点が、いま眼前にそびえる富士山である。［口絵3］アルファベット『H』の縦と横の棒がぶつかる二ヵ所が三重会合点であり、それが関東近縁に存在するのだ。

地理上の位置、地球科学のダイナミクスを考えると、相原はどうしても無視できない不安を覚える。彼はこの太平洋と富士山の三重会合点を結ぶ直線上に、地震が多発する小田原があるという事実に、どう向き合うか悩んでいたのだ。

三重会合点

地球表面はプレートという硬い層で覆われている。厚さは一〇〇キロメートルほどで、層の数は一〇から三〇以上と、研究者の好み次第である。それぞれが年間数センチメートルのはやさで動いて、会合する場所では乗りあげ、引きずり込んで、地震や火山噴火を引きおこしている。たいていの書物では日本列島は四つのプレートに乗っていると書かれているが、これは誤解の元だ。

地図に書かれる弧状の日本列島にあるのは、北方の海から延びている北アメリカプレートと、大陸からのユーラシアプレートの二枚だけである。

北アメリカプレートは、アメリカやカナダから、北回りにシベリア経由で北海道、東北、関東までの北東日本の土台となっている。

ユーラシアプレートはヨーロッパや中国を乗せて西南日本までつづいている。

地球で一位と二位の面積をほこる大陸プレートの二枚が、日本のど真ん中で衝突しているのだ。その分岐帯が新潟と静岡を結ぶフォッサマグナといわれる一帯である。フォッサマグナの西端は糸魚川＝静岡構造線であり明瞭だが、東側ははっきりしない。南東部は丹沢とする見方が多い。

さて、あと二枚のプレートのうち、南アメリカ大陸沖にある中央海嶺で形成されて、二億年かけて海の底を西に移動してきたのが太平洋プレートである。太平洋プレートは東北から千葉房総沖の日本海溝で沈み込んでいる。その沈み込み帯でプレートに溜まった歪みを解放する運動により、幾多の大地震が、そして東北地方太平洋沖地震（東日本大震災）が発生した。繰り返すと、日本列島は二枚のプレートからなり、太平洋には別のプレートが日本に到達する目前で海底へ沈み込んでいる。

ここまでだったら話は単純なのだが、複雑にしているのが、南方からやってきたもう一枚のフィリピン海プレートだ。これがまず、先ほどの日本をつくる北アメリカプレートとユーラシアプレートの境界部に食い込んで、仲たがいさせようとする。地図で見ると、その邪魔ものは、まさに伊豆半島である。南からのフィリピン海プレートがちょうど伊豆半島の部分だけ張り出していて、日本列島にくさびを打ち込んだ構造になっているのだ。すると三枚のプレートが一点に集合している三重会合点ができる。ピザを三等分した状態を想像すれば良い。その頂点の真上にあるのが富士山という奇遇であった。

伊豆半島を運んできたフィリピン海プレートの境界にできる溝が、相模湾側では相模トラフ、駿河湾側が駿河トラフであるが、駿河トラフは南海トラフへとつながっている。トラフとは海の溝だが、六〇〇〇メートルより深海にあると海溝と呼ぶ。

相模湾の地震も南海トラフ地震も、このフィリピン海プレートの境界が引きおこしている。インドの衝突によってヒマラヤ山脈ができたように、伊豆半島の衝突で箱根ができ、丹沢も隆起している。ところが伊豆半島が軽いために沈み込めず、それでもフィリピン海プレートが容赦なく押すために、伊豆半島の東西がそっぽを向く運動をしている。その回転中心ともいうべき場所が熱海と三島の真ん中あたりを縦に走る北伊豆断層帯であり、そこから熱海や伊東の相模湾方面へ幅数十キロの剪断帯となっている。そのため相模湾は非常に混迷した動きをしている。フィリピン海プレートの北端が、足柄平野の縁にある御殿場線と国道二四六号線近傍となる。

それでも話は終わらない。太平洋沖の海底では北アメリカプレートと太平洋プレートが接触している南端部分に、これまたフィリピン海プレートが食い込んでいるのだ。そこは房総沖の坂東深海盆にあり、世界で唯一、三枚の海溝型プレートが集合する三重会合点となっている。いいかえるなら、三枚のプレートが地球の内部に吸い込まれている、世界でたったひとつの場所である。日本の太平洋側では富士山から坂東深海盆へ、比高一万三〇〇〇メートルも地形が急降下している。

小田原の住民は、太平洋と富士山の三重会合点を結ぶ細いジェットコースターのレールの上に住んでいるのだ。

アイスランド

相原純一の父、相原祥行はアイスランド大学にあるネイル・ウォーカー博士の研究室で、マリア・トーレス博士、およびカール・マイナーという若者とともに、テーブルに世界地図を広げて額をつき合わせていた。白髪の混ざるマリア・トーレス博士はスペインＩＮＶＯＬＣＡＮの元火山部門長である。童顔の残るカール・マイナーはドイツ国立地質調査所から来ている。

地図の真ん中はロンドンのグリニッジで、日本は右端に申しわけ程度に印刷されている。ウォーカーが地図に青ペンで印をつけた。まずは彼らのいるアイスランドのエイヤフィヤトラヨークトル火山あたりにペンをおいた。『島の山の氷河』という意味である。二〇一〇年には噴火をおこして、ヨーロッパの旅客機網を麻痺させた。

ウォーカーは青ペンでさらに地図を汚した。アゾレス諸島、カナリア諸島、アセンション島、さらにもう少し南のセントヘレナ島といった大西洋の島々である。

「これらがホットな箇所です」

ウォーカーが相原に説明した。

「テネリフェ島での海底火山はまったくの想定外でした」

トーレス博士が悔恨の情に責められてこぼした。死者・行方不明者を一万八二〇〇人も出してしまった。彼女はＩＮＶＯＬＣＡＮ火山部門の代表として、厳しい立場に立たされた。だれも予測できなかったとはいえ、犠牲の大きさを鑑みて責任は免れず、降格処分を受けていた。それでも彼女の学者としての知識は余人に代えがたく、特任研究員として研究所に籍を置いている。いまの彼女にとっては大西洋の底に沈んでいる山脈――大西洋中央海嶺――とホットスポットの調査に専念することで、テネリフェの悲劇をいくらかでも償おうとしていた。

「トーレス博士のご尽力はわたしたちが知っています」

「そうですよ、海底観測網が不十分だったのは為政者の判断です。犠牲が出てから騒いでも遅いんですよ」

カール・マイナーが同調した。

海底に観測機器を設置するには一台一億円はかかる。維持費は別だ。そういった事情は相原も理解していた。

そもそも異変の兆候を最初に見つけたのはマリア・トーレス博士だった。カナリア諸島の火山概況を報告するため資料を作成中に、ラ・パルマ島とテネリフェ島の火山データに不整合を発見した。それは主にマグマ移動に関するものだったが、火山噴出物の組成と、海水中のマンガンや鉄などのイオン濃度、さらに局所的な重力異常にも変化が認められた。どれも軽微なちがいだったが、総合すると無視できない矛盾だった。

特徴的なのはヘリウム3の同位体比である。ヘリウム3と4はどちらも無味無臭、無色で自然界では化合物をつくらない一匹狼の気体だが、素性がちがう。ヘリウム3は地球ができたときにマントルに閉じ込められた気体である。ヘリウム4はもっと地表に近い岩石内部で、ウランやトリウムの放射壊変で生成される。よってヘリウム3の比率が高いということは、それだけ地球の深部からやって来たといえる。

ハワイやタヒチ島のホットスポット火山のマグマも、地球の深いところが起源なので、ヘリウム比は大気より高くなる。ラ・パルマも同様だが、テネリフェ島の海底噴火から得られたデータ値はさらに高かった。マントル層の中でも、最深部から上昇してきたと示唆しているのだ。

「ヘリウム比の増加は、これまでにないマグマの貫入がおきているからと考えているのですね。つまりテネリフェ島の海底噴火は、起源が異なるマントル対流によるものだと」

「二〇一一年にカナリア諸島西端のエル・イエロ島付近で海底噴火がありました。その一ヵ月前にもヘリウム比が普段の倍を観測していました」

「アイスランドでは逆に下がり、おなじ大西洋中央海嶺の赤道に近いホットスポット帯では高くなっています」

ウォーカーが補足する。

海嶺とは海底に連なる山脈であるが、ことさらマグマが湧きだして、プレートをつくっている大洋に沈む山脈を中央海嶺と呼んでいる。つぎつぎとマグマが生成されるので、プレートが移動する。この運動によりアメリカとヨーロッパを、アフリカと南米を年間数センチだけ遠ざけている。プレートの移動は火山の源となり、地震の元凶にもなっている。地球一周は四万キロメートルだが、海嶺の総延長は八万キロメートルになる。地球でいちばん長い山脈は、ヒマラヤでもアルプスでもなく、北極域から南極域までの海底を連なる大西洋中央海嶺であり、地上に顔を出した特殊な場所がアイスランドである。

原因が不明のためマリア・トーレスは以前、学会で談話して盛りあがったネイル・ウォーカーに連絡をとった。するとアイルランドでも火山ガスに変化がある旨を報告した。顕著ではないが、注目すべき事象だ。両博士は共同して大西洋の火山帯に調査を広げると、五ヵ所の大西洋ホットスポットで同様のデータが得られた。

地球の内部はゆでたタマゴにたとえられる。黄身が核、白身がマントルで、タマゴの殻が地殻である。黄身と白身は固まり具合で、それぞれ二層に分割されるので、地球断面の解説は、そこそこまっとうな啓蒙書では五層になっている。［口絵4上］

黄身にあたる核は地球中心から三五〇〇キロメートルほどであり、タマゴの厚みの半分を占めている。鉄とニッケルの合金だが、圧力差によって固体の内核と、液体の外核に分けられる。中心の温度は五〇〇〇度、圧力は三六四万気圧と推定される。とはいえ核は地上に住む生物に、地磁気以外に直接の作用を及ぼさないので、たいてい無視できる。

その核の外側を覆うのが、洋服の外套《マント》から命名されたマントルである。岩石のカンラン岩を主体としている。カンラン岩は地中深くにあるので、地上ではあまり目にできない。庭先にある岩石とは種類が異なるが、地上の代表的な岩石である玄武岩や花崗《かこう》岩も、カンラン岩が基になっている。マントルは核と同様に、組成と粘性によって上下二層にわかれ、それぞれ独立して対流している。しかも上部マントルは下部へ移動できないという特性がある。

対流という用語からマントルは液状と誤解されるが、正しくは固体である。マントル対流とは、地質学時間での流動性を意味しており、液体のように滴をつくる物質ではない。ガラスとおなじだ。プレート運動とかマントル対流という言葉から印象されるのと異なり、地球の内部は外核だけが流体であり、内核とプレート、マントル、そしてマントルの上昇流であるプルームも固体である。

マントルの上に浮いているのが、タマゴの殻にあたる地殻である。地殻とプレートは混乱しやすいが、マントルの表層部と地殻を合わせたのがプレートと呼ばれる硬い岩盤層である。厚みは大陸側では一〇〇キロメートル、海洋ではせいぜいその半分しかない。

ホットスポット帯の火山マグマの起源は、地下六七〇キロから二九〇〇キロメートルまでを占める下部マントルのどこかとされているが、領域はまちまちである。いちばん深いのは下部マントル底と、液体である外核との境界部分である（ディー・ダブルプライム）である。この妙な名称は、かつて地球断面を上層から、A、B、Cと分けD”ていったときに、下部マントルのD層を細分化する必要になった名残である。いまではだけが使われている。

トーレスとウォーカーの両博士は何人かのD”学者に共同研究を持ちかけたが、どこも予算とスケジュールがカツカツで、漠とした内容に賛同する余裕はなかった。細い糸を頼ってドイツ地質調査所にも協力を求めるが、国立機関のため公然とは動けない。しかし手すきの男がいるので、研修および研究機関の橋渡し《リエゾン》という役割にして、ふたりが気に召せば貸しだし可能と返事がきた。それが学位を得たばかりのカール・マイナーだった。

「興味深いことにアイスランドではヘリウム同位体比だけでなく、火山活動も静穏化しています。数年前のレイキャネス半島の噴火がなかったかのようです」

ウォーカー博士は興味深いという言葉とは裏腹に、残念そうにいった。相原もアイスランドの報告をどこかで読んでいたのを、いまさら思いだした。しかし火山活動の緩急は珍しくもない。

「大西洋のホットスポットはもっとありますが、他はどうなんですか？　とくに南半球側が抜けていますね」

「カメルーン、カーボベルデおよびトリスタンダクーニャでは、いまのところ変化はありません」

ウォーカーが地図を指して応える。

「ニューイングランドとショウナは海の底だからサンプル採取ができていません。他もいっしょです。無人潜水艇の派遣を要請していますが、予算の問題で……」

トーレス博士がしりつぼみにいった。

ウォーカーがつづけてインドネシア、フィリピン、朝鮮半島のつけ根、トンガの海、さらにトンガ南方の地図では茶色い染みでしかないオーストラリア沖の太平洋に赤ペンで丸く囲った。

「これは二〇二二年に海底噴火のあったＨＴ―ＨＨ（フンガ・トンガ―フンガ・ハアパイ）ですね。南の離島はどこです」

「ニュージーランド領のケルマデック諸島です。先週、海面に変色が観測されました」

「弱い地震はありましたが、ハワイの津波警報センターでは注意報を出しませんでした」

ということはＭ６・５以下だったということだ。戦後間もない一九四六年に発生したアリューシャン地震（Ｍ８・１）によって、津波がハワイ島を集中して襲った。日付が四月一日ということもあったのか、警告が届かず一五九人の死者を出した。この件を契機にハワイに津波警報センターが設置された。一九五七年には再度アリューシャン地震（Ｍ８・７）が発生したが、津波では犠牲者が出なかった。ツナミという用語はここから国際語として広がっていった。しかしインドネシアのスマトラ島沖地震では周辺各国への津波警報が行き届かず、被害は激甚となった。その後、ユネスコの政府間海洋学委員会の主導のもと、ＩＴＩＣ（国際津波監視センター）体制が敷かれ、太平洋以外にも津波監視がされるようになった。

「太平洋で地殻変動が活発になっているのは、インドネシアと東北日本の巨大地震が原因と考えていたが、あなたがたはちがうようですね」

相原が三人の目を順番に見ていった。

「相原博士、あなたの国の悲劇は他人事ではありませんでした。しかしどちらの地震も、さらに大きなメカニズムから派生した現象と見ています」

「大きなメカニズムとは？」

「大西洋でのマントル対流が不安定になっているために、太平洋、とくに東アジアに反動がおよんで活発化しているのではないでしょうか」

「テネリフェ島の海底火山は、大西洋中央海嶺が活発化したためではないのですか？」

三人が首を振った。

「わたしたちもそう考えましたが、いまはちがいます」

カールがコンピュータにシミュレーション結果を映した。

「これはカールと研究所の理論部門でつくりました」

海底火山が噴火してから、カールとＩＮＶＯＬＣＡＮの若手研究者は、言葉の壁をものともせず、現象を再現するシミュレーションづくりに奔走していた。

モニターに地球内部のマントル運動が表示された。大西洋下のマントル対流がかき乱されると、その作用で太平洋側でもマントルの動きが変わり、東アジアの大地が歪《ゆが》む。カナリア諸島には対流から分指化した細流が触覚のように延びていた。

「マントルの流動が変動したことでドレインバックのきっかけになり、テネリフェ島の噴火にむすびついたというのですね」

「逆の見方をすべきです。テネリフェ島の海底噴火が、マントル対流の異変を気づかせたのです」

ウォーカーが本質的な重要性を正した。

「複数のモデルを組みましたが、火山噴出物や噴火過程のデータともっとも適合するのは、これでした」

「他の場所はどうなんです」

「やはりマントル対流の変化ですね」

「対流の変化ですか。しかしすべてをマントルの動きやドレインバックで説明するのは困難でしょう。そもそも大西洋でマントル対流が変化した原動力はなんでしょうか」

「それは不明なのですが、プルームを疑っています」

「詳しく聞かせてください」

そういって空港から直行して六時間が経過していた。三人は資料をそろえていた。

相原がオックスフォード大学でマントル・ダイナミクスのセミナーをおこない、帰国する直前にネイル・ウォーカー博士から声がかかった。彼らとは学会で何度か会っていた。ヨーロッパでの自由な往来を可能にするシェンゲン協定にイギリスは加盟していないが、イギリスとアイスランド間では条件が緩和されるうえ、日本との間ではビザが免除されるので、出入国には困らなかった。

「ホットスポットは太平洋の中央部にもありますが、そのことには言及していませんね」

相原が指摘した。三人はこの質問を予期していた。

地球のホットスポット帯は、大雑把にまとめると二ヵ所になる。大西洋中央海嶺と、太平洋中央部のハワイ島やガラパゴス島一帯である。

「火山としての変化は出ていませんが、ガラパゴス島周辺ではジオイドの傾向に局所的なマイナス傾向があります」

カールが画面に地球表面のジオイド分布を映した。ジオイドとは平均海水面のことであるが、潮の満ち干を差し引いた、その場所での重力の強さを反映している。なるほど中央太平洋のジオイドがこれまでプラス二〇センチだった箇所が二センチばかり下がっていた。地震で地殻変動がなければ、通常、ジオイド変化は年間数ミリである。西太平洋では海洋の反対側を補うように、プラス側に振れている。

ある場所のジオイド異常がプラスとは、そこの重力が強いことになる。というのも地下に重い物質があると、引力で海水が周りから引き寄せられて、海面が上昇するためである。逆にジオイド異常がマイナスとは、引き寄せる力がないということなので、地下の密度が低いと判断できる。この考えは海洋だけでなく陸地へも適用できる。GPSなどの衛星測位システムではジオイドの偏差も補正されている。世界地図に被せると、ジオイド異常はホットスポットでは軒並みプラスとなっていて、科学の常識とは矛盾する。物質は温度が高いと密度は小さくなるので、重力は弱まる。ジオイド異常がプラスとは、すなわち地下が冷えていて密度が高いことになってしまう。ホットスポットはぜんぜんホットな場所でなくなってしまうのだ。

この矛盾を説明するのが、マントル・ダイナミクスであり、相原祥行の専門とする領域だった。ホットスポット帯は地球表面に開けられた穿孔《せんこう》ではなく、地球深部までつながる遼遠《りょうえん》のトンネルである。温度が高いのにジオイドがプラスなるためには、地下に高密度の物質が集まっているはずである。そこに登場するのがマントルの流れ、プルームである。マントル層に高温部分があると軽いために上昇をはじめる。地球は内部ほど密度が高いので、マントル上昇によって高密度物質が隙間を補う。それは下部マントルか、あるいは地球の核となるが、核は溶けた鉄なので、流体として振る舞い、浮きあがりやすい。よってジオイド異常とは、地球の溶けた外核に変化があったことを示唆している。

「ハワイでは変化がないですね」

「相原博士の理論に合致しています」

おなじホットスポットでも根源マグマが異なることを指摘したのが相原である。ハワイはマントル中層部から上昇してくるマグマだが、ガラパゴス島やイースター島のホットスポットでは下部マントル、おそらくDダブルプライムを源としている。つまりふたつのホットスポット帯は独立している。

「それでは東太平洋はどうでしょうか、たとえばカリフォルニア近辺では？」

「サンアンドレアス断層はトランスフォーム型の断層ですから、深部マントルの動きとは別と考えています。モハーベ砂漠の北にあるガーロック断層も巨大地震の可能性が高まっていますが、こちらは二〇一九年のリッジクレスト地震による応力場変動によるものです」

「カナダ沖のカスカディア沈み込み帯も調べてみました。ここは日本とおなじくプレートが沈み込んでいますが、ブリティッシュ・コロンビア大学に問い合わせましたところ、なんら特異な傾向は検知していません」

「大西洋のホットスポット帯と、地殻が活発化している西太平洋は距離が離れています。地球の裏側といっても良い。むろんプレートも別です。そこに関連性を当てはめるのは、至難の業でしょう」

相原が言外に含めたのは『理屈と膏薬《こうやく》はどこにでもつく』ということわざである。

「水の中に線を引いていると、お考えですね」

マリア・トーレス博士が先読みして、スペイン語のことわざで表現した。

「少し古いのですが、こちらの論文はご存じのことでしょう」

彼女が二篇の印刷物を手渡す。相原は読むまでもなかった。

ひとつ目のタイトルは『地球マントルの構造とダイナミクスの二極化』、著者はチューリッヒ工科大学のナザリオ・パボーニ博士。

もうひとつは『ジュラ紀前期から中期にかけての太平洋マイクロプレートとパンゲア超大陸』とあり、著者はアンナチアーラ・バルトリーニ博士とロジャー・ラーソン博士となっていた。

相原は二一世紀に入って間もないころの、この論争を熟知していた。彼の研究テーマであるマントル・ダイナミクスが成就しつつあった時期でもあり、忘れられない議論であった。

パンゲア超大陸とは三億年前に存在した大陸である。現在の六大陸がすべて合体して、地つづきになっていた。それが二億年前に分裂し、北側のローラシア大陸（現在のユーラシア、北アメリカ大陸）と、南側のゴンドワナ大陸（アフリカ、南アメリカ、オーストラリア、南極）に分裂し、その後も個々の大陸が移動して、現在の配置となっている。だから南米のアマゾン川と、アフリカのコンゴ川は一本の長大な河川だった。パンゲア超大陸の分裂はペルム紀の大絶滅と重なっており、地球上の生物の九〇パーセントが死滅したのとも関連している。

　パンゲア超大陸を提唱したのは、ドイツ人のアルフレッド・ウェゲナーである。彼は一九一二年に地質学会で『大陸移動説』を発表した。いま目にする世界地図は巨大な陸塊が分裂して漂流したものだという説を、数々の証拠を集めて精密な理論として発表した。それは南米とアフリカの海岸線の形状が相似している、というはじめて地図を手にした子どもが抱く同種の感想を、科学に昇華させた瞬間であった。その手順はチャールズ・ダーウィンが『種の起源』を発表したときに似ている。ダーウィンとて思いつきで生物の進化を唱えたわけではなく、膨大な研究資料を携えていた。興味深いことにダーウィンは地質学者であり、ウェゲナーは気象学者、どちらも学問分野的には部外者であった。

　ウェゲナーの大陸移動説は毀誉褒貶《ほうへん》が激しく、いったんは否定されてしまうが、後にプレートテクトニクスとして復活する。地球表面が複数枚のプレートに乗っていて、その運動で大陸の離散集合や造山活動などの地学現象を説明できるようになるからだ。

　当時、プレートテクトニクスの日本での普及は一〇年以上遅れた。マルクス主義に傾倒した『地学団体研究会』が根拠乏しくも批判しつづけ、彼らの『地向斜造山論』という前世紀の理屈を声高に主張したせいである。この団体は学問の民主化を訴えながら、自説の稚拙さを省みず、権威を振りかざしてプレートテクトニクスをやり込めることを目標としたのである。高校の学習指導要領に大陸移動説が載ったことには、まるで進化論に対抗した創造論者のごとく、理科教育への悪影響まで主張していた、科学史家のトーマス・クーンがパラダイムシフトの例としてすでに取り上げていた地学理論を、この団体は教条主義で反対に狂奔していた。まさに旧ソビエトにおけるルイセンコ学説の焼き直しであった。

それはともかくプレートテクトニクスには致命的な欠点があった。プレートの動く原動力が説明されていなかったのである。

そこに登場したのが、地表の水平運動ではなく、地球内部でのマントル対流や、地球中心部から上昇するプルームを取り入れたマントル・ダイナミクスである。

さてマリア・トーレス博士が取り出した論文であるが、パンゲア超大陸の分裂と地球最大の海洋プレートである太平洋プレートの誕生に関連する説である。

前者は地球深部からのマントル・プルームでパンゲア超大陸が分裂し、地球の裏側に反対向きの熱対流を促して太平洋プレートが形成されたとする説である。その中でカナリア諸島のあるアフリカ・プレートと、太平洋プレートの相似性にも言及している。

後者はパンゲア大陸の分裂が地球規模のプレート応力を伝達した結果、太平洋プレートが誕生したというものだ。

相原は両者の意見を参考にしながら、独自の考えを発表した。パンゲア超大陸内部では、はじめは下降するスーパープルームが発生して、引きずり込むように陸地を引き寄せていた。しかし超大陸が熱の放射に蓋をするために下降プルームが減衰して、周囲より温度の高い一帯が生成される。そこが大西洋の海嶺型三重会合点である。ところが地球深部の余剰な熱は大西洋中央海嶺では消費しきれず、地球の対称性によって太平洋下の外核部から上昇するスーパープルームが生まれて、海洋性のプレート形成が促進されると発表した。

「あなた方は、二億年前の現象がまたはじまると主張しているのですか」

「これから超大陸がつくられるのですが、それは問題ではありません。人類の時計には遠すぎる話ですから」

「すると、わたしを招いた理由とは……」

部屋の暖房は効いているのに、相原は背筋が寒くなっていた。

「博士をお呼びした理由がおわかりになったようですね」

トーレス博士が悲壮な表情でいった。

「局所的でも一時的でもない、地球規模の異変がすでにおこっていると主張しているのですね。大西洋でプルームが沈静化し、地球の双極性から太平洋で活発化する」

「モデルを補完する根拠を集めているところです――」

「マントル対流の変化は地球環境に激烈な被害を与える」

相原が感情を吐露した。

「テネリフェの悲劇は序章です」

「不謹慎ですが、最近のアジアの災害が春のそよ風に感じられるでしょう」

「でも時間はある。ペルム紀の絶滅は数万年かかっている」

「白亜紀後期の恐竜の絶滅は瞬間でした」

「あれは隕石の衝突が原因だからでしょう」

「そうではありません。隕石による生命の影響は限定的でした。ユカタン半島界隈では滅んだ種も多かったでしょうが、地球全域で生命を絶滅に追い込んだのは火山活動です」

「そうでした。隕石のインパクトは瞬時だが、極度の寒冷化は数百年つづいた。それでも地球物理学としては、目蓋の瞬きとおなじだ」

火山活動の有力候補としてインドのデカントラップが挙げられている。デカン高原は大陸洪水玄武岩であり、まさに洪水となって日本の一・五倍の面積を玄武岩質の溶岩で埋め尽くした場所である。当時のデカンの裏側が隕石の衝突したユカタン半島である。ジャイアント・インパクトが地球の対蹠《たいせき》点にあったデカン高原の火山を刺激したともいわれる。

「わたしたちの解釈が外れることを願いますが、警告を発しないのは義務の放棄になります」

「では科学ジャーナルで発表されたのですね」

三人が小さくうなずいた。

「ジャーナル掲載まではやくても半年かかります。ですのでプレプリントに投稿しましたが、相原博士すらご存じないのですから、反響は想像できるでしょう」

「だれもが先取権を獲得するためにプレプリントに頼ります」

プレプリントは論文の査読を受ける前に、科学界のソーシャルメディアで内容を公開する手段だ。オープンアクセスなので気楽に投稿できる。その弊害で凡庸な研究投稿に埋もれてしまう。無益な研究ほど過剰なタイトルをつけがちだ。彼らの研究が注目されないのも、主張内容がセンセーショナルだからだ。

「そのうちゴシップ誌が嗅ぎつけたので取り下げました」

カールが肩をすくめた。ゴシップ誌に載ったら、それこそ学会からは見向きもされなくなる。

「ですがマントル・ダイナミクスの第一人者である相原博士の助言があれば、聞くひとも多くなるでしょう」

「あなた方は太平洋で、とりわけ西太平洋で活動が激しくなると警告しているのですね」

相原祥行は椅子に座って、目頭を押さえ、大きくため息をついた。

ウォーカーが申し訳なさそうに首を振った。

「百年前からはじまっているのです。この二〇年間でより如実になりました。博士の理論にもとづいたモデルでは、さらに急激な悪化を予言しています」

トーレス博士が念押しした。

「最近の大西洋とアジア太平洋地域での災害は、発生にいたる多くの経験則が役に立っていません。想定外という言葉を使うべきではありませんが、わたしたちの見込みちがいは継続するでしょう」

温泉地学研究所

相原純一は妹の智美のために朝食を用意してから、機動性を考えて電車ではなくマツダのＳＵＶで出所した。データの件で外出するかもしれないからだ。智美は昨日、友人と小田原で食事をして、カラオケに行って終電前に帰ってきた。大雄山線は健全なので翌日便はない。彼が家を出るころにおきてきて、今日と明日は研究室で事前学習をするといっていた。相原家は男が家事を専らとしている。というのも母親をはやくに亡くしていたので、自然とそうなったのだ。いまは父親が長期不在なので、純一が諸々の世話をやいていた。

それにしても父のアイスランド訪問は唐突だった。これまでも学会への出席や諸外国の大学からの招聘で、家を空けることは多かったので、不在には慣れていた。常にスケジュールを事前に書き記していたので、予定外の不意打ちはなかった。それゆえ予期せぬアイスランド行きが腑《ふ》に落ちなかった。

相原は研究所でモニターを眺めて、ここ数日とおなじ悩みに呻吟《しんぎん》していた。光波測距計は相変わらず小田原と南足柄市を引き離している。といって地殻変動と断定するまで端的な変位ではない。傾斜計の数値も普段どおりの振る舞いを見せている。

「足柄峠はすごかったですね」府川が椅子を動かして雑談した。「富士山がせりあがっていました」

「まさに地球が生きていると体感できただろう」

「なんで静岡県に温泉がないのかわかりました」

「富士山がマグマのすべてを吸収しているから」

伊豆半島を除くと、静岡県の温泉は極めて少ない。地下水を熱くするにはマグマが必要だが、その噴出先が三重会合点の富士山に集中していまい、熱量の分散がなかったからだ。

「そうすると伊豆半島に温泉帯が突出しているのが自明になりますね」

「別のプレートだからな」

「これほどメリハリがある地質も珍しいですね」

「日本は自然災害が多いが、その恩恵は文化と渾然一体になっている」

ふと、机のペン立てがカサカサと音を立てた。

「地震だ！」

相原がつまった声をあげた。所員の全員が机の下に頭を入れた。府川だけが取り残されて椅子に座っているので、相原が机下に引き込む。

小田原市民は地震に敏感だ。小中学校での避難訓練は地震が端緒となるシナリオと決まっている。揺れがきたらまず机の下だ。火事でも不審者でもない。そもそも東海地震の大ボラから、小田原をはじめとする県西部と伊豆界隈では、災害は地震と同義語になった。

揺れの性質から、震央は足柄平野の周辺部、丹沢か箱根、おそらく丹沢だ。震源の深さは一〇から一五キロメートルくらい。震度2だろう。

地震はすぐにおさまった。研究所の観測機器が詳細を伝達していた。遅れて携帯デバイスに地震速報が届く。これは民間企業によるアプリケーションであり、気象庁から情報を受けて独自配信している。所員の観測班がすぐさま各々の作業にかかった。

相原は観測機器の管理担当ではなく研究員なので、気象庁の発表を待つ。神奈川県西部を震源とする地震は年間で五〇〇から一〇〇〇回もあるが、有感地震はせいぜい一〇回程度である。箱根の活動が活発だと数倍に増える。

「皆さん反応がはやいですね」

府川が感心していう。

「小田原に住んでいると、やがてそうなる。遺伝子に刻まれてしまうんだ」

気象庁からまずは震度速報として大井町で震度3、小田原で2と発表された。その後、震源に関する情報として、暫定値だが震源は丹沢の西、深さ二〇キロメートルでM4・1となっていた。速報なので深さは一〇キロメートル単位となる。

日本には地震観測点が五〇〇〇ヵ所ほどある。それらは気象庁だけでなく地方自治体と国立機関などが管理している。具体的には気象庁、防災科学技術研究所、海洋研究開発機構、国土交通省、国土地理院、自治体、大学、社会インフラ企業などと入り乱れている。総数としては多く感じるが、市町村数は一七〇〇なので、平均するとひとつの町に三ヵ所しか設置されていない。そのため揺れの大きさに実感との差が生まれることがある。阪神淡路大震災が発生したとき、大阪は震度4にすぎないのに死者三一名を出した。これは大阪には一ヵ所しか観測点がなかったため、実態との乖離《かいり》が生じたのだ。

相原は気象庁発表の震源が丹沢西の麓というのに、暫定ではあっても違和感を覚えた。この段階では精度よりスピードなので、範囲は六、七キロメートルまでしか絞られない。深さも一〇キロメートル単位である。いっぽう足柄平野ではどこでも震源地となる。それでも一〇年間の震央を重ねると、まだら模様が浮かぶ。震源とは地中で破壊が開始された箇所であり、その地表部分を震央という。気象庁の発表した地域で最近、地震は発生していない。足柄平野は三方を山に囲まれているので地震波が反響するうえ、断層が多数あり地震波が屈折しやすい。また気象庁が使う観測機器とは設置場所と機器の検測精度も異なる。

さらに光波測距計の問題もあった。彼は地震データを取り寄せて独自に解析することにした。

先ぶれ

表徴

アメリカの地震学者であるチャールズ・リヒター博士は、地震規模を計るマグニチュードの考案者であり、地震学を経験則から物理学モデルに進化させた。彼は地震予知を『まやかしと茶番のどこかにいるということだ』と厳しい発言をしている。

たしかに深海魚が網にかかったり、クジラが浜に打ちあげられたり、カラスが集団で騒いでいたくらいでは、前兆現象として心許ない。ペットのワンちゃんが吠えるのは機嫌が悪いだけだ。ネコちゃんが帰ってこないのは、もっと住み心地の良い飼い主が見つかったからだ。いっとき日本の研究者がナマズと地震の研究でイグノーベル賞を受賞したと報道されたが、あれは誤報だったとして取り下げられている。だが笑い話にならないのは、本当にそのような研究があり、一億二〇〇〇万円が投入されていたのだ。こういった宏観《こうかん》異常現象は、実際に発生していたとしても、地震との因果関係は立証されていない。

大気イオン濃度、ラドン濃度、地電位変化といった、もっともらしさが漂う用語で予知を吹聴する例もあるが、いまのところ後予知でしかない。地震雲と地平線の発光を地殻変動に結びつけるのは想像力が豊かすぎる。ＦＭ電波の反射もしかり。どこかの名誉教授のＧＰＳを使った予測は、測位誤差の除去すらできていない役立たずである。

二〇〇八年には、予言者を自称するブラジル人のジョセリーノ氏なる男の嘘八百で、地震流言が広まり、山形県民はおびえた。こういったペテン師は、予言日がすぎると、悪びれずに危機は先延ばしされたといって、次の好機を狙っているが、地震では勝率が低いとわかるとアメリカ大統領選挙の予測に鞍替えする。実は彼らの基準では地震予知は簡単である。日本ではＭ４以上の地震は月に七〇回、Ｍ５以上でも月に九回は発生しているのだ。

予言者ジョセリーノ氏の妄言の翌年、イタリア中央部でＭ６・３のラクイラ地震が発生した。死亡者は三〇八名だった。研究者にとって被害の数字よりも、その後の展開が衝撃となって揺さぶった。一月にはじまった群発地震が三ヵ月継続すると、それっぽい流言が拡散して、地元民は遠方の親戚に身を寄せるか、屋外で寝ていた。というのもこの地では一九一五年にも大地震（アヴェッツァーノ地震　Ｍ７・０）が発生しており、三万二六一〇人の命が失われており、地震がつづいたら事前に身を守るという伝え話があったのだ。根拠のない予知をふれ回る輩に、住民の不安は暴発寸前になり、政府の市民保護庁が委員会を召集する。目的は科学者たちに安全宣言を発表させることだった。委員会メンバーは保護庁の副長官と同庁の地震リスク室長、そして専門家の五人である。根拠はそもそも地震予知ができないこと、さらに群発地震の後に大地震が発生する率は高くない点があげられた。その前後のイタリアにおける群発地震一二七回のうち、大地震が発生したことはなかった。例外がラクイラ地震だったのだ。市民保護庁の安全宣言を聞いた人々は、当地の伝え話からの慣習をやめて自宅に戻っていた。そこに地震が発生した。

犠牲者親族と負傷者の三四名が、委員会の誤った安全宣言に対して、刑事と損害賠償の告訴をおこなう。一審では委員会の全員を有罪としたが、二審では副長官だけに執行猶予付きの禁錮二年が宣告され、他の者は無罪となった。判決理由は曖昧ながら、群発地震が継続していながら住民を自宅へ引き戻す宣言がされたこと、それは主に副長官が小さい地震によってエネルギーが放出されていると、マスメディアのインタビューへ詭弁《きべん》したことだとされた。

世界の地震学者と学会は、おおよそ次のような内容の不満を表明した。研究にもとづく意見表明が刑事責任を問われるのは、自由で開かれた研究活動を阻害し、防災政策への協力を委縮させる。ひいては非科学的な手段で政策が決定されることになると。判決への懸念表明は裁判の論点とは齟齬《そご》があったが、大枠では正しい。

日本は地震と火山の研究は世界一であり、イタリアのような愚にもつかない判決は非文明的だと自惚《うぬぼ》れがちだが、この分野では日本はイタリアそしてアメリカより遅れている。論文数、その引用数、予算、研究者の人数・年齢層と、年々差をつけられている。学校教育で地学は理科科目のつけ足しでしかない。

日本の地学界は迷走していた。『地学団体研究会』は科学のアプローチを棄ててプレートテクトニクスを拒んだ。日本の地震ムラは長年にわたり東海地震の予知に固執していた。危機をあおると予算が得られることと無関係ではない。

繰り返し相似地震というのがあって、岩手県釜石では一九五七年の観測から五・三五年の正確な間隔で地面を揺らしていた（二〇〇一年からの間隔では五・五二年）。地震規模はM５程度のものである。マグニチュードは1小さいと、エネルギーは三二分の一になるので、繰り返し地震による被害はない。しかしこういった特殊な例を除けば、地震予知は不可能である。釜石の繰り返し地震も東日本大震災（東北地方太平洋沖地震）で間隔が狂ってしまった。

日本において予知が不可能と公言したのはガイジン地震学者のロバート・ゲラー博士である。彼がネイチャー誌に『ゆらぐ地震予知（Shake-up for earthquake prediction）』を発表し、日本の体制を批判したのは阪神淡路大震災（兵庫県南部地震）前の一九九一年である。日本の地震予知ムラはガイジンごときの意見に不快感を露骨に示して批判した。しかし、その後の新潟県中越地震（二〇〇四年）、東北地方太平洋沖地震（二〇一一年）、熊本地震（二〇一六年）、北海道胆振《いぶり》東部地震（二〇一八年）、能登半島地震（二〇二四年）も、予知研究はなんの役にも立たなかった。阪神・淡路大震災の発生確率を震災後に再計算すると、あの日（一九九五年一月一七日）では一パーセントにも達しなかった。地震学者は東日本大震災がおこる一一年前に、三〇年以内に九九パーセントの確率で宮城県沖に大地震が発生すると公表していた。しかしその規模はM７・５程度であり、時間枠も長すぎるので、予知にならないし、実際にはずした。

また地震マグニチュードは日本独自の指標だったし、観測網は組織の縦割りで乱立している。活断層は地震の結果であり、原因とは考えていなかったのはしかたないとしても、いまだに断層は地表面にあらわれたものだけという学者もいる。では海底面に露出していても見えないならば、活断層は存在しないことになるのか。

学校での地学教育は遺棄されたようなものだ。地震波のP波は縦波で先に到着し、S波は横波で遅れて届くと呪文のように覚えるだけで、背景までは説明しない。Pはプライマリーのことで、『最初』や『先行』『優先』といった意味である。ネットのプライム会員と語源は共通する。そしてS波は二番手のセカンダリーであり、野球のセカンドとおなじである。縦波と横波の意味、さらになぜP波が速いのかは興味があれば自分で調べろという指導方針である。

簡単にいえば、群集の中で背中をガツンと押されて前に倒れるのがP波、その群集がダラダラ横に広がって移動するのがS波といったところである。P波は地殻の圧縮伸張による急激な体積変化、S波はのっしりとした地殻のズレであり、前者がカタカタ揺れて、後者はユサユサとなる。S波は媒質変位によるものだから固体中でしか伝わらない。この性質を使って地球深部を透視できる。マントルの下にある核の上層が液体であることも、地震波で判明した。

岩石の名称もそうだ。カンラン岩や玄武岩、花崗《かこう》岩、安山岩などの言葉を羅列されると、それだけで地学がつまらない学問に堕《お》ちてしまう。

濃緑色を帯びた岩石のカンラン岩は、英語ではオリーブ色をしているのでオリビンと呼称されている。これをオリーブと似た中国の植物である橄欖《かんらん》と間違えたことが由来だとは教えない。玄武岩は黒色であり兵庫県の玄武洞から命名されたが、そこが中国の亀に蛇が巻きついた四神のひとつ『玄武』を思わせるからだとは、教科書には書かれない。花崗岩は御影石とも呼ばれるが、それは神戸市の御影で採れた石の知名度が高かったからだ。また花崗が中国語の『模様のある石』という説もあるが、はっきりしていない。大事なのは花崗岩に無理やり意味を持たせる必要はないということだ。たとえば安山岩はアンデス山脈の石という意味の英語名アンデサイトをそのまま和名にしただけだ。

国の科学政策も短期間での成果を求めすぎる。たった数年の任期で地球科学のなにが解るというのか。大学での研究費は削られ、博士課程への入学者数は減っている。結果として地球科学の高被引用論文数は国際順位を落としており、最近のレポートでは一一位にまで低下していて、下げ止まる気配すらない。

こんな投げやりな教育状況にあるのが日本の現在である。

ところで地震の前兆だが、ネズミの姿が都会から消えるとか、乳牛の搾乳量が減ったり、インコが夜中に歌いだすといった現象よりは、だいぶ説明力のあるのが地下に関するものだ。土砂災害前に地鳴りを聞くひとが多いので、地震前の微弱な前駆地震動で鳴動が伝わることはあり得る。男鹿《おが》地震では石油の滲出があったが、これは有感地震をともなっていたので前兆とはいえない。

東日本大震災前の大船渡の寺で井戸の渇水があったし、温泉施設の水温変動も記録されている。しかし震源域は陸地から一〇〇キロメートルも離れた海底なので、大船渡の井戸との関連性を素直に認めるには根拠が乏しい。これだけ震源域から離れていて前兆現象があらわれるのなら、さらに周辺で同様の変化がないとするなら、まずその因果の説明が求められる。

いっぽう足柄平野には直下型地震になる断層が多く、さらにはプレート沈み込み帯の上でもある。それゆえ地下での地質構造の変化が地表にあらわれても不思議ではない。

＊　　＊　　＊

小田原市立泉中学校は市内の人口増にともない一九六七年に開校した。その当時から校庭には校名の由来である泉が湧いている。この日、泉が枯れた。

南足柄市でも井戸の渇水が地元民の耳に伝わっていた。開成町の丘陵地では石垣の隙間から水が流れてきた。山北町にある武田信玄公の隠し湯と喧伝される中川温泉では、もともと高めの水酸化物イオン濃度がｐＨでさらに〇・二あがった。松田町では道路のアスファルトにヒビが入った。

大井と松田山にある光波測距計の変化は四ミリメートルとなっていた。これは年間の変化量に相当する。時間帯と湿度の補正前なのでいくらか誤差を含むとしても、いよいよノイズとして座視するには偏った傾向を示していた。寄《やどりき》と中井の傾斜計も遅ればせながら沈降を知らせたが、箱根での変化はなかった。

相模灘

「潜航します、ベント全開」

パイロットの矢部が支援母船に通知すると、透明キャノピーの向こうでウェットスーツを着た作業者《スイマー》がケーブルを切り離し、潜水艇は波をかぶった。バラストタンクに海水が注入されると、クジラの潮吹きとおなじ水しぶきがはじける。漁船をふたまわり大きくした母船を背景に、ひととき虹の橋を渡した。プランクトンが増えることによる濁り潮がはじまっていたが、透明度はまだ高かった。

潜航服の上に防寒着をまとって着膨れした中野と海老名の両名は、すぐに視線を海中に戻した。

中野は生物学者、海老名は地質学者だが、どちらも陸上に興味はなく、海底世界を専門としている。

彼らが乗るのは日本海洋調査株式会社が所有する潜水艇である。製造はアメリカのディープ・ブルー・オーシャン社で、パイロット一名と研究者二名を二〇〇〇メートルの海底まで連れていってくれる。

日本には国立海洋研究開発機構《JAMSTEC》が所有する『しんかい６５００』という年代ものだが立派な有人潜水調査船があるものの、いかんせんオーバースペックで、忙しく海外の深海を潜っているので、彼らが現場としている一〇〇〇メートル程度の浅瀬では、順番が回ってこない。日本政府には有人の潜水調査船を追加発注する気はなく、さりとて民間企業への資金援助もないため、海洋調査は有人無人を問わず、アメリカ、中国、ロシア、フランスに差をつけられている。ひとつ前の潜水調査船『しんかい２０００』は老朽化による退役ではなく、予算不足で展示物になったのだ。

「自由に使える有人潜水艇がないなんて、海洋国の名がすたりますね」

中野がいつもの不満を口にした。彼らが同乗するのは今回で三回目であり、潜航の勝手がわかっていたので、道中はのんびりと海中の変化をながめて、世間話をした。

「いまや渋々ながらもお金を出してくれるのは無人潜水機だけですから」

海老名がタブレットを見ながら口を動かした。有人潜水艇が与える臨場感とか、臨機応変といったかけ声では予算はつかない。フロンティア・スピリットなどは前世紀の死語となっている。

「生身の人間が潜らないでは、遠隔カメラで水槽の金魚を観察してるのといっしょですよ。そんなの自然科学ではない、警備室でモニターを見つめる係員ですよ。ねえ矢部さん」

「そのおかげで、声をかけてもらっているので、政府のケチさには感謝しています」

パイロットの矢部が指でコインの形をつくって、ふたりに歯を見せた。

彼ら三人が目指しているのは、相模湾の南西に浮かぶ初島の海底一〇〇〇メートルである。初島は温泉地で有名な熱海の港から、船で三〇分の距離に、ポツリと頭を出す周囲四キロしかない小島である。島民は二〇〇人程度だが、民宿や大型ホテルがあり、近場のリゾート地としてにぎわっている。

島南東の海底には初島沖深海底総合観測ステーションが置かれていて、地震計や地殻熱流量計など複数の観測機器とともに、ビデオカメラで海底をモニターしている。データは海底ケーブルで初島を経由して横須賀の研究センターに伝送されている。一九九三年の設置当時は、ここから得られたデータを活用した論文も多くあったが、近年では数も減っている。幾度か装置の改修や増設もされたが、やはり定点観測では変化の激しい相模湾の全貌をつかむには過重な期待だった。

彼らの目的は観測ステーションでは見えない西相模湾断裂帯の調査だった。もっともこの断層は肉眼でも見えない。丹沢と箱根から流れてきた堆積物が積まれているからだ。

潜水艇が水深二〇〇メートルを通過し四〇〇メートルになると、地上の光は闇に吸われ、艇内が冷える。高純度の酸素を循環させているので、暖房ヒーターは装備していない。搭乗者は昨夜から水分補給を控え、保温ソックスを履き、蓄熱式の携帯カイロを持参していた。照明に興味を示す小魚が、コブダイの頭の形をした半球のメタクリル樹脂キャノピーをつつく。潜水艇の渦に刺激されて夜光虫がほのかに光っていた。海の色が濃くなり、濃紺から漆黒に変貌する。

耐圧殻が圧縮されてきしみが足元を震わせる。たとえ頑丈な64チタン合金製と吹聴されても、ふたりの学者は、この音に慣れない。日本の潜水調査船は安全係数を十分にとっている。『しんかい6500』では一・六倍なので、その数値を乗ずると水深一万メートルとなり、世界のどの海底へでも潜航できるフルデプスの性能を持っていることになる。いっぽう彼らの乗る潜水艇は、安全係数をせいぜい二五パーセントしか加算していないが、設計深度は二〇〇〇メートルなので、相模湾の調査に不足はない。

それでも、ここ相模湾は日本の深海湾として三本の指に入る深さだ。他の二ヵ所は駿河湾と富山湾である。どれもプレート境界にある。湾の外洋側は急激に深くなる。ちなみに相模灘とは伊豆半島と房総半島の先端に線を引いた内側の広い海域であり、相模湾はずっと狭い三浦市の城ヶ島と、真鶴《まなづる》半島の内陸側となる。ということは熱海も初島も相模灘に面しているのだが、言葉の使い分けは、かなりいい加減だ。

伊豆半島が南方からやってくるまで相模湾と駿河湾はつながっていた。日本海側の地殻は古いが、太平洋側はいまだに削られ、褶曲し、盛りあがっている。そのため地形が複雑である。河川からは陸上の有機物が、また暖流と寒流が大洋から微生物を大量に運んでくるので、生物の種類も豊富である。おまけに相模湾の海底では火山性のガスが泡立っていて、地熱温度も高い。つまりふたりの学者にとってジャンルはちがえど、観察場所はぴったり共通していた。

設計の古い『しんかい６５００』と比べて、ディープ・ブルー・オーシャン社の潜水艇は視界が広く、シートに座って観察でき、機器類も整然としていて宇宙船にいるようだ。操艇はタッチパネル式のコンソールに集約されていて、ジョイスティックで姿勢を制御する。潜水艇は小型船舶免許を取得すれば操縦可能だが、一度でも乗船すれば、そんな考えは破棄する。高輝度の照明があっても、なんとか視界一〇メートルの世界で上下左右の海流の動きを先読みしないと、たちまちバランスを崩してしまう。沿岸捕捉波や循環流、湧昇流など独特の流れが不意に変化する。周囲を見回しても陸地《おか》はない。それに海中には、水面とは別格の憂い、事故があっても救出が困難という暗影が共存している。まさに宇宙船そのものだ。

潜水艇は基本的には浮く構造になっている。ただし漁具ロープに引っかかったり、岩にはさまる等のトラブルはある。その場合は強靭な炭化ケイ素の索につながる救難ブイを中途まで浮かせて、支援母船が引き揚げる。漁具ロープのトラブルは別の潜水艇で実際に発生した事例だが、岩にはさまる不首尾の回避はパイロットの腕にかかる。

耐圧殻の内径は三メートルあり、速力は最大三・二ノットまで出せる。潜航時間は沈降と浮上を含めて九時間で、加えて非常時の酸素ボンベと二酸化炭素を吸着する水酸化リチウムのキャニスターは九六時間分積んでいた。浮力材は中空のプラスチックビーズでできたシンタクチックフォームだ。バチスカーフ型潜水艇が活躍した時代は、さほど比重が小さくないガソリンを使用していたので、浮力材がかさばって巨大魚に吸着するコバンザメ状態だった。

ときおり温度躍層で潜水艇が揺れるが、潜航は静かな行程だ。三〇分もすると海底の一〇〇メートル上まで到達し、パイロットの矢部がタッチパネルを操作して可変バラストを調整する。スラスターで水平をとって潜水艇を安定させた。潜水艇が揺れるのは海面に漂うときだけで、海中へ沈降すると波がないので船酔いしない。それに一気圧を保っているので、耳奥を圧迫する不快感もない。光の量は地上の一〇〇兆分の一という、つまり照明を消すと真の闇だ。これから半日近く、海底散歩となる。彼らは昼食のサンドウィッチと温かいお茶を持参している。辛抱するのはトイレだけだ。

パイロットが高速音響モデムを介して視程、水温、潮流のはやさと方向を母船に連絡して、トランスポンダで位置の特定をおこなう。音波の遅延は一秒だけだ。そこからはジャイロと音響ドップラーの慣性航法システムに切り替える。

ナマコとエビを視認できる。マリンスノーに交じって、細長いアナゴの仲間が横切る。マリンスノーは動植物プランクトンの有機物だが、日本の学者が命名して学術用語になった。六基のスラスターで潜水艇は沈降し、海底面一メートルのところまで降下した。

潜水艇の観測機器プラットホームに設置されたＣＴＤＶ（電気伝導度・海水温・圧力・音速）と化学分析機が海中環境を調べる。電気伝導度で海水の塩分濃度と密度が測れる。

「メタンが混ざってますね」

地質学者の海老名が指摘した。

「どこかから吹き流れているようです。一〇時方向へ進んでもらえますか」

生物学者の中野がすかさず進路を決める。中野にとってメタンガスは深海生物の狼煙《のろし》である。

海老名には断層帯への道祖神となる。ふたりは科研費をかき集めて、また他所の大学の研究室からも参加を募り、潜水艇をチャーターしていた。したがって収集したデータは三〇日間だけ独占できるが、その後は協力者に公開する約束だ。論文執筆は時間との競争になる。日本海洋調査株式会社からは、成果発表に社名を加えることで、そこそこの割引を提供してもらっている。

パイロットの矢部がモニターに表示される海底地形図に位置をマークさせて、ジョイスティックを傾けた。モーター音が艇内に伝わり、潜水艇は土けむりをあげないように海底をなめらかに移動した。低速なので舵は使えない。

軟泥に一輪の花が咲いて風ならぬ潮流になびいている。海底から茎を伸ばして、花弁が開いているのは、クラゲの姿をしたオトヒメノハナガサである。植物ではなくヒトデやナマコの仲間である。

「あそこにいるのはダーリアイソギンチャクですね」

中野が目ざとく見つけたのは、チアリーダーが振るポンポンに似た生物である。名前のとおりダリアの花を思わせる。ゴカイも頭を出している。

「硫化水素を検出しましたよ」

子どもに誕生日プレゼントを手渡す口調だ。

「それは楽しみだ。断裂帯を遡ってもらえますか」

「堆積物で地形が見えません。プロファイラーを使いましょう」

それは視程の悪い水平方向を探るサイドスキャン・ソナーと、海底下の断面を調べるサブボトム・プロファイラーを合体させた音響測探装置である。海底は陸地からの堆積物に埋もれているが、この測探装置で断層帯の輪郭が画像として浮かんでくる。小型化が進み、重量を制限される潜水艇にも搭載が可能になった。ただし正確な位置を決定できるＩＮＳ（慣性航法システム）は必携である。

「あれはエゾイバラガニでは？」

ふたりの学者がシートベルトを緩めキャノピーに額をつけて観察する。潜水艇の重心が移動したので矢部がジョイスティックで姿勢を調整した。学者たちが物欲しそうに見つめるエゾイバラガニは、深海に棲むタラバガニの仲間で、カゴ漁でかかることがある。なかなか美味というだけでなく、初島を世界に知らしめた生物群集が近くにあることを示唆している。

「あそこ！」

中野が照明に浮きあがる色の抜けた一帯を指し示した。シロウリガイの群集だ。水管まで見える。

「この群集は見たことがない。新しい集団だ」

中野が興奮して映像を記録する。シロウリガイは二枚貝の一種だが、酸素呼吸をしない化学合成生物である。西相模湾断裂の海底に閉じ込められたメタンガスが、海水中の硫酸イオンと反応して、硫化水素に変化する。それをエラに共生するバクテリアに吸収させて、エネルギー変換させている。

「死骸が少ない。つい最近、引っ越してきたようです」

化学合成生物はこれまで海底の熱水が湧く箇所では見つかっていた。相模湾でもシロウリガイの化石が見つかり、昔から貝殻も拾われていたので存在はわかっていたが、まさか初島界隈にいるとは多くの学者が予想していなかった。

シロウリガイの赤血球はヘモグロビンを含んでいるため、貝を開けると中身は真っ赤な血の色をしている。硫化水素を食べているので、解剖すると汚水の匂いがする。中野は匂いを嗅いだことがあるので、鼻をひくつかせた。シロウリガイを好物にしているのが、さっき見たエゾイバラガニであるが、さすがにここにいるカニを食する気にはなれない。

「なかなかの群集ですね」

パイロットの矢部が感想をもらす。

海底一〇〇〇メートルでのバイオマス量（生息する生物の有機体量）は一平方メートル当たり数グラムだが、彼らの眼下では一〇キロはあるだろう。白い貝殻がドミノ倒しのように重なり、散らばっている。

「海水温を教えてください」

「一三度です」

彼らのいる初島海域の湧水は一〇度なので、さらに温度が高い。参考として水深一〇〇〇メートルでの平均海水温は、どこの海でも摂氏三度程度である。

相模湾は火山に囲まれているが、初島は隆起によってできた島である。そのため海底での湧水成分は火山性よりも、地中の圧力からもれ出る間隙水で薄まる。しかし温度が高いということは、間隙水と相容れない。

「ハオリムシですよ」

化学合成生物であるチューブワームの和名を中野がいう。

「貝と海水を持ち帰りましょう」

「土壌もお願いします」

潜水艇が着底した。土けむりがおさまるのを待ってから、二本のマニピュレーターを矢部が操作する。中野と海老名の注文に応えて土と貝をサンプルケースに収納し、海水を容器に入れた。

ふたたび浮上して、中性トリムを維持しながら潮流に逆らって航送すると、シロウリガイの群集に穴が空いていた。湧水ポイントらしく、温度のちがう海水が揺らいでいる。中心部が茶褐色に染まっていて、気泡が数珠つなぎになっている。潜水艇は着底した。

「温度は二五度です」

矢部が声をつまらせた。

「冷湧水生物群集とは呼べないですね」

「化学組成はわかりますか」

マニピュレーターが化学分析用のプローブを湧水口に延ばした。

「メタン、硫化水素、硫酸イオン、二酸化炭素とフッ化水素が多い。ガスを集めましょう。帰って調べないと」

「酸性度はいかがです」

「pH7・1。ほとんど中性ですね」

海水はアルカリ性である。西太平洋の海水面でのｐＨは平均８・１、水深一〇〇〇メートルで７・４前後となる。つまり酸性成分の湧出でアルカリ性が弱まっているのだ。

「メタンハイドレートじゃないですよね」

「相模灘では聞きませんね」

「これは火山性ガスですよ」

矢部が間隙水の混ざった海水とガス、土壌を採取した。

「あっ、亀裂ができている」

海老名が海底に開いた傷口を示した。最近できたらしく、堆積物で完全には閉じていなかった。亀裂には貝が集まっている。

「あっちは噴砂ですね」

海底からお椀型の小山ができている。水圧にあらがい泥砂が噴き出した跡だ。

「うん、噴砂のようです」

「どういうことなんでしょう」

パイロットの矢部が疑問に懸念を混ぜた声音でいった。

「活発になってます。一年前とは別世界です」

地質学者の海老名も腕を組んで困惑気味につぶやいた。

「向こうを見てください」

中野が声をあげた。潜水艇はひとつで二万ルーメンの明るさがあるＬＥＤ照明を、六基搭載している。そのうちの四基がくり抜く光芒の輪郭には、別の湧水が昇っていた。

「圧縮力が働いて、火山性ガスを含んだ間隙水がそこかしこで吹き出しているのです」

海老名の口調は冷静だが、つき合いの長い彼らには、興奮を隠せないのがわかった。

「地震活動は報告されていませんよ」

相模湾には防災科学技術研究所によって地震観測機器が設置されているが、場所は相模トラフのため、湾西側の観測は手薄になっている。

「ゆっくりとした局所変動があったのでしょう」

「スロースリップですか」

「プレート沈み込み帯ですから、否定する根拠はありません。房総と駿河湾ではスロースリップがおきていますから。でもこれは断層の部分破壊でしょう。相模湾一帯は分岐断層が多すぎます」

「首都東京もですよね」

「ここが大規模に破壊されると、都心にも激甚な災害がおこるでしょう」

「誘発ですか」

「プレートの沈み込み帯の上には断層帯が走っている。それは西湘も湘南も首都圏もおなじです」

「母船に連絡します」

矢部が状況報告する。ふたりの学者は透明キャノピーに身体を密着させて観察する。

「いやいや、あり得ない」中野がメガネを拭いて、凝視する。眼の退化した白い生き物がわさわさ動いている。「ユノハナガニですよ。熱水噴出域にいるカニです。相模灘での報告はない。近くで熱水が湧くのは小笠原の青ヶ島や明神海丘です」

大きなサワガニを脱色したようなユノハナガニも、硫化水素をエサにする化学合成生物である。

「幼生が海流に乗って相模灘へやってきたのでしょう」

「そんなこと可能なんですか？　異常気象で海流が蛇行しているのが原因ですかね」

「世界の熱水鉱床に同様の生物がいるという事実から、分散はおこっています。遊泳できない甲殻類が拡散するには、幼生分散しか方法がありません」

「分散中は熱と硫化水素のエネルギーを得られなくなるから、代謝をギリギリまで抑えるとしても、距離がありすぎではないですか」

「熱水生物は生命力が強いので、数週間くらいなら幼生が移動しても活動を維持できそうです。とくにユノハナガニは水圧変化をものともせず常圧下でも飼育できます。幼生は成体とちがって、熱をさほど必要としないので、分散の障害はさらに低くなります」

「もっとシンプルな推論もできますよ。小笠原ではなく、ずっと近いところに熱水が湧いているというのはどうです。飛び石で伊豆＝小笠原弧を北進してきたんです」

「あり得ますね、大島も八丈島も火山は活動中ですから。無人潜水艇は視野が狭いから、見逃しているのが多数あるでしょうね」

「だから有人調査船が求められるのです」

「問題はコロニーをつくるほどの環境が、ここにあるっていうことです。温度だけでなく重金属濃度が高くないと生きられないでしょうから」

「こうなるとマンガンやコバルトが抽出されても驚きません。ヘリウム3も」

「見てください。魚が死んでいる」

白い腹を出して数匹の魚が横たわっていた。海岸沿いだったら死んだ魚で興奮したりしないが、深海だと死骸の見方も変わってくる。ヒトデが散見されるが、あまり食われていない。水深が深いので、エサにする生物が少ないとしても、それだけが理由ではない。

「水質が変化したのです」

海老名が断定した。硫化水素はたいていの生物には有毒である。初島の西には群発地震が多い伊東温泉があり、その沖、つまり初島の南には、海底の水蒸気爆発がおきた手石海丘《ていしかいきゅう》が構えている。

手石海丘といえば、海上保安庁と潜水艇乗りと火山学者には忘れられない事件がある。一九八九年に海上保安庁の測量船である拓洋二六〇〇トンが海底火山の噴火に遭遇したのだ。全員無事だったが、その体験は詳しく記録に残っている。

拓洋は事件で済んだが、海上保安庁の別の測量船、第五海洋丸は悲劇であった。一九五二年のことだが、中野が言及したユノハナガニの生息地である小笠原の明神海丘の北東部にある海底カルデラを調査中に、噴火に巻き込まれて三一人全員が行方不明になった。爆風は秒速七〇〇メートルだったと推定される。

とにかく相模灘は、生物種も数も豊富だが、それは海流と地殻活動の激しさの裏返しである。

「今回は収穫が多いですね」

「あまり喜ばしい状況とはいえなくなりました」

「どういう意味ですか」

パイロットの矢部は理解していたが、明確な回答を得たくて学者ふたりに尋ねた。

「海底に異変がおきています」

地質学者の海老名が軽々という。

「生物は異変に正直です。東海地震を口にするのは不届きですが、それに類する事象を再評価すべきです」

「まだ割り当て時間はあります。調査を継続しますか」

最終判断はパイロットの矢部がおこなうが、喫緊の切迫性はないため、ふたりに尋ねた。

「研究者としてはそうしたいのですが、事故があると、やはり無人機という話になります。安全あっての有人潜水調査ですから、はやめに切りあげましょう」

「同意します」

「懸命な判断です。では浮上・揚収の連絡をします」

足柄平野

相原はさっきの地震波データを解析して、場所を特定していた。深さは二三・六キロメートル、位置は二キロメートルほど離れていた。マグニチュードも〇・二大きい。気象庁は各機関や大学が設置した地震計のデータを一元化して取りまとめて、再計算をおこない位置精度を高めているが、結果が発表されるのは翌日になる。

震央は山北町と松田町の境界に近い里山だった。ここらへんは断層が複雑に走っており、要警戒地域でもある。少し前の資料では、まとめて神縄＝国府津＝松田断層帯と呼ばれていたが、神縄がすべる様子はないので、いまは活断層に含めない。ちなみに神縄は『かみなわ』が正しいが、誤って『かんなわ』が浸透してしまった。現在は『塩沢断層帯』『平山＝松田北断層帯』『国府津＝松田断層帯』の三本に分けて扱う。

これら断層帯は北西から南東に延びているが、北西は富士山直下の断層帯へ、南東では相模トラフへつながっていると見られる。

ひところ国府津＝松田断層と大地震の関係性が話題になっていた。千年で四メートルほど隆起と沈降しているが、地表に断層活動は認められず、地震の文書記録もない。プレート境界から分岐した断層と見られるので、単独で動く危険性は低いとされている。それでも連動はあり得る。仮にここがすべると、秦野と渋沢の断層の連動も懸念される。大地震の引き金になるには長さ一〇〇キロメートルのすべりが必要なため、単独の断層ではM7・5程度が限界である。富士山から小田原を経て、相模湾の海底で三浦半島の断層とつながっていると一〇〇キロをこえる。

相原は地震の解析結果と、光波測距計および傾斜計データを町田研究課長に報告して、関係者との打ち合わせを促した。課長は関連部署に情報を配布し、データを集めさせ、明日の午前中に会議をおこなうと約束した。できれば本日開催したいが、変動の原因が不明のため、まずは関係者によるデータの精査が先だった。変位量だけを示しても解決にはならない。そうなると観測班ではない相原の出番はなかった。

相原は震央とされる現地に向かうことにした。

「明日は小金井先生を訪問だったね」

電話中の町田研究課長が受話器の口をふさいでいった。

「午後に行きます。新幹線で一時間ですから」

相原が席を立つと、府川も動いた。

「目標のない野外調査だから、変わったものは見られないぞ」

「昨日は土地を知らずに研究なんて無意味だっていってましたよ」

彼らは国道一号から小田急線沿いの県道七二〇号に移って松田町方面へ北上した。その道路は酒匂川と狩川に挟まれた地帯を貫いている。風は冷たいが、車の中へ射す日差しには春の強さを含んでいる。小田急線の駅を三つ通過した。

「螢田《ほたるだ》駅に富水《とみず》駅っていうからには、さぞかし水が豊富なんでしょうね」

「足柄平野には自噴井、つまり掘抜き井戸が一〇〇〇ヵ所以上ある。ここら辺から昨日の狩川沿いの道路の間だけでも二〇〇ほどあったんだが、さすがにいまは減っているだろう。それでも神奈川随一だ」

「すごいですね。ぼくの故郷でも掘抜き井戸はありましたが、そこまで多くはなかった」

「北条氏康《うじやす》時代の小田原城下には日本最古の水道がつくられた。とはいえ沖積平野だからって、どこでも水が湧くわけじゃないからな」

「まさに足柄平野の特徴ですね。地表では火山からの砂礫が水を浸透させ、地中では粘土の不透水層がある」

沖積平野は河川が運んできた土砂の堆積でできた平野だが、日本に自噴帯のある平野はいくらもない。

「それは水害と背中合わせでもある。富士山の宝永噴火では、酒匂川の上流で天然ダムが決壊して足柄平野がスコリア（黒褐色の軽石）に埋もれたんだ」

「宝永地震の四九日後の噴火ですね。溶岩も流れたんですかね」

「これまで見つかっていないな」

「古富士の時代もですか？」

「富士山がどんな変遷をたどったか考えればわかる」

「ああ、ツインピークスの山だったから、溶岩の流路から避けられたんですね」

富士山は四階建てである。流麗な山体には三つの古い火山が隠れている。


（一階）伊豆半島がぶつかって隆起を開始し、数十万年前に基盤岩から動きだしたのが、箱根、愛鷹《あしたか》、そして先小御岳《せんこみたけ》の火山である。

（二階）つぎに先小御岳にかぶさって、こんにち北斜面の五合目に顔をのぞかせている小御岳火山が新たに活動する。この小御岳と南側の愛鷹火山は二〇万年前まで活動していた。

（三階）その後、小御岳と愛鷹火山の空間を埋めるように、古富士火山が激しく噴火して、ひとつの成層火山となった。箱根と古富士が吐き出すスコリアと火山灰は、東に吹かれて関東ローム層となる。

（四階）一万年前になると火口が西に移動して、新富士が誕生するが、このころの富士山には頂がふたつあった。

新富士からの溶岩は古富士に阻まれて、南側の黄瀬《きせ》川方面から三島に流れた。だから富士山の東側である足柄平野に溶岩は発見されていない。とはいえ古富士がなくなった現在、噴火様態によっては溶岩は静岡県の鮎沢川へ入る。鮎沢川は神奈川県で酒匂川となる。

ところでツインピークスの頂のひとつである古富士火山は、二九〇〇〇年前に断層地震によって山体崩壊した。岩屑なだれは御殿場の堆積物となり、酒匂川を下って小田原市の鴨宮に達し段丘を形成した。それから新富士は噴火をくりかえして、いまの懸垂曲線を描く姿となっている。

ふたりを乗せた車は二宮尊徳の生家である尊徳記念館の前を通過した。その際に相原は尊徳像の方向にかるく会釈した。

彼らは国道二五五号線へ右折して、御殿場線の下《しも》曽《そ》我《が》駅近くを走る国府津＝松田断層帯から、松田駅を経由して山北駅に向かい、酒匂川沿いにある平山断層と日向断層の露頭を見てまわった。

プレート境界型地震の発生間隔は数十年から数百年であるが、内陸型の活断層地震（学術的には内陸地殻内地震と呼ぶ）はその一〇〇倍も長く、時間幅がある。国府津＝松田断層帯は一〇〇〇年前後の間隔で動いていた。西側の塩沢断層帯は八〇〇〇年周期、いまいる場所は四〇〇〇年周期で、直近で二七〇〇年前に動いている。とはいえこれだけ間隔が開くと、断層地震の周期を防災政策に結びつけるのはプレート境界型よりも格段に難しい。

まだ数百年余裕があるからといって、明日すべらないともいえない。たとえば東海道線の熱海駅と函南《かんなみ》駅の間にある丹那トンネルは、工事中に北伊豆地震（一九三〇年　M7・3　死者二七二人）に不意をつかれ、地下水を排出する坑道が二メートルもずれた。工事作業員からも死者三人を出し、トンネルの設計を変更した。おなじ場所では紀元後《CE》八四一年（CE《コモンエラ》は西暦ADの新しい呼称）にも地震が発生しており、『続日本後紀』に書かれている。周期は一五〇〇年とされていた。

同一の断層が歴史書に残る形で動いたのはこの丹那断層くらいと思われたが、長野県白馬村役場近くの神城《かみしろ》断層地震が二〇一四年に動いた。人的被害はなかったが、それまで周期は一〇〇〇年と考えられていた。トレンチ調査の結果、三〇〇〇年前の地震痕跡が見つかり、歴史資料を調べると一七一四年の信濃小谷《おたり》地震（M6・4　死者五六人）に適合した。

つまり地震周期は人間の時計の進み具合とは噛み合わないのだ。熊本地震で動いた布田川《ふたがわ》断層の地震発生確率は、三〇年間でたかだか〇・九パーセントと見積もられていた。

相原は前回の調査記録を携帯デバイスに表示させて、目の前の岩層と比較した。思いつきで野外調査したところで、あからさまな異変を発見できるわけもなかったので、早々に移動した。彼らは付近の寺へ迂回して住職に地震の件を尋ねた。墓石のズレがないか知りたかったのだが、住職は見回りもしていなかった。

帰りながら、何軒かの民家に立ち寄って、井戸の水位について変化がないか尋ねた。研究所の観測井を補うために、幾度かアンケートに協力してもらったことがあった。すると三軒目に「昨日から井戸水が濁っている」という家が見つかった。そこでは洗濯に井戸の水を汲んでいるので、変化に気づいたのだ。

相原はもしやと閃いて、南足柄市の湧水公園である清左衛門《せいざえもん》地獄池を管理する環境課に電話をしたが、なんの連絡も受けてないとのこと。そこは名称とはちがって穏やかな景観で、明神ヶ岳から地下を浸透してきた水が日に一・二万トンも湧く池がある。よって多少のことでは変化はあらわれない。足柄神社にある厳島弁天池の湧水と、最乗寺の金剛水も聞いたが、水量にも色にも変化はなかった。そこで湧水関わりで、山北町の奥にある中川温泉にも電話すると、イオン濃度と水温の変化を通知された。

小田原駅周辺

小田原駅西口のロータリーには、北条早雲が猛る牛をけしかける姿の像が建っている。これは一〇〇〇頭の牛の角に松明を結わえて小田原城を攻略したと語られる『火牛の計』をモチーフにした、重さ七トンのブロンズ像である。一説では一〇〇〇頭の牛は、一四九五年に発生した可能性のある津波をたとえたものではないかともいわれる。

そのロータリー脇で、高橋巡査は交通指導をしていた。彼は横浜生まれで、横浜に育ち、大学は都心だったが、横浜で警察官としての一歩を踏むつもりが、いきなり神奈川の厚木警察署に配属になった。三年後には連続してハズレくじでも引いたように、西外れにあるつまらない街で勤務する羽目になった。現況を考慮するという文言を疑っていなかったが、もっと希望を強調すべきだった。それでもしばらくは横浜とは異質の時間が流れる田舎の生活を楽しむ予定だった。しかし交番勤務の雑務と地域のパトロール、そしていまのように課をこえた交通指導の助っ人で一日中忙殺されている。警察の人員不足が慢性化しているのをまさに実体験していた。

昼間であっても近傍に娯楽などほとんどなく、夜七時になると駅前からも観光客の姿は消え、建物の照明が落ち、にぎわいは暗闇に吸収され、場末の飲み屋街と化す。あまりに退屈で発狂しそうだった。そろそろ異動の時期なので、もうしばらく真面目に勤務して、さっさとこんなところから抜け出したかった。

小田原駅には新幹線が停まるし、遠距離を走る東海道本線の乗り換え駅でもあるため、家族や親戚などの送り迎えの車が多い。ロータリーに短時間だけ停めたつもりが、あっという間に二〇分経過して、レッカー移動を呼ぶ。むろん車の持ち主は怒る。だが道路交通法は万人に厳格だ。

「父がおととい亡くなったんです。だから親戚に連絡して、急いできてもらったんです」

黒服に黒ネクタイをしめた三〇歳前後の男性が、困惑をとおりこして周章狼狽していた。高橋は事情など気にもかけていなかった。

「すみませんね、事情はお察ししますが、違反を見てましたので。免許証を提示願います」

「だって石川県から大急ぎでかけつけたんですよ。それを迎えに行っただけなのに」

「申し訳ありませんね。駅に入って行くの見てましたよ」

高橋巡査は意に介せず決まり文句を告げた。

「だったら、ひと声かけてくれても良いでしょう」

「さあ、交通反則告知書を読み上げますから、同意できたら捺印してください」

「印鑑なんて持っていませんよ」

「でしたら指印でも大丈夫ですよ」

「指印？　指紋を採るんですか？」

「印鑑がなければ、それが決まりですから」

たいていはこれであきらめて指印を押すのだが、この男は生意気だった。

「拇印を押す根拠を示してください」

高橋巡査は予期しない反逆に腹が立った。

「根拠が必要ですか？」

「そりゃそうでしょ。どんな悪用されるかわかったものじゃないですから」

「わたしたちが信じられないのですか」

「いまやってることから、どうすれば信じられるんですか。さあ法的な根拠を教えてください」

高橋巡査は隣の巡査長に頼ったが、このボンクラ野郎は聞こえないフリをしている。

「あなたたちは警察官なのに違法行為をしているんですよ」

「違法ではありませんよ。交通違反の取締りです」

「父が亡くなり、急きょかけつけた親戚を迎えるのに手加減はないのですか」

「すみませんね、違法行為を現認したら取り消すわけにいかないんですよ」

「でも拇印は押しません」

くそっ、こいつは警察をなめている。高橋巡査は小突きたくなった。制服を着ていなかったら、そうしていたかもしれない。高橋巡査は法的根拠など聞かれたこともなかったし、勉強したとしても記憶に残っていない。したがってタブレットで対応を調べた。すると指印は任意であるとの答えを見つけた。高橋巡査はそれを素直に認めたくなかったが、ルールはルールだ。

「わかりました、指印は結構ですから、交通反則告知書に納得できたらサインをお願いします」

男は躊躇《ちゆうちよ》したが、車を取り返せる見込みもなく、妥協してサインに応じた。彼らはタンシーでどこかの寺へ向かった。

隣の花屋で墓参りの仏花を買う女もおなじ抵抗をした。見通しが効くので衝突事故などおこるはずもないロータリー出口での一時停止違反も容赦なかった。車を停める場所がなく、ひとときの二重駐車した軽自動車の老人にも切符を切った。市内には似たような場所が複数ある。国際通りの——なんとも田舎くさい名称だ——右折禁止箇所など、切符の草刈り場である。誤って進入しないように誘導するのではなく、右折先の道路で違反してきた車を待ち構えているのだ。

高橋巡査は交通取締りではなく、警察官のポイント稼ぎだと痛感していた。交通違反の検挙件数にノルマはないが、努力目標とされている。目標に未達成だからと、あからさまな罰則はないが、心象はどうだかわからない。高橋巡査は刑事課への部署異動を希望しているので、心象は大事だ。だからボンクラ巡査長の倍くらい違反者を見つけていた。

昼間は観光客と年配者と大学生ばかりで、会社員と子どもの姿は少ない。そして夜になるとハトもカラスもいなくなるが、軽犯罪は寝ない。

とりわけ小田原には競輪場があるので、開催日は忙しくなる。無料送迎バスから吐き出される中には、帰りの脚代すら残さないギャンブル狂がいる。一文なしのジジイは民家に置かれる自転車を盗んだりする。競輪開催日には酔っ払いが増える。路上に寝たり、奇声をあげたり、吐瀉《としゃ》物をぶちまけたり、無銭飲食の通報もある。

大学生にも嫌悪した。税金も払わないくせに、道をふさいで大声で話し、ブランドバッグを片手に、髪を染め派手な化粧と、ティム・バートンの映画の主人公みたいな尖った爪でバカ笑いしている。勉強道具がブランドバッグに入るはずもなく、穴の開いたジーンズ同様に、おつむも風通しが良さそうだ。体育会系らしき大学生たちも嫌悪した。三月だというのに薄っぺらいシャツで柔道着を肩にかけて、あるいはアメリカンフットボールのヘルメットを荷物からのぞかせて闊《かっ》歩《ぽ》している。横では携帯デバイスで動画を観ている虚弱体質。耳からは音楽がもれている優男。なんだってこんなつまらない街の大学に通っているのか謎でしかない。

高橋巡査は、とっとと横浜へ帰りたかった。

大沢涼介は額の汗をぬぐった。火災現場でも体験したことがない緊張で、手先が震える。着慣れないスーツに、ワイシャツの第一ボタンまではめているので貧血で倒れそうだ。居間のテーブルをはさんで大沢の正面に座るのは、結衣《ゆい》の両親だ。

「消防士らしいね」

父親が尋ねる。口調に詮索する雰囲気はない。単なる挨拶だ。

「湯河原町消防本部の消防隊員です」

「足柄消防署ではないのか」

足柄消防組合が小田原市消防本部と統合されて久しいが、地元民は足柄の呼称を捨てない。

「家が湯河原なのよ」結衣が説明する。

「温泉宿を経営してるのかな」

「普通のサラリーマンの家です」

「そうか。今日は休みなのかね」

「ええと――」

大沢は恩を着せないか思案したが、結衣が助け舟を出した。

「休んでもらったのよ、お父さんに合わせて」

「それじゃ急に出動ということはないんだね」

「はい、余程のことがなければ」

「余程？」

「いえ、通常は休みです」

結衣の父親は会計事務所を経営している。初顔合わせで、非常識をさらせられない。

「お父さん、尋問じゃないんだから」

母親が茶菓子をテーブルに置いた。

「そんなつもりはないんだがな」

「大丈夫です」

「汗をかいてますよ。脚を崩して、ネクタイもはずしてください」

「ありがとうございます」

そういったものの涼介は座したままだ。

「結衣とはどこで知り合ったのだね」

「厠《かわや》の前でした」

「栢山《かやま》の駅前よ」結衣が吹き出して訂正した。「あそこって踏切渡るとき、強引に右折する車があるから、危ないのよ。あやうくぶつかりそうになって、倒れ込んだときに、涼介さんが助けてくれたの」

「なんで栢山に」

「県西部の消防合同勉強会に出席していたんです」

「捻挫したとかいってた日か」

「捻挫は大したことなかったけどね。バッグのベルトが切れちゃって、そうしたら涼介さんがあっという間に応急処置してくれて」

「こう見えても、厠の小物づくりが趣味ですので」

「革の小物でしょ。革製品で小物をつくるのが得意なのよ」

「そう、子づくりが得意で」

こんどは父親がお茶を吹き出した。

「ずいぶん緊張してるわね。消防士は皆さんそうなのかしら」

「すみません、なにせはじめてでして」

「親への初顔合わせがしょっちゅうあったら、こっちが困る」

「そうですね。困りますよね」

「お茶なんかじゃ、話しにくいだろ。アルコールで清めるべきだな」

「お父さん、涼介さんは下戸なのよ」

「それじゃ人生の半分を無駄にしているようなものだ」

「お父さんとちがって、お酒も賭け事もやらないの」

「わしは仕事柄、つき合いがあったからな。しかし二日酔いとギャンブルがない人生に将来はあるのかな」

「とても立派じゃない」母親が味方についてくれた。

「下戸というより、アルコールを身体に入れると、反射神経が鈍くなるので、飲まないようにしています」

「消防活動のためか」

「そうです。自分では気づかないですが、判断力が悪くなります」

「常に出動を意識しているのか。それは大変だな」

「出動要請があったときに、仲間の隊員に迷惑をかけないようにするためです」

「仲間なのか、災害現場で困っているひとでなく」

「われわれのモットーは『要救助者を見捨てない』です。そのためには自分が要救助者になってはいけません」

「要救助者を見捨てない。すごい言葉だ。現場は怖くないのか」

「怖いです。だから細心の注意を払っています」

「やはり怖いのか。それなら安心だ」

「なにが安心なの」結衣が父親に尋ねる。

「無謀な者に結衣は渡せないからな」

長津田美幸は長男の優斗《ゆうと》と土いじりをしていた。美幸はスコップで、優斗はプラスチックのシャベルで土を裏返す。朝夕の空気は冷たいが、昼間はできるだけ外に出るようにしている。それは優斗の体質改善のためである。夫の直樹がホームセンターで買ってきた追加の土を車から菜園に運んでいる。

「さあこれで最後だ。どんな野菜を植えるのかな」

「ほうれん草にニンジンに、ピーマンよ」

「ニンジンきらい、ピーマンきらい」

「それじゃおイモにしましょう、あとはきれいな花」

「ぼくは仕事に戻るよ」

「ご苦労様です」

美幸も直樹も都心のマンション住まいだったので、土いじりは見よう見まねだ。一家が真鶴町《まなづる》に引っ越したのは、優斗の喘息《ぜんそく》が判明してからだった。もちろん空気が変わったからといって喘息がなくなるわけではない。しかし引っ越して一年になるが、呼吸の息苦しさは改善したと実感しているし、温度差のある日や、深夜の苦悶は消えていた。

真鶴の古民家を安く購入できたのは幸運だった。夫はソフトウェア会社に勤めているが、ほとんどの作業は自宅でき、ときどき小田原から新幹線で東京本社に出社するだけだ。業務に余裕があると平日でもこうやって家族といっしょにいてくれる。

真鶴は小田原市と湯河原町の境界に突き刺さる半島の町で、その先端にある景勝地の三ツ石海岸が有名だが、彼らの住まいは山の斜面側にある。地中深いところを東海道新幹線の弾丸列車が半島を貫いて走っている。庭からは木々の隙間にかろうじて相模湾をのぞけるところだったが、古木を切るとぐんと視界が広がった。欠点といえば伊豆半島の東側なので、日の入りがはやいことだろうか。

家は築六〇年を経過していて、そこそこ修繕費がかかったが、大部分は自分たちで手入れした。海岸線から細い道をクネクネ曲がった林の片隅にある集落なので、車が必須となる。住民の年齢層は高く、ここでも過疎化に悩まされていたが、それゆえ家族は歓迎された。新鮮な魚介類と野菜、それにミカンやキウイなどの果物もひっきりなしに持ち込んできてくれる。お返しではないが、夫が家電の使い方を説明したり、コンピュータの設定を手伝う。そうすると、食べきれないほどの生鮮食品がやってくる。

歳をとっているが腕のいい内科医が診療所を開いていて、いつでも相談にきなさいと、気配りを見せてくれた。小学校に入学してからの送迎は別途考えるとして、いまは子どもの健康が優先だ。田舎の自治体はどこでもそうだが、町では医療費の免除と児童手当がつき、移住の助成が出て、育児サポートも用意してある。

住居の耐震補強補助もあるが、すべてを整えるには資金が足りなく後回しにしている。

彼女たち夫婦は、子宝に恵まれなかった。どちらも体に問題はなかった。ふたりして不妊治療クリニックに通い、さんざんお金を使い、漢方薬を服用し、食事に気を遣い、夫は酒をやめ、悩んで、それでも希望は叶わなかった。彼女は痩せていたので栄養をとる努力をしたが、体質的に肉づきは良くならず、だんだんとノイローゼ気味になった、友人たちの話題は家族であり、買い物をしても子連れが目に入り、空き地では子どもの笑い声が聞こえ、外出がおっくうになってしまった。夫婦仲もギクシャクしていた。そうなると体調もすぐれず、何日か微熱がつづき、頭痛と吐き気がするので病院に行くと、妊娠を告げられたのだ。

「優ちゃんはママのお手伝いか。えらいな」

隣の田島さんがツナギ服に麦わら帽子をかぶってやってきた。手には野菜と鎌を持っている。土いじりに参加したいのだ。

「ブロッコリーが手に入ったから、もらってくれんか」

彼女たちの畑も田島さんの敷地を無償で借してくれたものだし、肥料も分けてくれる。この前は息子の優斗をトラクターに乗せてくれたのだが、美幸はハラハラして見ていた。年齢は七五といっていた。

「いつもいただいてばかりで申し訳ありません」

「ひとりじゃ食べきれないから、助かるのはこっちだよ」

「先日の白菜も、鍋にして食べました。甘くって美味しかったです」

「それは良かった。春白菜なんてゴロゴロしてるから、また持ってくるよ。あとピーマンだな」

きっと束にして持ってくるだろうと、美幸は想像した。田島さんは奥さんを亡くして、独り暮らしだ。

「田島じいじ、ピーマンいらない」

「優ちゃんはピーマン嫌いか、じゃあニンジンにしよう」

「ニンジンきらい」

「困ったな。それじゃモロヘイヤかな」

「モロイヤがいい」

「モロヘイヤよ」

「ドクダミは根っこが張っているから、できるだけ地下茎を引き抜くんだ。途中で切れるとそこから増えるからな」

田島さんが実戦する。鎌を使って根っこをたどり、引き抜いた。

「明日は天気が崩れそうだ」

田島さんが空を見あげていった。天気は西から変化するが、彼女たちの場所では山に隠れて見えない。それでも田島さんは肌で感じるらしい。

「そんなにひどくならないだろう」

はじまり

大震法

大規模地震対策特別措置法（大震法）は東海地震を想定して制定された。もとは駿河湾において一二〇年間地震が発生していないという研究内容が注目され、それが東海地方を襲う地震説に拡大し、静岡県出身の国会議員と知事が競うように立法化に猛進した結果だ。提案後、わずか二ヵ月で全会一致により成立した。そもそも、地震学者の間では全会一致どころか、予知が不可能であることを言明していた。専門家が言葉を濁すので、気象庁をはじめ当時の国土庁や科学技術庁の官僚がM８規模の地震なら予測可能と答弁した。根拠として別の地震で前兆すべりが観測されたためだが、これは二〇〇キロメートルも離れた位置での測量誤差を無理やり解釈したものだった。

法律によって地震観測施設と防災にかこつけた土木工事に膨大な税金が投入され、関係部局と地震予知ムラに資金が流れた。それでいながら、東海地震について若手研究者は権威者の顔色をうかがい、自由な発表が阻害される状況をつくった。さらに地震予知が可能と国民に思わせ、東海地震だけが脅威だという風潮を醸成した。巨大地震は沿岸で発生するものを念頭に置き、内陸型地震は配慮されなかった。

　この地震予知が前提となる枠組みでの成果は、まったく役立たずの、いわずと知れた数々の地震災害となって表面化した。

　そこで東海地震を後ろに下げて、代わって南海トラフ地震を看板にした『南海トラフ巨大地震対策特別措置法』が生まれた。これに合わせて、東海地震の発生予測を判定する地震防災対策強化地域判定会（判定会）も南海トラフ地震と一体化され、東海地震だけの判断は下さなくなった。

　地震予知の不可能を反省したはずなのに、法律はいまだに前兆現象をとらえられるという期待にもとづいている。そのため大震法の廃止と、『地震財特法』や『地震防災対策特別措置法』といった、地震関連法案の統合を唱える有識者の声は多い。

　さらに『日本海溝・千島海溝周辺海溝型地震に係る地震防災対策の推進に関する特別措置法』と、首都圏南部の『首都直下型地震対策特別措置法』なる法律がつぎつぎと制定される。

　法律があっても緊急事態に弱いのが、日本の政治と官僚機構である。その体質的な脆性を後追いの法律で糊塗《こと》する。災害関連の条文は災害救助法や建築基準法などで一〇〇〇にもおよぶという。東日本大震災では一年間で四五も制定されている。

　大震法の唯一といってよい存在意義は、警戒宣言の発令であるとされる。

　先の判定会は気象庁長官の私的諮問機関という位置づけになっている。私的なので法律による後ろ盾を持たない。法律に書かれているのは、気象庁長官が内閣総理大臣に地震予知の情報を報告すること、である。それなのに民間人である六人の専門家で構成される判定会の結論が、社会活動を停止させる警戒宣言のトリガーとなる。

警戒宣言が発令されると、交通機関は止まり、バスとタクシーも運行を中止し、船舶は入港を制限される。幹線道路の流入は規制され、学校は休校になり、商業施設の活動も制限される。電話は一般通話に利用制限がかかり、公共施設は閉館し、金融機関は窓口業務が停止する。病院は急患を除いて外来患者を受けなくなる。買い占めが広がり、生活必需品やガソリン、灯油はたちまち品不足になる。むろん地震保険の新規契約や補償の増額はできなくなる。警戒区域への立入制限や退去命令が出される。報道は地震情報の一色になるだろう。これだけの影響を考慮して、法的裏づけも保護もなく、科学的根拠も乏しい中で判定を下すのは、相当の覚悟が必要になる。

そもそも前兆現象らしき異変を検知できても、情報発信には規模と時間と地域の言及が不可欠である。地震は降水確率や台風の進路予測のように明瞭な判断ができる現象ではない。地震学者が予測不可能を自覚しながら、どうなれば判断を下せるのかも不明である。

発生予測をはずした場合、災害を免れたという事実を忘れて、判定会は批判されるだろう。予測は当たったとしても地震規模が想定より大きい場合も同様だ。そもそも警戒宣言はいつ解除するのか。解除後に地震が発生したらどう責任を取るのか。江戸時代後期の一八五四年一二月二三日午前九時過ぎに発生した安政東海地震（M8・6）の三一時間後に、安政南海地震（M8・7　死者約三万人）が連動している。敗戦が確定していた一九四四年一二月七日の東南海地震（M8・2　死者・行方不明者一二二三人）では政府は被害を隠蔽するが、地震波はアメリカに伝わり、敵国での状況が甚大であることは容易に想像できた。そして二年後にも南海地震（M8・4　同一万四四三人）がおきているのだ。

地震が発生しなくても国は損失を補償しないと条文に明記されている。建前上、判定会に責任はない。しかし検察審査会の議決で、関係者が強制起訴される余地を残している。イタリアのラクイラ地震での裁判は対岸の火事ではないのだ。

いっぽうで被災範囲が広すぎて観測データの取得もままならない南海トラフ地震では、警戒宣言を止めて、『臨時情報』の発表に変更している。この変更は交通機関や社会インフラの継続稼働を前提にした独自の防災対応を、事業者と個人に求めており、結局、なにが制限され、どう対応すれば良いのか不明である。せいぜい事前に一週間の避難をするようにとしか書かれていないのだ。二〇二四年には『臨時情報』のうち、『巨大地震注意』が発表されたが、あやふやなメッセージに解釈もひとそれぞれで、中途半端な対応に終始した。そのため『巨大地震警戒』が発表されたら、警戒宣言と同等の措置がとられると認識するしかない。法律と自然現象が乖離して、防災政策を混乱させている。

予知に資源を集中して失敗したので、きょうび地震予知を研究する学者の立場は、はなはだしく弱い。東海地震のまやかしと茶番は、地震学そのものを退廃させたのである。

しかし学問としての予知の研究は継続すべきである。

いまは実用に供せないとしても。

小田原および足柄平野は、南海トラフ地震と首都直下地震のふたつの特別措置法で対策地域に含まれている。ところが南海トラフ地震での想定被災エリアでは、小田原は東の端っこに、首都直下地震ではもっとも西に位置しており、どちらの地震でも想定震源域には入っていない。かつて東海地震で激甚被害を想定されていた足柄平野は、いつの間にか監視の重点箇所から落ちていたのだ。

相原純一が昨日提出した変位データの解説を、温地研の面々におこなった。技術部門が光波測距計と傾斜計データのノイズを除去し、誤差を加味して表にしてくれていた。それでも変位は残っていた。すなわち地盤がわずかだが隆起しているのだ。

ところが箱根方面では光波測距、GPS、傾斜、地温、水位、温泉成分等、どれも日常の変動の範囲で平常を保っていた。研究所では群発地震のあった箱根の観測に力を入れているので、変化なしとは、山側では地殻変動がおきていないということになる。箱根の火山活動とは別種の変動だ。

「プレートの動きにともなう局所現象ではないかな」

所員のひとりが一般論を述べた。

「GEO－NETでは小田原から伊豆にかけて長期的な動きを観測していますが、基準点の間隔が広いので足柄平野の地殻活動までは把握できません」

　ＧＥＯ－ＮＥＴは国土地理院が運用する測位衛星システムによる地殻変動監視システムであるが、同僚の発言どおり小田原あたりでは一五キロメートルほどのメッシュ幅である。足柄平野の南北は一二キロしかない。観測地点の値だけでは、地域を面として把握できない。

「干渉ＳＡＲはどうだ」

　町田研究課長が質問する。ＳＡＲは合成開口レーダーのことで、やはり人工衛星を使って地表に電波を照射して、反射波の性質から対象物の大きさや、土地利用状況などを解析する。ＧＥＯ－ＮＥＴを補完するように大地を面として観測できる。火山研究ではよく使われるが、衛星の回帰日数が一四日なので、非常時以外は観測時期が限られる。

「データは八日前が最後です。それに微小な隆起まではわかりません」

「まあそうだろうな。ＳＡＲで変化があったら、玄関扉がきしんだり、水道管が断裂して市民生活に支障が出ているだろう」

　所員たちが自由に発言する。

「東日本大震災までは小田原で水平ひずみが計測されていましたが、それからは停滞しています」

「ふたたび動き出したのかも」

「それでしたら観測網に反応があってもよさそうです」

「まだまだ観測体制は不十分だよ。数より質の問題かな」

「機器の更新は補正予算を使っていたらしい。老朽化も指摘されている」

「ＧＥＯ－ＮＥＴの気象遅延は改善されたと聞いています」

「大気圧や海水の移動による荷重変動は消せていない」

「重力観測衛星があってもですか？」

「時間分解能は低いままだから、季節変動の補正が定まっていないんだ」

「とはいえ、個別の観測機器を街中に置いてもノイズが激しいからな」

「陸地より海域での地殻変動データが充実しないと、プレート境界型地震の理解は難しい」

「これまでの定説だった理論が、東北の大震災で多方面に修正が入っているのも課題だ」

「うん、それが判断を迷わせる」

「あの地震はわれわれの無知を知らしめた」

「成り行きを見守るしかないでしょうか」

「積極的な様子見だよ。静観するわけじゃない。目を光らせておく」

「変位といっても狭い地域でおきている現象だからな」

「これまでも短期で収束することがあった。原因は説明つかないが」

「われわれの思いどおりにはいかんさ」

「異常を検知したらアラートを送るように設定してあります」

「関係部門にも注意喚起しておきます」

「中川温泉には定期的な報告を依頼しています」

「市と町の環境部には、井戸水に限らず、市民から通報があったら連絡くれるように手配が済んでいます」

別の同僚が電話をかける動作をして報告する。

「次の地震予知連の定例会はいつでしたか」

「先月実施したばかりだから、二ヵ月後だ」

予知連（地震予知連絡会）と、地震予測の判定会は別組織だ。予知連は学術的に地震の観測データや研究内容を共有する意見交換の場であるが、判定会は直近での地震発生を検討する緊迫した会である。温泉地学研究所も予知連の構成組織であるが、委員を送り込めていないので、発表は代弁者に頼むことになる。

「これから地震研に行きますので、専門委員の小金井先生にも伝えておきます」

相原が町田研究課長へ事前に伝える。

「そうしてくれ。県にはわたしから連絡しておく」

「なにごともないと良いのですが」

相原が一抹の不安を表明した。

「そう願っている」

町田研究課長が同意した。所員たちもうなずく。家族がいるのは皆おなじだ。

できるのはデータを集めることだけだった。同僚が口にしたように、変位が小さく、狭い範囲の現象だ。星占いと似たりよったりの根拠では、方策のとりようもなかった。

東京大学地震研究所

相原は温地研を出て小田原駅から新幹線で東京駅へ向かった。行き先は東京大学の地震研究所である。北風が吹いて、思わず身体を縮ませる。昨日までの暖かさは一夜にしてかき消されていた。黒い雲が鈍重にうごめく。予報では夕方から雨となっている。低気圧の通過する道筋次第では、みぞれか雪の可能性もあるといっていた。

東大地震研究所は関東大震災を契機に設立された。研究対象とするのは地震だけでなく火山や、地球物理学の理論から地震工学までの、防災につながる学問全般をあつかう学際的な組織となっている。

日本は災害が多いので学問としての地震学も独自に発展したと思いやすいが、実際は地震の少ないイギリスからのお雇い外国人たちであるジョン・ミルン、ジェームズ・ユーイング、トマス・グレイら三人によって基礎が築かれた。あのフォッサマグナの発見者である生意気なエドムント・ナウマンも、二二歳で東京大学の教授としてドイツからやってきた。つまり日本の地学は外国人の若造たちによって切り拓かれたのである。

先のジョン・ミルンであるが、彼は鉱山学の教師として招聘されていた一八八〇年に、横浜の自宅で日本人には平凡な地震に遭い（横浜地震　M5・8）、大地を揺らす学問に目覚め、世界初の地震学会を日本に設立する。その後、一九九三年になるまで学会名に『日本』がついていなかった。世界のどこにも同種の団体が存在しないため、その必要がなかったのだ。

地震研は小田原と遠からぬ因縁がある。というより、地震研が創設される前の、ジョン・ミルンの教え子である大森房吉《ふさきち》と、彼の後輩にあたる今村明恒《あきつね》の確執といったほうが、後世のゴシップとして有名になってしまっている。小田原および関東南部では周期的に大地震があることは当時から注目されていた。今村が一般論として、今後五〇年以内に関東で大地震があると発表したことで世間が騒ぎ、上司の大森から叱責を受ける。大森教授と今村助教授はそれまでも意見の相違が潜在していた。それは津波の発生原因といった学説のちがいだけでなく、大森が桜島噴火の趨勢《すうせい》を読み間違えたこと、房総沿岸での群発地震で今村が用心を喚起する旨の発言をしたことが、かえって人心の不安をあおることにつながったなどである。大森教授は地震学への貢献も多く、国際社会での知名度も高かった。そのため彼には監督者としての責任があり、意図に反するとはいえ新聞に軽率に引用される今村助教授の発言内容に忸怩《じくじ》たるものがあった。

今村の五〇年以内云々の論考はそれからも度々、新聞や雑誌に掲載されるが、最初に載ってから一八年後に関東大震災が発生する。そのとき大森はオーストラリアの学術会議に出席中であった。彼がシドニーの天文台に併設されていた地震観測所へ案内されると、地震計が振れた。すぐにその地震波が東京から伝播してきた揺れと判明する。彼は大急ぎで帰国の手配をする。しかしながら大森は出張前から体調がすぐれず、帰路の船中で病状が悪化し、日本に到着してそのまま入院し、一ヵ月後に脳腫瘍で死去する。高名な教授と無給の助教授、予知に失敗した泰斗と成功した門下生、震災とともに亡くなった不運の地震学者と地位を得た後継者。噂話の材料としては申し分ない。

とはいえ今村明恒の五〇年以内の地震説は、予知と呼べるものではなかった。ウェゲナーによる大陸移動説が唱えられたのはその一〇年前だが、まだ反対意見を払拭できていなかった。プレートテクトニクス理論の誕生はずっと後になる。大森と今村の地震学は歴史史料を基にしたいわゆる統計地震学と呼ばれるものである。それに観測データを適合させるだけの、理論に裏打ちされておらず説得力に欠ける手法のため、おのずと科学としての限界が見えていた。旧弊した学問の改革の声は物理学者の寺田寅彦や長岡半太郎、石原純といった異分野からも多々あがった。

大震災を目の当たりにして、学問としての地震学を強力に発展させる必要性が叫ばれて創設されたのが東大地震研である。初代所長には専門分野ではない造船工学の末広恭二が任命されたのは、大胆な学問の改革が必須とされたからである。

研究所の一号館ロビーに、寺田寅彦による銅版の銘板が飾ってある。

『……本所永遠の使命とする所は地震に関する諸現象の科学的研究と直接又は間接に地震に起因する災害の予防並びに軽減方策の探究である』

研究所二号館の地下には地震計博物館があり、大森が製作した装置がいまだに大地の動きを記録しつづけている。

相原は小金井博士の研究室に入った。地震学者の部屋はたいてい乱雑で土くさいが、他所の同業者では見ないほど整頓されている。

「ハラさん、お待ちしていました。外は寒の戻りですね。相原先生はまだロンドンですか」

「オックスフォードの仕事は終了したらしいのですが、急きょアイスランドの研究者仲間のところを訪問しています」

「相変わらず忙しそうですな」

小金井博士は相原より二〇歳も年上だが、胸襟開いて話せる学者である。小金井博士は研究所の教授であり、予知連の専門委員も兼ねている。温地研にも頻繁に出入りしている。目下の研究テーマがフィリピン海プレートによる地殻活動であり、相原の研究と重なる部分が多い。共著で論文を執筆中で、その意見合わせにきたのだ。

小金井博士が同席する若者を紹介した。

「彼は大学院生の豊田くんだ。一〇月に入ったばかりだ。コンピュータのシミュレーションづくりに長けている」

「それは心づよい。ぼくが書くと冗長で地に足がつかないプログラムになるんだ」

「地に足がつかないなんて、地球科学者らしくありませんね。小金井先生からいろいろうかがっています」

挨拶を交わすと、相原は荷物を置いて、年季の入った椅子に座った。

「オンラインでもよかったのですよ」

「そういいなさんな。会社の会議じゃないんだから、顔を合わせたほうが効率が良いに決まってる。三人よれば文殊の知恵というだろう」

「メールにはモデルに新たな要素を加味したと書いてありました」

「うん、まずは数々の失敗作を見てもらおうか」

小金井博士が合図すると、院生の豊田が机上のコンピュータを呼びおこした。

彼らは一九二三年の大正関東地震（関東大震災）の発生メカニズムと、それ以降の関東南部におけるクーロン応力の時間変化を調べ、歪みの蓄積量を予測していた。

大正関東地震の二二〇年前になる一七〇三年にはさらに巨大な元禄関東地震（元禄一六年　M8・2）が発生している。ふたつの震源域は重なるが、元禄関東地震のほうが広い。大正地震では足柄平野から三浦半島を横断して房総半島のプレート境界断層に達したのに対し、元禄時代の地震はずっと拡大して房総半島の沖合、三重会合点ちかくまで断層がすべった。元禄地震では横浜の戸塚から小田原までの宿場町はことごとくつぶれ、南関東一帯に津波、大火、土砂崩れ、地殻変動といった大災害をもたらした。房総半島先端の布良《めら》は六メートルも隆起し、野島崎が陸とつながった。元禄の元号は翌年に災異《さいい》改元し宝永となるも、一七〇七年（宝永四年）に御前崎から足摺岬までの南海トラフが動いて宝永地震（M8・6）が発生し、さらに四九日後に富士山が噴火している。

元禄地震でも古文書に多々記録は残されているが、雨水を貯める天水桶が地震計代わりの時代ゆえ、客観資料として曖昧さは否めない。いっぽう大正関東地震時には国内の測候所と帝国大学など六〇ヵ所以上に地震計が設置されていた。さらには国外の大森房吉が目撃したオーストラリアのリバビュー、台湾の台北、アメリカのバークレー、エジプトのヘルワン等々でも観測されていたので、地震のモデル化に適している。

豊田がディスプレイの向きを回して、シミュレーションの結果を相原に見せる。

「これはハラさんの見立てです」

元禄関東地震を起点として、一七八二年の天明小田原地震と、一八五三年の嘉永小田原地震を経て、二二〇年後の大正関東地震でも歪みが解消されていないとするシミュレーションである。基本モデルをつくったのは相原だが、小金井博士の助言でだいぶ手を加えているので、いまではふたりの共作となっている。あくまで歪みの蓄積量を予測するのであるが、クーロン破壊関数を使って断層が動く限界点までは計算できる。しかしながら、それは現象の理解であり、地震を予知するモデルではない。

「関東大震災でも国府津＝松田断層が動かなかったんだから、すべり残りが相当あるはずなんです」

相原が持論を述べた。

大磯丘陵に沿うかたちで足柄平野の東端を南北に線を引く延長一〇キロメートルの国府津＝松田断層は、相模トラフが内陸部に突入している地帯でもあるが、ことあるごとに南関東における巨大地震の原因とされてきた。しかしこの断層の動きが端緒となったとされる災害は記録されていない。一二九三年の鎌倉地震（M7〜8・0　死者数千人）は相模トラフ型だが、この際に連動したという説があるものの、確定されていない。周期は八〇〇年前後と推定されている。つまり明日すべってても不思議ではないのだ。

「これまではM7以上の余震だけをモデルに組んでいたが、M6以上の三一の余震も計算に加えてみた」

小金井博士が説明した。

関東大震災（M8・1）の特徴として巨大余震の回数があげられる。M7クラスの余震が六回もあったのだ。いいかえるなら阪神淡路大震災（兵庫県南部地震）級の余震が六回発生したということになる。そのうち二回は足柄平野に近い。そしてM6以上では三一を数える。相原が主張しているのは、関東大震災のすべり量では、元禄地震からの歪みの弾性エネルギーを解放しきれていないということだ。からくもバランスを保っていた関東南部の地盤で、複数の断層が連動してすべったことで周囲にいびつな圧力がかかり、余震となった。その理由はやはりフィリピン海プレートの動きである。日本の活断層は二〇〇〇ほど数えられている。神奈川県だけで三〇余もあるのだ。余震には至らなかったが、歪みを抱えたままの断層があるはずだ。すべり残した断層が多いと、それ以降の歪みも蓄積されて、危険度が増す。

予測を難しくするのは、地表にあらわれている活断層と、地中でずれる震源断層面の場所がたいてい異なることだ。たとえば二〇〇四年の新潟県中越地震（M6・6　死者六八人）である。中越も活断層が幾条も走る地域だが、本震は地表面には見られなかった伏在活断層でおきた。よってモデルにはどうしても現実を反映しきれない要素があるが、その壁を乗りこえるのが地震学となる。

豊田がコンピュータを操作してデータを表示する。関東大震災の直後に発生した余震を加味して、それ以後に蓄積された歪みを加算したものだ。余震は房総から西相模や山梨県までの幅広い震源域で発生した。震災前までの蓄積エネルギーを推定し、そこから本震と余震による放出量を抜いて、今日までの変移すべき規模を計算した。

「上下方向の余効変動は当時の陸軍がおこなった水準測量に、別の地震から推定した値を補正して入れてある」

大地震後に継続する、周辺でのゆっくりとした地盤の動きを余効変動という。

しかしそれらを加えても、変化は微々たるものだった。

「歪みの蓄積量はとくに変わってはいませんね」

安全とはいえないが、切迫性はなさそうだ。

「モデルに投入する余震を増やしても、個々の解放するエネルギー量からいって、妥当な結果といえます」

豊田がプログラミングの正当性を釈明するようにいい添えた。

マグニチュードが8から7に下がると、歪みのエネルギーは三二分の一になる。8から6に下がると、さらに三二分の一で、結局一〇〇〇分の一にまで縮減する。すなわち規模の小さい余震はモデルへの寄与率も軽微になるということだが、それは自明だった。それに単純な四則演算で説明できないのが、地球を相手にした自然科学である。M6の地震を一〇〇〇回くり返しても、M8規模にはならないという矛盾があるのだ。というのもM8の地震は数百キロメートルにわたる断層すべりが必要であり、せいぜい数キロメートルの小断層が散発的に動いても、大地に溜まった歪みのエネルギー解放に結びつかないためだ。地震活動は足し算ではなく、階層構造として解釈したほうが現実に合っている。こういった明白な点を再実演することで、枝葉末節な議論を封じ込める手法は、小金井博士が得意とする論法である。

相原は小金井博士の目論見に期待した。

「西相模の歪み量が東日本大震災からめっきりおとなしいのは承知のとおりだ」

今朝の温地研の会議でも話題にのぼったので、相原はうなずいた。フィリピン海プレートによって足柄平野は東に押され、太平洋プレートで西向きの力が加えられるので、両サイドから圧縮されている。東北地方を襲った巨大地震によって、東日本の全体が震源域方向に引っ張られたので、圧縮力が弱まっていると説明されている。

「しかし東北地震による足柄平野周辺でのクーロン力は無視できるくらいでしたから、本来なら、プレートの動きによって歪みは蓄積しているはずです」

「念のために、関東大震災による変移量を再度、見直した」

大正時代の大地震で南関東では隆起と沈降が激しかった。圧縮された大地が反跳することで弾性エネルギーを解放したためだ。房総では二メートルも隆起した。小田原でも一メートル前後、真鶴で三メートル、初島は二メートル高くなった。その反動で丹沢は沈降している。しかしこれらの影響はモデルに考慮済みであるので、相原はいまさら感を抱いた。

「陸地ではない。相模湾の海底変動を豊田くんに再評価してもらったんだ」

「ご存じと思いますが、関東大震災後に相模湾の海底調査がおこなわれました。帝国海軍によるものですが、平均で一〇〇メートルもの隆起と沈降があったと報告されました」

「その上下動は極端すぎて計測の誤りとされている」

「そうです。一〇〇メートルも隆起したら、沿岸部は津波で全滅しています」

小金井博士が気まずそうに顔をしかめた。相原が小田原出身と知らないので、豊田は気楽に全滅などという。たしかに陸上では家屋が倒壊し、小田原の街は壊滅した。そこに超巨大津波が押し寄せたら、神奈川県の南部は何年も住めない土地になっただろう。

「後に別の調査がとりおこなわれ、平均五〇メートルの変動があったと訂正されました。これも過大な値です」

「そうだ、陸域の変動との乖離が大きすぎる。だからモデルでは一〇メートルを仮定している」

「ぼくも一〇メートルを基準にして、調査データのうち信頼性が高いポイントだけを残しました。あとは測量船の精密な海図や、津波堆積物の厚さなど近年になって集まったデータから、もう少し設定値を細分化しました。その結果がこちらです」

それでもさっきの結果と大差なかった。

「こうなると大胆な仮説も試したくなる。そこで現状に近づかせるためだけの要素を加えてみた」

小金井博士の指示で豊田が画面を変更して、計算済みの結果だけを表示した。

「関東フラグメントですか」

相原の言葉には懐疑の念が含まれていたが、小金井博士は意に介さないどころか、楽しんでいるようだ。

「せっかくモデルにマイクロプレートまで準備したのだから、まずは結果を見てみよう」

関東フラグメントとは、太平洋沖で沈み込んだプレートが破断して、その切片が東京中心の関東一円の地下に残存しているという仮説である。つまり一枚の大判の板の角が欠けて、関東の地中に横たわっているというのだ。地震波の速度変化や関東での地震分布から提唱されたのだが、研究者の間でもあまり浸透していない。この手のマイクロプレートを考えだすとキリがないからだ。たとえば北海道と東北には北米プレートが舌のように延びているが、そこは別のオホーツクプレートの存在を仮想すると、日本海における地震を説明しやすくなる。同様にしてアジア大陸を乗せるユーラシアプレートのうち、中国東北部と朝鮮半島、そして西日本までの独立したアムールプレートを想定すると、東アジアの東向きの運動を説明しやすくなる。一九七六年の中国での唐山地震にも関与したという学説があるが、しかし西南日本における反時計回りの回転運動の説明がより複雑になってしまう。

「東日本大震災で発生している応力が減衰しているようにも見えます」

「あたかも関東フラグメントがブロックしているようだ」

「かえって外縁部での歪みが増大しています」

「そうだ。応力差が生まれやすくなるから、とっくに測地観測で報告されているべきだ。よって関東フラグメントも排除できる」

これも小金井博士の異説を否定する手法だった。

「マイクロプレートを使う気にならないようだね」小金井博士がいった。

「実行してみると説明能力ほどには必然性が感じられなくなりましたので」

「そういうと思ったよ。だからもっと正攻法に戻した。アスペリティにも手を加えてみたんだ」

「小田原でのアスペリティはすでにモデルに組み込んであります」

相原が即座に応答した。

彼らは小田原の地下にアスペリティがあるという仮定で、応力場の時系列変化を調べ、歪みのエネルギーを予測していた。地中の断層面のうち固着している領域をアスペリティと呼ぶ。正確には固着域ではなく、大きくすべる領域のことであるが、強く固着しているほど、ある限界を迎えると激しくずれて、強い地震を発生させるという説だ。その時系列データを小金井が見せた。

「アスペリティを小田原だけでなく足柄平野の松田あたりまで延ばした」

「つまり西相模湾断裂帯《WSBF》ですね。その試みは上手くいきませんでした。北部は活断層が複数あるので、固着力は強くないという結論でした。そもそも強く固着していたら、活断層が存在することと矛盾します。平均的な固着だとしても、相模トラフに連動して、国府津＝松田断層が動いても不思議ではないのですが、その形跡もありません」

「アスペリティの面積だけでなく、深度によって異なるパラメータを与えてみたんだ」

博士にうながされて豊田がふたたびコンピュータを操作した。プレート間の結合する度合いを変化させたときの、歪みエネルギーの溜まり具合だ。相原もパラメータを変えて何通りもモデルをつくり直していたので、内容はすぐに理解できた。

「いくらか現実的なモデルになったみたいです」

「相模トラフでは固着度が高いので、大正関東地震で歪みは十分に解放されたという説があるが、海側では推定誤差も大きい。ならば足柄平野のパラメータにどのような可塑性があるか試みたんだ」

「それでも恣意性の強いパラメータ設定になるので、やはり合理性に欠けます」

相原の返答に小金井博士がうなずいた。つまり議論の入り口に戻ってしまった。裏技として小田原と北西相模湾の地中にマイクロプレートを想定する案もあるが、根拠が貧弱なため、彼らのモデルには含めていない。西相模湾断裂の存在の傍証として、大正関東地震による隆起がもっぱら房総側に大きく、西側で低くなっているのに、真鶴や初島が異常に変動したことがあげられるが、マイクロプレートを加えるとそのシナリオすら狂うのも理由だ。

解釈できるのは、モデルが示すとおり関東南部では地中の歪みは溜まっていないか、反対に溜まっていながらモデルが現実を投影できていないかだ。見たいものしか視界に入らないのでは、防災には結びつかない。世界的にも屈指の複雑さを有する関東地方の地質で、歪みがおきていないと決めるのは愚か者でしかない。よってモデルが誤っているのだ。

「これらに限らず、いろいろモデルを工夫してみたが、単純な断層パラメータの変更や、仮想プレートでは説明できない」

小金井博士があきらめを口にするが、言葉と裏腹に悲嘆していない。ようは出来損ないのモデルを見せるために相原を呼び寄せたのではないのだ。

「先生はこの数年来いちばん、ぼくをじらせていますよ。そろそろ答えを教えてください、別の要素を加えたのですね」

「要素というより、さっきの深度依存する断層パラメータから思いついて、振り出しに戻って考えてみた」

房総半島から相模湾一帯の広い範囲で、歪みの蓄積量とベクトルが再表示された。全体的に神奈川県の西部に歪みのエネルギーが蓄積されている図だ。足柄平野の北部、ちょうど御殿場線と東名高速道路が重なってカーブを描いているあたりまでの歪みが大きくなっている。

「プレート沈み込み運動による変移量が強調されています」

「これまでのモデルは水平運動が主体で、上下動は均一な地質特性としておこなってきた。そこに地球物理学の基本運動を加えると、様相が変わった」

豊田がモデルを解説したダイアグラムを見せる。相原の開発したものにいくつか処理が追加されている。

「プレート沈み込み帯を不均質構造として、動的パラメータを考慮したのですね」

「擬似経験的グリーン関数法はモデルが複雑になるので、いままで手をつけていなかった」

経験的グリーン関数法は、予測したい領域内で実際に発生した地震動から、各種パラメータを決める方法である。地震動データが不足しているときは、隔たる場所で得られた別の地震動データから空間補間をして、擬似的にパラメータを推定する技法だ。

「さらにリソスフェア（岩石圏）とアセノスフェア（岩流圏）の相対運動を加えていますね」

「そうだ、地殻の表面運動ではなく、プレート深部からの三次元運動だよ。とはいえアセノスフェアは上部だけだ。未解明が多々あるからね。これは要素の追加ではなく、本来、考慮すべき必須

び名である。

の条件だった」

地球の断面を解説するときの、核＝マントル＝地殻という構成は、組成のちがいで区別する呼び名である。

いっぽう岩石の粘性——流れやすさに——着目すると、地殻とマントルは三層に分類される。リソスフェア（岩石圏）＝アセノスフェア（岩流圏）＝メソスフェアである。［口絵4下］

流れやすさで分類するのは、地球深部を探索する唯一の手段である地震波が、特定深度で速度変化する理由を説明できるからである。上部の硬い層をリソスフェア、その下の柔らかい層をアセノスフェアと呼ぶ。ちなみに、リソは岩石、アセノは軟弱、スフェアは球面の意味である。ふたつのスフェアを合わせても、深さ二五〇キロメートルであり、マントルの残りの大部分がメソスフェアとなるが、一般的ではない。

ゆえにプレートというのは地殻ではなく、リソスフェア部分に相当する。そして下層のアセノスフェアは相対的に柔らかく長い時間軸では流動性があるため、上に浮かぶ岩石圏のリソスフェアつまりプレートが動く。これがプレートテクトニクスであり、アルフレッド・ウェゲナーが唱えた大陸移動説に地球物理的な説得力を持たせた体系である。プレートテクトニクス理論によって、火山の生成、大陸の運動、島弧の誕生、巨大地震の発生が理解できるようになった。

「計算量が膨大になりますね。ぼくの数学能力では解決不能ですよ」

相原が鼻頭をかいていった。

「豊田くんはコンピュータ・サイエンスから地球物理学に変更した変わり種なんだ」

「小金井先生の指示どおりに指先を動かしただけです。計算物理学で近似モデルをさんざんつくってきたので、お役に立ててよかったです。ただし計算できたのは神奈川県の西部だけです。ここは温地研によってデータが充実していましたので。首都圏のデータは少ないのでブロックとしてまとめています」

「どおりで最近の連絡が理論よりデータに偏っていたのですね」

現場主義とか理論偏重などと揶揄《やゆ》しあうのは旧時代の遺物である。地震学は総合科学で取り組まないと理解できない魔物だ。

「モデルの改良は初期段階だ。コンピュータの計算時間を十分に獲得できていないから、一次近似でしかない。ハラさんの意見をぜひとも聞きたい」

「持ち帰って詳しく検討しますが、理屈としてはマイクロプレートよりも受け入れやすい。再現性はどうでしょうか」

「情報量基準では他のモデルより良い傾向です。もっとも決定論では初期値依存性は避けられません。破壊過程での予測不能性は不可避になります」

豊田が解説した。原理的に数学による予知はきわめて困難と宣言したのだ。

「実際問題として、シミュレーション能力はどうでしょうか。一九二三年を最後に、小田原地震はおきていません。七〇年周期説は終焉《しゅうえん》しました。このモデルがなんらかの道すじを照らしてくれると良いのですが」

「もともと内陸型地震とプレート境界型地震を合わせて周期と称していたので、独立した地震メカニズムの基礎に立つ限り、はなから説明力が足りなかった。さらにその規則性すら消失した原因として、東日本大震災による応力場の変化に帰せがちだが、そう単純ではないと思っている。わたしの論文にも書いたことがあるが、大正関東地震の震源域として、相模トラフの寄与を過大に評価している。対象地域はおおよそ判明しているが、細部の意見は一致していない」

「新たな知見が得られたのですか」

相原が期待して声をはずませた。

「そこまで主張する段階ではないが、少なくともマントル対流との関連から規則性が生まれても不思議ではないだろうね。このモデルによると、マントルの三次元の動きで、内陸断層に下からの強いストレスがかかることが無理なく説明できる」

「すると七〇年周期が止まったのはなぜでしょうか」

「プレートの固着度を急変化させるのは、なにかな」

「むろん熱です」

温度が高くなると地質が柔らかくなり、固着も緩くなる。するとプレート境界もごくゆっくり定常的に動くので、大地震は発生しにくくなる。

「熱対流が変わったというのですか」相原が驚いて声をつまらせた。

「可能性のひとつだよ。熱に鋭敏なのは同意できるだろう。地球規模からすると相模灘あたりの変化など、紬《つむぎ》の着物についた糸くずでしかない。炎のフィラメントだけでも熱々だよ」

「それが正しいとすると、マントル対流の変化でプレート境界型地震の発生間隔も乱れてしまいます」

「大正関東地震の次回は二一〇〇年以降と大雑把に予測されているが、その見込みも変わるだろうね。温度が高くなると、プレート境界での激しい揺れは減るだろうが、いっぽうで圧縮力が消えるわけではないから、支えを失った周辺の断層が活気づくし、予期しない現象もあらわれるだろう」

「予期しないとは？」

「マグマの泡による、地殻内での突発的な貫入や流体運動だ」

「突発ですか」

「プレート沈み込み帯だから、含水鉱物の脱水分解によって超臨界状態の流体が豊富だ。断層も多い。熱変化に敏感に反応しやすい地質構造といえる」

「ふたつの三重会合点に近いというのも気になります」

「さよう。昨年のカナリア諸島での海底噴火もマントル対流が関係しているという中間報告を読んだよ。インドネシアとフィリピンの災害も、おなじ仕組みで説明できるかもしれない。ここからは相原先生にも相談したい領域だ」

「アイスランドから帰ったら話してみます」

「プレート境界地震が発生すると、国府津＝松田断層は同時に動く可能性が高いのでしょうか」

豊田が無垢《むく》な質問をした。小金井博士が相原を見る。

「運まかせでしかないが、おそらく動くと見ている。大正関東地震で動いた場所は知っているね」

「もちろん相模トラフです」

基本すぎる問いに豊田が口をとがらせた。

「気分を害したら申し訳ない。しかし地表にあらわれた断層となると、どうかな」

「三浦半島の下浦断層と房総の延命寺断層が有名です。しかし小田原では動いた断層は見つかっていません」

豊田はよく勉強していた。

大正関東地震の震源を東京直下と勘ちがいするひとが多い。死者一〇万五〇〇〇人のうち東京市だけで六万九〇〇〇人を出したため、そこばかりが報道で強調されるためであろう。しかし東京市では九六パーセントが火災による犠牲者だった。とりわけ両国の陸軍被服廠《ひふくしょう》跡で発生した火災旋風は、一ヵ所だけで三万八〇〇〇人もの犠牲者を出している。

「房総と小田原は相模灘の両端だ。八〇キロも離れている。相模トラフ全体が大きく動いたわけではない。だから正しくは、相模トラフに沿った箇所にあるいくつかの断層だけが動いた、というべきなんだ。そのとき動かなかった伏在断層やアスペリティ領域もたくさんあるだろう」

「大正関東地震で津波による犠牲者が三〇〇人ほどと少なかったのが気になってたんです。やはり歪みを溜めたままの断層がたくさんあるのですね」

「三〇〇人を少ないというのは適切ではないよ」相原がやんわりと諭した。「地上での調査もままならないから、海底下がどうなっているかはだれも知らないが、神奈川県西部と伊勢原、それに三浦半島の断層帯が連動しても驚かない。神奈川県だけでなく東京の立川断層や、埼玉の深谷

＝綾瀬川断層への誘発もあるだろう」

「極論をいえば糸魚川＝静岡構造線だってプレートの境界線だから要警戒地帯だ」

「そうなったら長野県で交差している中央構造線も危ういな」

相原と小金井博士が豊田を驚かす。

断層のうち大規模のものを構造線という。代表的なのは茨城県と山形県に引かれた断層帯で、本州を東北地方に分ける棚倉構造線である。それに西南日本を縦横へ『T』地型に分断する糸魚川＝静岡構造線と中央構造線である。中央構造線は長野県から中部、近畿、四国、九州まで伸びて、日本海側と太平洋側に引き裂く延長一〇〇〇キロメートルをこえる世界有数の大断層帯である。しかしこちらはプレート境界ではないので、南海トラフ地震よりは危険度は低いと見積もられている。

「それはともかく、足柄平野は直下型のプレート地震にみまわれ、さらに直下型の内陸型地震も誘発しやすい地質構造だ」

小金井博士がペンで机をこづきながらいった。

「ダブル直下ですか。厳しい土地柄ですね」豊田が苦虫を嚙んだようにいう。

「かつて町村合併の話があったとき、災害で有名な小田原の名前になるのを嫌ったひとも多かったと聞く」相原がいった。

「いちがいに非難はできませんね」

「大正関東地震では房総の太平洋側は動かなかった。元禄地震の半分がすべっただけで、あの災害だったんだ。ダブル直下は想像したくないが、無視できる立場ではない」

「すると破壊開始点はどこになりそうですか。それが突き止められれば、少なくとも減災対策はできます」

「欲張るのはよそう。モデルの改良はまだ初期段階だ」

CSEPという地震予知の可能性を科学的に検証する国際プロジェクトでは、二〇〇ものモデルが登録されていた。そのひとつが彼らの開発したものだ。

話が一段落したので相原が話題を変えた。

「ここ数日ですが、足柄平野の地殻がわずかに隆起傾向を示しているようなんです」

相原がデータを示した。

「足柄平野は東日本大震災前は沈降していた。それから動きが止まっていたが、こんどは隆起しだしたのか」

「まだ断定できませんが」

「静穏期だったのでは」

豊田が不吉な指摘をした。巨大地震の前に震源域の地震が少なくなり、直前にはふたたび活動するという観測データがある。濃尾地震や鳥取県西部地震（二〇〇〇年　M6・7）が有名で、東日本大震災もそのひとつだ。しかしその説明づけは未完成である。

「温地研では要注意としてモニターしています。今後も変位が継続するなら、次回の予知連会合で報告にあげていただけないかと思いまして」

「資料をまとめてくれたら議題にのせるよ」

「ありがとうございます」

「ぼくたちのモデルでは隆起する原理は簡単に説明できますよ」

「熱対流の変化か」相原がいった。「その変化の理由を見つけるのが難しいな」

「アスペリティ領域を拡大してパラメータをいじっても、期待する結果は得られるからね」

小金井博士も拡大解釈を指摘した。

「その組み合わせはどうですか？　アスペリティが邪魔して、熱による応力変化が周辺に分散しているんですよ」

「説としては候補のひとつになるが、現象が局所的だから、熱移動があっても絹糸なみの細い道になるな」

「リソスフェアの底まであがってきて、そこから割れ目を伝っていると考えたほうが自然だろう」

「それってカナリア諸島の現象ですね」

「あそこではマグマの移動がおこり噴火したと聞いている」

「箱根には観測装置がそこら中に置かれているから、マグマの貫入を見過ごすことはないでしょうが、足柄平野は無防備です。ましてマントル対流となると……」

相原が肩をすくめた。

「いやはや足柄地方の動きは列島規模ですね」

「惑星規模だよ」

三重会合点は地球深部へのとば口である。その奥では巨大なナマズがうごめいている。

震源断層運動

淡水魚のナマズは大きな口と四本のヒゲ、ずんぐりした体形に斑紋という特徴ある外見だが、味は淡白で癖がなく、貝塚から骨が見つかっているように、古来より庶民の食料源として重用されていた。底生の生き物であり、見かけとちがって神経質なため、なにかのきっかけで跳ねる姿が目撃されている。それが不穏な大地とのつながりを連想させ、いつしかナマズを押さえつければ地震を防げるという伝承になり、江戸時代になると鯰絵《なまずえ》や文学に登場するようになった。

日本で地震をナマズに例えた最古の資料は豊臣秀吉によるものとされる。一五八六年に中部近畿地方をおそった天正地震（M7・8　死者約五千人）によって、白川郷ちかくの山が崩れ、帰雲《かえりくも》城は土砂につぶれて城主一族は圧死した。崩壊した山の傷跡はいまだに残る。このとき豊臣秀吉は明智光秀の居城である琵琶湖畔の坂本城にいた。織田信長からハゲねずみと軽んじられていた秀吉は、せいぜい震度5程度の地震におびえて、ひいこら大坂城へ逃げ帰った。その六年後に書いた手紙に、地震をナマズと記している。

地震の原因として、古くは神の振る舞いととらえたり、地震虫なる諸国を囲う龍の姿をした生き物が動くことで生ずると考えられていた。平安時代の貴族官僚であり、文人としても名高い、学問の神様と祀られる菅原道真は、『類聚国史《るいじゅうこくし》』を編纂し、その中の『災異』の部で地震年表までもつくった学識者である。彼が八七一年に国家試験の方略試《ほうりやくし》を受けたときの二問のうちひとつが、地震を論じさせる『地震《なゐふる》を弁《わきま》えよ』だった。『なゐ』は大和言葉の大地、『ふる』は現代語にも通じる揺れのことである。試験の二年前には東日本大震災と同様の貞観《じょうがん》地震（M８・４）が発生している。菅原道真は彼の知識をフル動員して、一五匹の大亀が六万年に一度交代するなどとこじつけて回答したが、『地震の発生を論じきれていない』と厳しい採点となる。もっとも、出題者の都良香《みやこのよしか》の理解もおなじ程度であり、菅原道真は中の上の成績で合格している。

時が下るとさすがに神様や妖怪の仕業ではなんの理解の助けにならず、もう少し現実に向いた説明を探求する。地震とは震源断層面がすべることだが、それでも一九六五年頃までは地表の断層は地震によって生じる破断跡であり、地震の原因とは見なされなかった。

地震の発生する場所として内陸型と、プレート境界型があげられる。内陸型とは地殻内の活断層による地震である。何万年も大地の歪みに耐えて、そこらじゅうに傷を負った地表に近い層の不連続線な面である。そしてプレート境界型は、冷えて重たい海洋性プレートが陸地側のプレートに沈み込む領域での、引きずりによる反跳運動でおこる地震である。しかしどちらも広義には断層運動であることにちがいはない。そもそも断層とは大地に力が加わり、壊れてずれる地中の面である。古くは列島形成時の日本海の成長、それから悠久につづくプレートの衝突とはぎ取られた付加体の積み重なり、地すべりなどの地殻変動などからできる。地盤のずれがない地割れは、断層とはいわない。いちど破壊面ができると、くりかえしすべりやすくなる。

ところで学問としての活断層の定義は曖昧である。内陸にある断層のうち『最近の地質時代に繰り返し活動し、将来も活動すると推定される断層』とされるが、『最近の地質時代』は研究者やその調査対象によって一〇万年から二六〇万年と幅がある。ただ原子力規制委員会は原発の建設には、活断層という用語ではなく『将来活動する可能性のある断層等』としており、耐震重要施設および兼用キャスク（高放射性物質の容器）は『変移が生じるおそれがない地盤に設けなければならない』と厳格に決めている。そうしないと安全を無駄金とのトレードオフと考える企業や、傀儡《かいらい》政治家が都合の良い解釈で法律の抜け道を掘り出すからだ。

さて内陸活断層もプレート境界型も原理はおなじであるが、大きく異なる点が二つある。断層の長さと、次回すべるまでの時間である。内陸型の断層の延長はたいてい数キロから数十キロメートル、対してプレート境界型は百倍も長い。そして内陸型が一〇〇〇年かけて移動する地殻の変化を、プレート境界型が一〇年で達成してしまうので、地中の歪みがそれだけはやく蓄積される。したがってプレート境界型の地震はおなじ場所で何度も人類史に登場するが、内陸型は滅多に再発しない。

そのいっぽうで内陸断層の深さは二〇キロメートルが限界だが、プレートはもっと深くまで潜り込んでいるので、震源も六〇キロメートルまで深くなる。

断層の規模が小粒なので、内陸型地震のマグニチュードはプレート境界型よりも小さくなる。例外として美濃と尾張地方を襲った濃尾地震（一八九一年　死者七二七三人　当時の人口は四千万人）はM8・0もあった（モーメントマグニチュードは7・4）。世界でも最大級の内陸直下型地震となり、『身の終わり』と表現された。火山帯から離れていると地質温度は低く接触面も固くなるため、ひずみが集中しやすい。震源の深さが一〇キロメートルと浅かったため、地上は激しく揺れた。そして朝の六時三八分に発生したため、大正関東地震のように大火となって犠牲者が増えた。地表に出現した地震断層は長さ八〇キロメートルで、横ずれ変位量は八メートル、落差は六メートルもあった。いい方を変えると、目の前にいたひとが、一瞬にして横に八メートル、上下に六メートルも跳躍したのだ。岐阜県本巣市には地震断層観察館があり、濃尾地震による断層を間近に見られる。

こういった例外はあるが、概してプレート境界型地震のほうが激烈である。東日本大震災での横ずれは七〇メートル、垂直方向は一〇メートルもあった。

前兆現象

紀伊半島の尾鷲港で深海魚のリュウグウノツカイが網にかかった。九州の宮崎沖では黒潮に乗ってきたカツオが大量に水揚げされた。能登半島では春の訪れを告げるサヨリが不漁となっていた。館山では五キロはあるアンコウが釣れた。神田川ではボラが水面を覆って口をパクパクしている。多摩川では何十匹ものコイが跳ねて水しぶきをあげている。

神奈川県の丹沢でツキノワグマが冬眠から目覚めて、登山客と遭遇している。川崎市の飲み屋が集まる通りでは、昼過ぎから顔を赤くした酔客がカラスに禿頭をつつかれていた。厚木市の駅前からハトが見えなくなった。相模原市の河原では子どもがウシガエルをつかまえている。

津久井町ではソメイヨシノが芽を膨らませ、綾瀬市でツバキの花が満開となった。清川村では松くい虫の被害で葉が茶色に変色し二〇本の松が枯死した。大和市ではタケノコが一ヵ月はやく土から頭を出した。

横浜市の動物園ではライオンが檻の中を歩き回り、藤沢市のペットショップではオウムがいかがわしい言葉を発し、座間市のマンションでは水槽内のドジョウが上下に泳ぎ、寒川町では畑を耕すと昆虫の幼虫が多数見つかった。

東京ではいつもはおとなしいイヌが吠え、ネコはエサを食べず、メジロが電線に群がってスズメの姿が見えない。

前夜は飛行機雲がいつまでも消えず、季節外れの漁火光柱《いさりびこうちゅう》が輝き、尾流雲《びりゅううん》が目撃される。

北関東では朝焼けの後は雲が垂れ込め、隣町の救急車両のサイレンが届き、ラジオの電池が切れ、玄関のインターフォンから雑音が聞こえ、壁掛け時計の音が小さくなり、冷蔵庫の製氷器が壊れた。

皮膚が乾燥し、静電気のショックが例年より強い。赤ちゃんの寝つきが悪く、夫は寝汗をかき、老父は神経痛にうめき、低血圧で目覚めが重く、眼が乾き、鼻がムズムズする。隣の家の雨戸は開かない。

どれかは前兆だったとしても、あとから思ったとしたら、なんの役にも立たない。

関東地方の地層は固めの台地の上に関東ローム層が乗り、そこを河川が侵食して上流からの堆積物が重なる沖積層からできている。『沖積層』とは一万八〇〇〇年前の最終氷期より以降に、河川から流れた砂泥からできた地層のことであり、地質が新しく水分量も多く、十分に固まっていない。その対義語として、より古い時代に堆積した『洪積層』があるが、現代では学術用語としては使えない。というのも洪積層はヨーロッパの平野を、旧約聖書に書かれる大洪水の痕跡と誤解して命名されたためである。よって『洪積台地』という用語は地学でも使わず、単に台地としている。

また関西の土は白っぽいが、関東地方では赤茶けている。これは富士山と箱根火山の噴火により、色の濃い玄武岩質の火山灰が降って『関東ローム層』として地表部分を覆っているためである。関東ローム層は火山から降ってきた純粋の火山灰ではなく、いったん地面に落ちて土となったものが、ふたたび巻いあがった土埃も混ざっている。箱根火山は六万年前にウルトラプリニー式の大爆発をおこして、火砕流が一時間で横浜までを焼いた。テフラ（軽石などの岩滓《がんさい》と火山灰の総称）は小田原で四メートル、横浜でも四〇センチメートルも積もった。

そんなわけで関東平野の西の外れにある足柄平野は、酒匂川や狩川に運ばれた砂礫層と、火山噴火にともなう粘土質層が幾層にも重なる、沖積層に広がる扇状地となっている。プレート境界に位置して、西側には富士山と箱根の活火山まで擁している特異な土地である。それゆえに足柄平野は面積が狭いわりに地層が厚く、しかも南北での勾配が激しいうえ、断層も多く、地質の層序構造が複雑となっている。

この地域では洪水と地震と火山灰被害は宿命となっている。

足柄平野の北部、足柄上郡山北町の地下二七キロメートルにおいては、深部に偏在するマントルからの熱対流の作用で、大地の固着が緩んでいた。そこにマグマとガスと高温高圧の水からなる地殻流体が、熱力学的平衡を求めて上昇した。流体運動によって北アメリカプレートと、沈み込むフィリピン海プレートの境界面が、摩擦抵抗力を失ってすべった。

連鎖する巨大振動に注目が集まり、最初の破壊点はだいぶ日数がたってから解明されるのだが、この段階での地震規模は、研究者が予想し得る範囲内だった。

一七時二五分〇八秒（ＪＳＴ）
北緯３５度２１分０７秒　東経１３９度０３分３８秒
Ｍ６・７（モーメントマグニチュード）

押さえられた大地がはじき返す力量である弾性エネルギーは、マグニチュードが〇・一大きくなると一・四一倍に増える。大正関東地震ではＭ８・１なので、弾性エネルギーは一二〇分の一でしかない。東北地方太平洋沖地震に比べると三八〇〇分の一である。しかも震源は内陸で深いので、被害も限定的になるはずであった。

地震の震源が一ヵ所におさまればである。

岩盤の破壊が進むはやさ、すなわち破壊伝播速度は秒速三キロメートル、時速では一万キロメートルになる。山北町の地下からはじまった震源断層運動は一秒で南足柄市に、さらに二秒後に小田原に達し、三〇秒間の揺れがつづく真っ最中に、八〇〇〇年間歪みを溜めていた国府津=松田断層が破断した。そのすべりによる急激な応力変化は波として関東全域に伝わり、西相模湾断裂を東西に引き裂いて、さらに相模トラフの堆積物に覆われている伏在断層をすりつぶし、一五秒後には三浦半島断層群にまで伝わった。

この一連の地震は『入』の字をなぞるように小田原を起点にして分かれて、西相模湾断裂は南北に一五キロメートル、幅七キロメートルが滑動し、上下に三メートルの段差ができた。相模トラフ側は長さ一二〇キロメートル、幅六五キロメートルにわたって、上下に平均四メートルずれた。三浦半島断層群の五条ある活断層のなかでも、とりわけ武山《たけやま》断層は水平方向に一〇メートル、上下に七メートル瞬間移動した。

震源域が時間とともに広がっていくため、地震動はいったん途切れるまでに震度6弱以上の揺れが九五秒間継続した。

地震波は同心円を描いて拡大し、日本全土はもちろん、東は太平洋をこえアメリカ大陸へ、西はユーラシアプレートの中を伝わりヨーロッパに、さらには地中のマントルで屈折して南米にまで達した。

連続する振動に人々は大揺れの回数を二回とも四回とも記憶するが、余震が立てつづくので、だれも数えなくなる。

新横浜駅

日本の太平洋側を低気圧が通過中で、朝は晴れ間ものぞいていたが、昼過ぎから雲が厚くなり、北寄りの風が音を立てるようになった。夕方には空は闇に閉じ、雪交じりの冷たい雨が降って、アスファルトに映る街灯の光をにじませる。

相原純一は東大地震研究所を出て東京駅に戻ると、切符をオンラインで買って、帰りの新幹線に乗った。会社員が多く、ブリーフケースやキャリーバッグを携えている。シートに座ると妹の智美にメールして、帰宅時間を知らせる。すぐに返事が送られてきた。まだ大学の研究室にいるので、小田原駅で待ち合わせしましょうと書いてある。きっと外食を期待しているのだ。

相原は小金井博士と院生の豊田がまとめた資料を読んでいると、新幹線は品川を出て、新横浜駅に到着するとアナウンスが入った。何人かの乗客が横浜線や私鉄に乗り換えるらしく、席を立ってドア口に並んでいる。

新幹線が新横浜駅のプラットホームに入り、ドアが開いて乗客が下車する。なんとはなしに窓外を見やっていると、唐突に携帯デバイスが絶叫をあげた。すると車両内のほうぼうから脳髄をしぼる不気味な鳴動が連呼する。

相原が素早く画面を開くと、民間企業が開発したアプリケーションから緊急地震速報が飛び出し、主要動到達までのカウントダウンをしている。現在地の予想震度は6弱。

五……四……相原は外に出るか逡巡したが、落下物の危険があるし、時間切れがわかっていたので、シートにしがみついた……二……一……

車両はほんの一瞬だけ突きあげられるが——さあS波が来るぞ、と相原が覚悟を決めたとき——縦横の混合した揺れが襲う。それも徐々に激しくなるのではなく、ありったけの力をいっぺんにぶつけてくる。車両が左右にぶれ、パンタグラフが火花を散らし、連結部と、サスペンションと、車体のいたるところがこすれてギシギシと金属音をあげる。通路を歩いていたサラリーマンがよろけて倒れ込む。ベビーカーが母親の手を離れて線路方向へ走り出すが、プラットホームの転落防止柵にぶつかって難を逃れる。

ＪＲ線の沿線に導入済みの早期地震検知システムが強震動をとらえて、一秒以内に判定を下して送電が自動で停止し、車内も停電になる。弱々しい非常灯が揺れる顔を照らす。上り側のプラットホームを発ったばかりの東京行き新幹線も緊急停車する。女性の悲鳴が聞こえ、男性の喚《わめ》き声が飛ぶ。駅構内では人々が座り込み、コンクリートに両手をついて、吹き飛ばされないようにこらえる。キオスクの商品が飛び出し、構内に散乱し、冷蔵庫からプリンやアイスクリームがまかれる。店員はしゃがみ込んで頭を防御している。車内放送でも地震速報がされるが、追加の情報はない。震度は6強か7だ。

送電の架線柱がしなる。発車案内板がメトロノームに、架線が縄跳びになる。揺れがおさまってきたかと思うと、ふたたび強振動が攻めてきて、駅舎の上家《うわや》を支える柱と梁《はり》がねじれ、天井が割れ、プラットホーム全体が身震いして動物の猛りをあげる。アルミニウム合金の車体が跳ねてホームにぶつかり、衝撃が車両を貫く。座席上の荷物棚から固そうなアタッシュケースが落下し、男性の頭部を打ちつける。六〇秒を経過しても揺れは止まらず、シートから落ちないようにりきむ。建物内にいたとき地震に遭遇しても、一分間耐えれば良いといわれていた。古い耐震設計の建物は一〇秒以内に倒壊していたからだ。しかし巨大地震の揺れは長時間つづく。しかも多様な周波数の波を発生させているので、新築の建造物でも被害が出る。

プラットホームにいる老人が足を取られて下りのエスカレーターに転げ落ちていった。だれも身動きできないので、助けに動ける状態ではない。待合室のアクリル板にヒビが入る。柱からケーブルが垂れさがる。駅員がマイクに言葉を発しようとするが、つまった呼吸がもれるだけだ。

乗客の甲高い悲鳴とともに、相原は三度目の強い衝撃を感じた。すると三連発なのか。もしかすると四連発の気もする。小田原地震は二連発が多い。推測するに大正関東地震より広い範囲が震源域になったのだ。彼は起震車で強震の体験をしているが、安全が保証されている施設での揺れは恐怖に結びつかない。構内放送のスピーカーがハウリングをおこして、喧騒に輪をかける。乗客が顔を見合わせるが、頰は引きつり、苦悶よりおびえが色濃く出ている。新幹線は車輪の脱線防止ガードがある。しかも停車しているので、衝突事故はないが、この激しい揺れは、別種の戦慄を植え込む。振動が止んだ後にはなにが残るのか、雑念が脳裏を交叉する。

相原はふと家族の顔を思い出し、この揺れの最中に妹の智美と、アイスランドを滞在中の父親にメールを送って、ひとまず無事を知らせた。振動が止まず、文字を打ち損じるが意味は通じる。アイスランドの時差はロンドンとおなじ九時間、サマータイムもない。現地では社会が動く頃合いだ。音声通話はすぐに使えなくなる。メールも遅延するだろう。災害用伝言ダイヤル（シャープ記号なしの171）が利用できるまで三〇分かかる。WEB版の171とも連動しているが、URLを覚えていないと手間取る。そのほかのサービスもあるが、数多くてもとっさのときにはまごついてしまう。大事になる前に連絡手段を決めておくべきだ。

永遠につづくような揺れが、平衡感覚を鈍化させる。そのため振動が止まったのにしばらく気づかなかった。ひととき静寂が訪れる。脅威が去ったとわかるや、興奮の混ざった会話が飛び交う。そこかしこでいっせいに電話連絡しようとするが、すでに輻輳《ふくそう》か故障か判然としないが、途絶している。車内の無線ネットワークも停電のためつながらない。あの揺れではインターネットを中継するサーバが多数ダウンしているだろう。残ったサーバにアクセスが集中するのは必至だ。たとえデータセンターが堅牢でも、震度7を観測した地域では光ファイバーが断線する。技術者は点と線の防災という。点はサーバで、線はケーブル網だ。

相原は新幹線の車両を飛び降りた。鉄道はとうぶん動かない。情報のない中で人々は駅を近場の目標にして押し寄せてくる。もしかすると動いているかも、あるいは最新の情報が得られる、少なくともひとりぼっちではないし、暖もとれると、はかない希望にすがるのだ。それも間ちがいではない。しかし彼は電車に残らない選択をした。

キオスクに行って水といくばくかの食べ物を買おうとしたが、店員の女性は呆然として立っていた。商品が散逸したためではなく、地震のショックでだろう。彼女に販売の仕事をさせるのが忍びなく、彼はおなじプラットホームにあるもうひとつの販売店にむかった。しかし混乱の状況はおなじだ。仕方なく定価料金を店員に見せて受け皿に置き、転がっているペットボトルとチョコレートをバッグに入れた。電子マネーがいつまで使えるかわからない。昨今では現金を持たないひとも珍しくない。彼は水をもう一本買うかためらう。周囲を見渡すと、まだこれからの成り行きを想像できないらしく、だれもが電話に固執している。彼は追加購入せずに、そのまま階段を降りて、駅の出口へ進んだ。

ビンの割れたような音がして、駅構内の明かりが消えた。停電だ。ぼうっと非常灯の蛍の光だけで狭い世界が浮かんでいる。幻灯機が投影する映像に魅入る観客の風情があるが、そこに笑みはなく、動作と表情はだれもが冷たくて重い。

日本の技術者は自国のライフラインを過信しすぎるきらいがある。カリフォルニア州のノースリッジ地震（一九九四年、M6・7　死者六一名）では高速道路が崩落した。現地を視察した調査団は日本ではあり得ないと断言した。その一年後、くしくも同日に阪神淡路大震災により、阪神高速道路は橋脚ごと倒れた。東日本大震災での虚言は皆が知っている。北海道胆振《いぶり》東部地震（M6・6　死者四一人）でも、電力供給設備の故障によって、あり得ないとされた全域ブラックアウトが発生した。さらに泊原子力発電所が稼働していれば、こんな事態を招かなかったと間抜けな発言まで飛び出している。現代のライフラインは脆弱な基盤の上で、重層に構築されているため、予見を困難にしている。『あり得ない』という発言が、あり得ないのだ。

駅構内の通路では人々が倒れ、あるいは腰が抜けたのか、壁に背をあずけてへたり込んでいる。エスカレーターから転落した老人がうつむいていた。

「大丈夫ですか」

相原は自分の声がかすれているのに気づいた。

「どうしたんだか……」

老人の目はうつろだ。擦り傷はあるが出血はしていない。

「動けますか」相原が手を差し出すと、「すこし休ませてくれ」といって老人が断った。

すると中年の男性が走ってきた。

「爺さん、よかった」

「このひとの知り合いですか。階段から落ちたので、骨折しているかもしれません」

「家族です。土産を買いに行ってたんです。ありがとうございます。あとは大丈夫です」

「水は持っていますか。なければ売り切れになる前に購入したほうが良い」

それだけいって、相原は老人を家族にまかせ、出口へ急いだ。

壁に細い亀裂が入っている。地震が原因かどうかは不明だ。看板が落ちている。非常灯はところどころ消えている。これは地震のせいだ。すすり泣く少女、怒声をあげる男、必死に電話番号を指で入力する婦人。土産物屋は竜巻が通過したあとのようで、商品棚が転倒し、足の踏み場もない。構内放送が流れるが、役に立つ情報はない。

智美からのメールは入っていない。アプリケーションが気象庁の暫定値を報告していた。このアプリは輻輳に強い。自然災害においてはJアラート（全国瞬時警報システテ）より使いやすい。

震源は神奈川県西部、震源の深さは三〇キロメートル。速報は一〇キロメートル単位でしか発表されない。マグニチュードは7・9。しかし三連動、あるいは四連動には触れていない。連動地震を加味できていないためにマグニチュードが小さく出ていると、相原は推測した。震源域はずっと広いだろう。

地震発生後すみやかな情報発信を優先するため、気象庁では独自のマグニチュードを算出する体制をとっている。気象庁マグニチュードの長所は日本の地質特性に合っていることと、その即時性だ。いっぽう欠点として巨大地震になると急激に精度が劣り、低めに計算する点である。東日本大震災では気象庁の発表はM8・4（速報値7・9）だったが、国際的に使われるモーメントマグニチュードではM9・1となった。エネルギー量で一〇倍（同60倍）の差だ。さらにいえば、気象庁の速報は地震動の初期段階で判断しているので、連動地震のような特異な経過を加味できないのも、差が大きくなる要因となる。相原がたったいま体験したこの地震においては、やはり気象庁マグニチュードのほうが低く計算されていると、彼は考えた。理由は震源が深いこと、P波とS波が短時間ながら間隔をおいて到着したので暫定報告にあるように震源域から距離があること、とすると気象庁発表のマグニチュードにしては揺れが突き抜けていたこと、揺れの時間の長さ、そして彼が感じた三度か四度の強襲を切り分けできていないためである。

いっぽう震度分布だが、神奈川県東部と千葉県は6強か弱で、小田原と三浦半島では7となっていた。相原のいる新横浜駅あたりでは6弱となっているが、これも修正されるだろう。横浜市は消防署や学校などに強震計を置いて、独自の地震観測網を構築しており、気象庁にもデータを提供している。

またもや小田原は震度7の地震に見舞われた。七〇年周期ではなく、一〇〇年以上も経過してからの大地震である。

震度表示は各国にあるが、指標はバラバラだ。気象庁では5と6をふたつに分け、さらに0を加えた一〇階級ある。他国はたいてい一二階級だが、その判定基準は統一されていない。震度は地震の秘めた破壊力ではなく、土地での揺れ具合を示す。地質や地形で揺れ方は異なるし、被害状況も建築物の材質で異なる。おなじ震度7といっても木造建築物の多い日本と、レンガ造り主体の欧米とでは比較できない。そのため外国で発生した地震は、日本国内の報道では震度を発表しない。また原則、建物の一階での観測値であるので、新幹線の乗降口である三階においては、なおのこと強い揺れになる。

相原は計測震度が6・0から6・5の間と推定した。つまり震度6強だ。かつて揺れの大きさは気象庁職員の感覚で決める体感震度となっていた。機械による計測震度に切り替わったのは一九九四年からだ。それなのに翌年の阪神淡路大震災では、震度が決定するまで二〇日もかかった。機械式震度計の設置箇所が少なく、神戸に設置されていた計器も停電と電話回線の混乱に遭い、最終的に気象庁職員の現地調査による報告を待って、合議によって決めたためだ。

日本での震度は7までしか定義されていない。計測震度で7・0をこえたことがないからだ。東日本大震災と阪神淡路大震災は6・6、熊本地震と能登半島地震は6・7止まりだ。原理的には8以上も定義できる。しかし当面、その必要はないだろうと判断された。加速度に換算すると計測震度7とは、重力加速度より大きい1072ガルになる。これが震度8では三倍の3388ガルである。阪神淡路大震災（M6・9）の最大加速度は891ガルであり、震度7をこえると極端に数字が大きくなる。3000ガルではどんな建物も倒壊してしまい、救援する側の設備も破壊してしまうので、考慮する必要がないという理屈だ。1000ガルとは時速二〇〇キロで走る新幹線を五秒で停止させるマイナスの加速度だ。実際のところ能登半島地震では志賀《しか》町で二八〇〇ガル、東日本大震災では栗原市築館《つきだて》（旧築館町）において二九〇〇ガルをこえたように、局所的には2000ガル超の観測値も多々報告されているので、そのうち震度7に強弱がつけられるのではと、相原は考えていた。

駅構内は人々の動揺はあったが、建物が崩れているわけでないため、揺れの激しさほどには悲惨さは感じなかった。しかし駅の出口に近づくにつれ、様相が変わってきた。ここでもガラスが破れてコンコースに散乱し、観光案内のパンフレットをおさめる棚が転倒している。構内の案内板がかしいでいるが、固定具のボルトがからくも横倒しを止めていた。天井板がめくれて、ケーブルの束が見えている。店舗の垂れ幕の紐が切れて、だらしなく揺れている。出血してハンカチで額をおさえる男性、身動きできない女性、駅員につめよる高齢者、嗚咽《おえつ》を漏らす人々。がっちりした体格の若者が、わめきながら出口へ走っていった。建物の外に逃げ出したいのだ。その外のペデストリアンデッキでもガラスが砕けて、穴が開いている。

首都圏の鉄道は数日間は不通となる。神奈川県西部では数ヵ月は運行できまい。東日本大震災では東北新幹線だけで一二〇〇ヵ所が被害を受け、全線でどうにか再開できるまで一ヵ月を要した。在来線では六〇〇〇ヵ所が軌道の変形や落石、橋桁と橋脚の損傷などで運行までに半年や一年以上かかっているし、再開をあきらめた路線もある。

いまバスやタクシーを使っても遠くまではたどり着けない。損傷や事故で立ち往生するのが目に見えている。自転車屋を探そうとしたが、土地勘がないうえ、デバイスもつながらないのであきらめた。たまたま線路側にレンタル・サイクルの店を発見したが、すでに全輪が貸し出し中になっていた。そもそも電動アシストタイプなので、バッテリーが切れたら足かせにしかならない。障害物も転がっているだろうから、重たい電動自転車よりも歩いたほうが身軽だ。

案の定、駅からいくらも離れていないのに、バイクが乗用車と衝突して倒れていた。信号は三色の目を閉じている。警察官の姿はなく交通整理されないので、さっそく渋滞がはじまっている。

新横浜駅は線路をはさんだ南北で景色がまったくちがう。北側は環状二号線の両側にビルが並ぶが、南側は道路も狭く、大型車は入れない住宅街である。その住宅街から煙があがっていた。

早春の夕方、最悪の時間帯だ。震災シミュレーションでも悪い条件として設定されるのが、この時間だ。関東大震災では夏の暑さが残る昼げどき、九月一日土曜日の一一時五八分三二秒だった。東京が揺れ出すのは一二秒後。弱い台風が日本海側の金沢あたりを通過して、関東の山沿いで地形性の副低気圧が生じ、都心部では南からの風が強かった。季節は正反対で共通項は少ないが、無意識に関連性を探ってしまう。

巨大地震は冬に多いという言説には根拠がない。都合の良いデータをひろってこじつけた妄言でしかない。そもそも気象庁のいう冬は一二月から二月であり、東日本大震災と熊本地震は春、関東大震災と北海道胆振東部地震は秋になる。

そこらじゅうで火災が発生するだろう。家庭でも飲食店でも食事の準備にかかっている。子どもたちは家にいる。消火活動もままならなくなる。救急車両が到着するには何時間もかかる。

緊急地震速報に付記されている長周期地震動の観測情報だと、階級は最大の4、すなわち高層ビル内では立つことができず、キャスター付き什器《じゅうき》が大きく動く。新横浜駅近くのビルは都心や湾岸よりも低層なので、見たところ被害はなかった。耐震設計が施されている最近のビルなら震度6で破壊されたりしない。しかし古いビルが多数あるのも事実だ。

余震がおきて甲高い悲鳴があがる。

ビル風が冷たく吹いて、みぞれが顔を叩いた。

相原は折りたたみ傘ではなく、携帯用の防水カッパを着た。常にバッグに所持しているのは懐中電灯、予備バッテリー、使い捨てカイロ、ハサミや絆創膏《ばんそうこう》類がケースに入ったファーストエイドセットである。緊急時の備えというより、フィールドワークの必須品として身につけている。そのため飛行機に搭乗するとき、取り出すのを忘れてファーストエイドのナイフで呼び止められたことも二度あった。

白いものが暗い空から降ってくる。みぞれでも雪でもない。紙だ。二枚、三枚。上昇気流の気配はない。なぜ紙が舞う。相原は自分の想像に身震いした。通行人がながめる方向に体をまわすと、工事中の建物にタワークレーンが抱きついている。マスト部分から折れてワイヤーがからくも落下を防いでいたが、フックによってビルの外壁が割れ、窓枠からガラスが抜けている。きっと揺れが共振したのだ。地震でタワークレーンが倒れる例は多い。対策はとっていても工事の進捗で高さが上下するので、固有周期も変わってしまうためだ。地上には粉々になったガラスと小型車サイズのコンクリートの塊が転がっていた。窓からコピー用紙が吹き流れている。それを見つめる群集。

事務機器に地震対策を施す企業はまだ少ない。オフィスも機器も賃貸なので、壁や床に穴を開けられない。せいぜいキャスターをロックするくらいだが、それでは長周期地震動に耐えられない。小さな事務所ではロッカーに転倒防止の突っ張り棒をはさんだりするが、強震だと天井を突き破ってしまう。これは家庭でもおなじだ。

余震で空からガラスだけでなく重量物も降ってきそうだ。そのため通行人も道路にはみ出して歩いている。そうなると車が歩行の障害物にしかならない。

普段なら仕事が終わり帰宅の途につく時間だ。ぞろぞろと会社員がビルから流れ出てくる。もう混雑ができている。半分くらいが傘をさしているので、明るい色彩が陽気さを演出するが、だれも覇気はなく、虚脱してただ脚を前に出して、とにかく家を目指していた。交通網は麻痺しているが、家族のもとに帰りたいのは相原も強く感じている。

メールの返信はまだない。故郷がどうなったか想像したくない。状況は格段にひどいだろう。

今回も彼の学んだ専門知識は役に立たなかった。地震学の敗北だ。いちども勝ったことがない。

相原は一斉に帰宅する行為の弊害を理解していた。政府も移動の抑制を広報している。小田原まで六〇キロメートル。彼には帰る義務があった。有様を肉眼で見て、惨状を肌で感じ、記憶する。どうして予測できなかったのか。あの観測データがなにを意味していたのか。そして、これで終わりなのかを確かめる必要があった。

発災

表層地盤増幅

太古より足柄平野は火山灰や河川から流れた堆積物が大量に積もるので地層も厚いが、かといって土地が盛りあがっているわけではない。地殻変動で東側が隆起して大磯丘陵を成し、その反動で西側が沈降して平野になったからだ。典型的な逆断層地震の効果といえる。

逆断層があるのだから正断層もある。日本の学生を混乱させて、地学教育を忌避させる要因のひとつが、これらの不可解な名称である。『プレート境界は圧縮されているので逆断層地震である』と書かれているが、さっぱり意味がつうじない。

地面が左右から引っ張られて、地中の弱い断面から割れて、ずれの生じるのが、正断層である。割れた面で地殻が左右に分離しただけなら、たんなる亀裂だが、実際の切断面は斜めに切り込みが入るため、上下に変位することで歪んだ応力を解放する。なぜ『正』かというと、地層のずれを発見したとき、この変位の仕方が一般と考えられたからだ。反対に地中が左右から押されると、割れ目を境にして、圧縮に耐えられなくなり、どちらかが上にずりあがる。これが逆断層だ。さらには鉄道の往路と復路のように、水平方向にずれる場合もあるので、実際の震源は横ずれ逆断層の運動となっている場合が多い。

日本列島はプレート沈み込み帯で、ぐりぐりと押されるので、逆断層がほとんどである。正確を期するなら、プレート沈み込みの角度が急だと、大陸側は圧縮よりも、引きずりによる引張り力が強いので正断層になりやすい。九州地方ではフィリピン海プレートが地殻を急角度で引きずり込んでいるので正断層が見られる。またこの地域では火山活動も活発なため、マグマの躍動がやはり正断層をつくる要因になっている。

今回の地震は足柄平野に端を発して相模トラフの延長にあるプレート境界が、右横ずれ逆断層となって動いた。

地盤が軟弱な沖積層では地震の揺れは大きくなる。柔らかいと振動が増幅されるからだが、日常の感覚とは乖離している。水と砂の入ったそれぞれの容器に、木の葉を乗せて揺すれば、とうぜん砂に乗った木の葉のほうが容器に追随して動きやすい。ところが沖積層ほどの柔らかさだと、常識に反して揺れが増幅するのだ。地中の硬い層の中で発生した地震波が、柔らかい層との境界を突破して上方に侵入すると、瞬時に地表面へ達して波が反射する。反射波は地中を戻るが、下部に待つ硬い層でもういちど反射して、その繰り返しがおこる。地震波は距離で減衰するが、重複反射するので弱まらない。さらには柔らかい地層のほうが地震波の伝播は遅くなるが、エネルギー量は保たれるので、振幅が大きくなる。すなわち振動が激しくなる。これを表層地盤増幅という。増幅率は関東平野だと一・五倍、東京の埋立地では二倍になる。足柄平野では南部ほど増幅しており、小田原では二倍をこえる場所もある。

そのうえ足柄平野は三方を山に囲われている。地震波は山の固い地質に二度、三度と反射して、揺れに新たな力を加える。

かよう足柄平野には激しく揺れる条件がそろいすぎていた。

家の壁がミシッと鳴り、中規模の揺れを感じた。その直後に、大地が逆巻いた。全身を大槌で叩かれたような強い衝撃。置物が吹き飛び、棚が倒れ、食器が粉砕される。タンスが踊り衣服が吐き出され、冷蔵庫が宙に舞う。風呂の湯があふれ落ち、電化製品が壁にぶつかる。スチール製のシャッターが波打ち、窓がビリビリ振動する。壁の時計が落下し、天井の照明が猛烈に首を振る。テーブル下に潜ろうとしても、床が前後左右に激しく動き、為すすべなく、身体はもてあそばれる。台所の火の始末をしようにも、床に踏みとどまることもできない。頭の上の化粧板がはがれ、屋根瓦が崩れ、柱の接合部がさざめく。針金の入った出窓のガラスが割れて、観葉植物の鉢が降る。フローリングに置かれた暖房器具がすべって壁に穴を開ける。自動消火装置が働き炎のコロナが舞う。

外ではスギ林から花粉が放散し、土煙が吹き、川面が泡立つ。道路が張り裂け、車が跳び、盗難防止装置が騒ぎ、街灯の柱がねじ曲がり、片持ち梁のカーポートが折れた。水道管が切断され、道路から水が噴きあがる。工事現場の杭打ち機が倒れて住宅を切断する。透かしブロックの外構はむろんのこと、鉄骨入りのブロック塀も倒れ、地響きは止まない。

痙攣《けいれん》をおこしたように震える壁掛けのテレビから、不快な緊急地震速報の号笛がほとばしるが、バシッと音がして停電になる。闇の中で懐中電灯を探すが、ガラスが四散し、膝に刺さる。床下から地面の悲鳴が伝わる。

だれもの脳裏を死の文字がよぎる。

＊　＊　＊

国道二四六号線は東京千代田区を起点にして南西方向に下り、足柄平野の縁でやや半円を描いて、静岡県沼津市までをつなぐ総延長一二五キロメートルの東西交通の要である。都心部では青山通りや玉川通りの名称で呼ばれるが、その先は二四六とだけ呼称されることが多い。

足柄平野から静岡県の御殿場にかけての国道二四六号線は、プレート境界の地表部分にあたる。とくに神奈川県の秦野市から山北町あたりは山裾を縫って走っており、見通しは悪く落石注意の標識が目につく。東京方面から車を運転すると、道路の右側は擁壁がそびえ、左側は崖地になっている箇所が多々ある。

トヨタのミニバンを運転する男性は、車内のミラーで後部座席をちらっと見た。道路のカーブがほどよく揺するので、五歳の息子はチャイルドシートの中で、寝息をたてている。その横で妻もうつらうつらしていた。子どもが小学校に入学する前に、富士吉田市にある妻の実家へ顔見せに行った帰りだ。片側一車線の道路は街灯も少ないため、運転は慎重になる。家族を乗せているのだから、なおのこと安全運転を心がけていた。彼は前を走るトラックのテールランプを追って、ラジオを聴きながらハンドルを操作していた。車はローンを組んで購入したばかりで、まだ三〇〇〇キロしか走行していない。車線逸脱装置が自動で走行を補助してくれるので、高くても買って正解だったと実感していた。家は伊勢原の手前なので東名高速を使うルートもあったが、二四六号線のこの辺りは土日でなければ空いているし、せっかくだから新車を馴らしてみたかったのだ。

　道路は御殿場線の谷峨《やが》駅をすぎて酒匂川が激しく蛇行するあたりだ。トラックがカーブで速度を落として、ブレーキランプが赤く光る。彼も車間距離をつめないように、距離を置いて追走していた。高速道路だとすぐに割り込んでくる車が多いが、下の道はその心配がない。むしろ前方のトラックに威圧感をかけないように、間隔をあけている。

　対向車のヘッドライトが視界に入り、みぞれ雨に散乱して眩《まぶ》しいなと思った瞬間に、ハンドルがなにかに取られた。底から突きあげをくらいバウンドして着地すると、前方のトラックが分厚いカーペットに覆われた。そのはずみで対向車が横に押されて、ガードレールを突き破って谷底に吸い込まれていった。カーペットが山から流れてきた土砂だと理解したときには、ひと抱えもある岩が転がって道路に立ちふさがる。彼がブレーキをかけたのか、それとも車の安全装置が反応したのかわからないが、警告音が響き、車は急減速する。妻が絶叫し、子どもがわけもわからず目を見開き、ぐんぐん迫ってくる土砂に彼が絶望のうめきをあげて、ありったけの力でブレーキペダルを踏み込む。フロントガラスに顔面をぶつけるほど、つんのめりになるが、タイヤがアスファルトをつかむ。どうにか減速するが、それでも停車にいたらず、大岩に激突した。エアバックが破裂して車内が風船にまみれる。彼が後部座席を振り返ると、妻と子どもの無事が目視できたので、ほっとするも束の間、大地は揺れつづける。土砂はなおも上方から滑落して、蠕動《ぜんどう》運動する生き物のごとく車は横に押される。そこには対向車が闇に消えたガードレールの穴が空いて、彼らを奈落へ突き落とそうとしている。

彼はシフトノブを後退のRにするが、車が動かない。いったんDにして、もういちどRにしたが、モーター音はするが、後退どころか、回転しながら土砂に流されている。妻が「ギヤ！」と叫んで、彼が聴き間違えを疑うが、シフトノブがNのままであるのに気づいた。すぐにRにしてハンドルを切ってアクセルを力任せに踏むと、タイヤが礫で空転しながらも、車は後退した。バンパーを倒木にぶつけるが、新車であったことなど微塵も考えずに、必死に崖崩れから離れた。ヘッドライトが泥と岩石の小山をクリーム色に塗る。彼は地震動がなくなるまでハンドルを握っていた。ラジオから「ただいまスタジオで揺れを感じています――あっ――すごい揺れです」というと、あとはマイクが雑音だけを拾っていた。

彼はひとりで車を降りると、土砂崩れの縁まで歩いた。乾いた土が道路を完全に埋め、岩の隙間からテールランプの光が豆電球並みに心細くこぼれていた。岩をどかそうとしたが、そんな人力のおよぶ大きさではなく、トラックであろうと無事であるはずもなく、すぐに救出はあきらめがついた。救急に電話するが、停波しており通じない。救急電話は通信制御されないが、ケーブル断線か中継器が壊れたのだろう。彼はガードレールの残骸につかまって崖に首を伸ばしたが、落下した車の姿は土砂をかぶり見つからなかった。余震がおきて、またもや岩屑が落ちてくるので彼は車に戻ると、国道二四六号線の前方でも光の雲が蛍火として浮かび、ホーンの遠吠えが山の斜面にこだまして、事故現場がここだけではないと悟った。

国道二四六号線の神奈川県西部から、静岡県にかけて、人命に関わる土砂崩れは四ヵ所で発生し、八台の車が致命的な被害を受けた。さらに七ヵ所で法面《のりめん》が崩れて通行できなくなり、合計四〇台が立ち往生するが、状況が判明するのは神奈川県警のヘリコプターが赤外線暗視カメラで道路を撮像した翌日の夜間である。取り残された彼らの救出には二日かかった。というのも東名高速道路で、大事故が発生していたからだ。

＊　＊　＊

かつて究極の疾走マシーンといわしめたガソリンエンジン仕様のBMWは、旧東名高速の都夫《つぶ》良野《らの》トンネル手前のカーブを時速一四〇キロメートルで突き抜けた。そこからアクセルをベタ踏みして、直列六気筒エンジンの咆哮にまかせて、境界線をはみ出し、蛇行する路面を猛進していた。電気自動車なぞ週末の奥様用の買い物車か、子どものおもちゃと公言しているが、彼とて親の経営する会社に役員として名を連ねているだけで、真面目に働いた経験のない虚飾だけの小者だった。

ウィンドウを気持ち開けているので、助手席の若い女の髪がメデューサの蛇のようにのたくる。会社の見たこともない新商品の展示会場でひろったこの女がおびえているのが面白く、彼はカーブをわざと鋭角に曲がる。女が「スピード落として」と懇願するが、それが彼のサディスティックな性癖に火をつける。速度リミッターは二五〇キロなので、まだ余力があると馬鹿げた考えしか浮かばない。スピーカーからのハードロックは風切り音に負けじと絶叫し、シリンダー内で燃えたぎる火焔《かえん》の激しさと、シャフトが高速回転する無機質な響きが車体の底から突きあげてくると、背中がゾクゾクした。

雨で路面が濡れているので、いつもよりスピードを落としているのが不満足だが、女の恐怖に引きつる顔を拝めたのだから、次の足柄サービスエリアでひと息つこうと、からっぽの頭をひねり出したとき、車まで軽くなったのを感じた。タイヤがグリップ力を失ったと、勝手な理屈をひねり出すが、強震動によって道路の継ぎ目に段差ができ、爆走するＢＭＷを数センチだけ跳ねあげたのだ。着地で車体が傾いたので、格好つけてドリフトの要領でハンドルを切るとこんどは右車輪が路面を離れた。この段階でも地震の揺れに気づかず、獣にも劣る理性で、やけに車体が揺れるのでメンテナンス会社に怒鳴りつけてやると意気込むが、摩擦力が弱くなった車はカーブの遠心力に負けて制動を消失し、コンクリートの壁面に接触して弾かれ、並走する背の高い観光バスに体あたりした。

地震の揺れで減速していたバスだが、斜め後方からの衝突で車体後部がえぐられて左右に振れ、ついに左側へ横倒しになり、火花を散らして路面を滑走して、コンクリート壁に激突した。バスは後部にエンジンや燃料タンクが置かれている。引火しにくいはずの軽油だが、燃料ポンプで加圧されてガス状に吹き出したところに、火花が飛んで導火線となって発火する。日帰り観光バスの乗客はほぼ高齢者で、激突死を免れても、火炎地獄からは逃げようがなかった。

すでにＢＭＷの運転手は斬首され、脳みそは軽いどころか霧状に蒸発していたが、頑丈な車体は道路壁で跳ねあがり、幅のある分離帯を対向車線まで滑空し、巻取り紙を運搬中のトレーラーに速度リミッターをこえる相対速度でフロントガラスに飛び込んだ。一本あたり五〇〇キログラムもある巻取り紙六本がローラーボールのゲームを興じて旧東名高速道路を縦横に転がり、走行する乗用車をスクラップにし、さらに紙を散らすので純白のバージンロードができあがった。

そこに進入してきた車はことごとくすべり、ブレーキは効かず、コンクリート壁でボディを削り、衝突を繰り返し、容易にガソリンに火がついた。バージンロードは燃え盛る道となり人工衛星からも陸上の漁火となって観測される。

その火渡り儀式に突入しそうなのが小田原の化学工場へ、クロロスルホン酸を輸送中のトラックだった。この液体は分子記号のシンプルさと同様に製造が簡単で、合成洗剤や薬品製造の原料として使われる。油のような色と粘性を持っており、それ自体は不燃性だが、水と反応して硫酸と塩化水素に分解され、空気中の水蒸気だけでも反応が引きおこされる。人体に有毒で、もちろん劇物扱いである。

クロロスルホン酸を積んだトラックは交通法規を守って運転していたので、燃え盛る道路の直前で急停車したが、後続する小型車が追突し、さらに後部から大型のステーションワゴンが小型車を踏みつぶして跳躍し、トラックのバルブを破壊した。こぼれ出た薄黄色の液体は路面の水滴と激しく反応し、白い煙を吐いて煙幕を張った。この薬品はまさに軍事用の煙幕剤の原料としても使用される。揮発性が強く、白煙は刺激臭の強い毒ガスとなって風に流されて、停車中のドライバーたちの皮膚に接触して激しい痛みとともに、糜爛《びらん》、深達性潰瘍、やがて壊死《えし》にいたり、目を焼き、呼吸によって肺から内臓まで損傷させた。

こぼれたクロロスルホン酸から分解された硫酸と塩化水素は、つぶれた車のボディを溶かし、水素ガスが車体の隙間に溜まる。地震の揺れがおさまり、ようやく冷静に思考できるようになったところ、事故によるバッテリー不良でスパークが生じて水素ガスが発火し、小爆発をおこした。それが小型車のガソリンに引火し、クロロスルホン酸をつめたタンクが完全に破壊され、滝のように猛毒の液体を飛散させる。

すでに消防への連絡は逼迫《ひっぱく》しており、連絡がつかない。しかし路側に設置された緊急電話からNEXCO中日本の道路管制センターへ通報が入った。同センターでは地震被害に即応して御殿場交通管理隊が出動し、同時に専用回線で警察と消防に出動要請をするが、続報で強烈な刺激臭と金属を腐食させる反応の情報が入ったため、化学消防車の手配を求める。近くで粉末消火剤が使える化学消防ポンプ車を有するのは、神奈川県の小田原市消防本部足柄消防署と、静岡県の御殿場消防署だが、衝突事故、電柱倒壊、ガスもれ、火災などで道路が渋滞し、到着まで時間がかかる。

その間にもクロロスルホン酸は東名高速道路の陸橋からこぼれて、一般道に流れ、周辺の住居が猛毒のミストに包まれた。木の上からみぞれ雨に混ざって、羽虫やツグミや冬眠から目覚めたコウモリが落ちてくる。ペットの芝犬にエサをあげようとした少年が異常に気づいて家族に知らせ、犬のリードを外そうとしたが、毒ガスを全身に浴びて化学熱傷をおう。高校で化学を教える隣近所の若い男性が声を聞き、少年が苦しんでいるのを見つけ、服を脱がし、ホースで水をかけつづけて毒を流し、目を洗い、一命をとりとめる。しかし多くは巨大地震の大混乱の中、謎の化学物質で皮膚と喉をかき、悶《もだ》え苦しんで死んでいった。

化学消防車が到着したときも液体の反応で一帯は霧に包まれていた。汚染範囲が広いため、防御性能が強いプレッシャデマンド式呼吸器が足りずに現場へ近づけず、生存者の救出が後手に回った。

しかしこういった事故は足柄平野に限らなかった。路面状況だけを見ても、圏央道の海老名ジャンクションでは一五台の多重衝突が発生している。国道一二九号線や、保土ヶ谷バイパス、三浦縦貫道路、館山自動車道、横浜、横須賀、外房の県道・市道でも火災をともなう交通事故、トンネル内での追突、擁壁の崩落、落橋、陥没などで道路は寸断されていた。

震源域から離れた八王子バイパスでも土砂崩れで車が巻き込まれていた。山梨県の道志《どうし》村でも道が崩落している。

街路樹は根がせりあがり倒れて、架空線を断ち切っている。並木道で有名な平塚のメタセコイア、厚木のイチョウ、横浜のケヤキ、館山の椰子は何十本も街路に伏している。アスファルトの亀裂や剥離は数え切れない。

そこに街灯や通信用鉄塔といった構造物の倒壊、ガスもれ、薬品漏出、燃料タンクの転倒も加わり、神奈川県の全域、とりわけ相模湾に面する自治体と三浦半島の道路網は壊滅しており、東名高速道路より南側の県域、東京南西部、千葉、伊豆半島も瀕死の状態だった。

＊　　＊　　＊

足柄平野は土地の成り立ちからして、液状化しやすい。

堆積した地層は砂粒と水が均質化して、一見固そうに振る舞う。土壌を双眼顕微鏡で拡大すると、砂粒どうしは接触しているが、その間隔は広いのが見てとれる。そのため地震動で揺すられると粒子の噛み合いがはずれて、土の中の砂が動き、より安定しようと密に集合する。そうすると隙間を埋めていた水が追い出されて移動する。地震で揺れる時間が長いと砂粒と水が分離して、アサリの潮吹きのように、砂混じりの水を地表へ追い出す。これが噴砂であり、それが積もると噴砂丘になる。噴砂丘はすぐに風化するが、噴砂は有史以前の地震を調べる考古学の手段となっている。液状化は東日本大震災で大規模に発生し、二三〇〇棟の建物が被害を受けた。とりわけ東京湾沿岸の浦安と利根川下流での現象は映像で流れたので、埋立地だけでなく河川や海岸近くに家を持つ住民を不安にさせた。

液状化により地面が固体から流動体になって水を排出するため、振動が止むと場所によっては八〇センチメートルも地盤が沈下する。構造物は倒壊し、地下に埋設されている水道管やケーブルが破断する。そして土地改良をおこなわないと、再度の地震で液状化がまたもや引きおこされる。実際、東日本大震災の一ヵ月前に発生したニュージーランドのクライストチャーチ地震（M6・1　死者一八五人）では、余震で再液状化が報告されている。

足柄平野は砂礫層と粘土層が重なり、水が浸透しにくい不透水層（正しくは難透水層）ができる。平野の中心となる酒匂川は、歌川広重の浮世絵にも描かれたが、流路は時代とともに変遷しており、江戸時代初期には工事で川の流れを変える瀬替えもおこなわれている。ということは足柄平野の液状化は現在の河川域よりも広範囲におよぶ可能性がある。

山北からの地震波による影響は限定的だったが、連動した国府津＝松田断層と西相模湾断裂帯が直下型地震となり、足柄平野を猛烈に揺さぶった。地震波は山で何度も反響して長時間の揺れをつくり、さらに波の重なり合いで増幅し、複雑な地震波を地上にもたらした。この現象は阪神淡路大震災の神戸において、直下の地震と六甲山からの反射波が被害を拡大させたときとおなじ構図である。

まず強震動の直撃で、最初の数秒で老朽した建造物が倒壊した。それらは一九八一年の建築基準法改正前に建てられていた。その中でも筋交が不足していたり、屋根に重い瓦を載せていたり、基礎がコンクリートになっておらず、補強もおろそかにしていた物件が根こそぎつぶれた。しかし鉄筋コンクリートの新築であっても大破した建物がある。一階が駐車場のピロティ構造や、『L』や『コ』の字型で、応力が分散されずに破壊されている。これは熊本地震とおなじだ。

直撃に耐えても、九五秒にもおよぶ強地震動で地面が液状化して基礎が崩れ、建物が歪み、倒壊する。場所は御殿場線の山北駅南部の酒匂川流域、大井町役場周辺、小田急線と大雄山線の間のかつての水田地帯、小田原に近い井細田《いさいだ》から緑町駅、足柄駅のあたり、少し離れて国府津の新幹線高架橋付近である。

周囲の土地が液状化してもつぶれなかった住宅の多くは、二〇〇〇年より最近になって建てられた物件である。その年から木造住宅の地盤調査が義務化され、効果がてき面にあらわれた。しかしこの改正は――政府は新新耐震基準とはいわない、その前の改正がなんだったのかと指摘されたくないからだ――鉄筋コンクリート造りのマンションには適用されない。そのため基礎が不十分で倒壊したり、それを免れても壁面にヒビが入ったり、共用廊下や非常階段の切断されたマンションが複数あった。基礎杭打ち工事の施工不良で崩れ落ちた建物は、法律以前の問題である。

木造建築物にしろマンションにしろ損傷が軽微に済めば、修理することで住みつづけられる。ところが地震動の最初の段階で、構造物の結合が弛《ゆる》み剛性が低下すると、建物の固有周期、つまりその建物が一回に揺れる時間の長さが変化して、地震動に共振してしまう。

足柄平野での戸建て住宅の固有周期は〇・四秒以下だったが、それが地震波に含まれる短期成分に同期して建物の剛性低下をおこし、固有周期が一秒にまで伸びた。地震動の卓越した揺れの周期は一から二秒であり、この変形によって大きな揺れに耐えた建物も連動地震による共振によって崩壊した。東日本大震災の長周期地震動で緊結が傷んだままの家屋も相当数含まれていた。

神奈川県は盛土造成地の数が全国ダントツの一位であり、行政による監督も遅れている。盛土の水抜きすらされていない土地もあり、地震にきわめて脆弱である。そういった場所では擁壁破壊で土地が滑動し、斜面を下って崩落した。崩れたのは戸建て住宅だけではない。マンションを支える土台が流出して基礎材がむき出しになって傾いた物件もある。ひとは傾斜に敏感で、わずか〇・五度の傾きで頭痛とめまいを覚えて建物に住めなくなる。

地震発生の六〇秒以内に大破した住宅は、足柄平野だけで六三〇〇棟におよんだ。

住居だけではない。コンクリートブロック、街灯、看板、自動販売機、街路樹など、日常生活でよく目にする有形物も倒れている。マンションの受水槽が液体のスロッシング現象で落下し、病院や福祉施設の貯水槽は構造体そのものが振動するバルジング現象で破壊された。電柱は液状化だけでなく、振動で小枝をひねったように途中から折れていて、道路に延々と横たわっている。

水道管の法定耐用年数は四〇年だが、それをこえた経年化率は神奈川県が関東最悪の二割をこえている。かたや同県では水道管の七割以上は耐震適合しており全国一の敷設率とされるが、これは基幹路の話である。その基幹路であっても接合部分が柔構造となっている真の耐震管敷設率は二割ほど低くなる。そのため管路の破損や陥没、斜面崩落のため広域で断水がおきている。断水の前には液状化によって道路のアスファルトが裂け、一〇メートルの高さまで水が吹き、近くではマンホールの円筒が浮力で地上に姿をあらわしたところも複数ある。

酒匂川の十文字橋と飯泉《いいずみ》橋は、地震の揺れと断層によるずれで橋桁に段差ができて通行できなくなる。狩川や山王川、早川水系でも液状化による不同沈下で流出した橋があり、水路に架かる私有の通路橋も積み木を崩すように落ちている。

足柄平野に隣接する秦野市では土地柄から地震動と建物の固有周期が共振しやすく、建物被害が多く出た。この地にある震生湖はまさに大正関東大震災で丘陵地が崩れて誕生した堰止湖である。寺田寅彦が命名したと語られるが、それは間ちがいである。当時、二人の少女が埋もれて亡くなったが、そこは湖ではない。それはともかく、流入河川のない震生湖の湖底が割れて、フナ釣りで地元に愛された憩いの場が枯れてしまった。

それでも足柄平野は良いほうだった。液状化に限れば、相模川流域や横浜市の被害のほうが深刻だった。厚木から大船、鎌倉にかけての流域、横浜から横須賀の海岸線側である。戸塚区役所から柏尾《かしお》川沿いも建物倒壊が目立ち、とくに傾斜地では液状化による側方流動現象で基礎が消失し、地上の住宅ごと地盤がごっそり横に移動し、水道管も地下ケーブルも断たれた。

盛土は横浜方面のほうが多く、市内だけで三〇〇〇ヵ所以上あり、行政側も把握できていない。

中には宅地造成法が施行された一九六二年より前の造成地もあるが、そういった所では補強工事がされているので影響は小さい。むしろ山を切り崩した中規模造成地の被害が目立った。八軒の一画がそのまま土壌流出で隣の区画へ移動した所もある。

鎌倉の大仏は大正関東大震災で四〇センチメートル動いたが、またもやおなじだけずれた。県内の寺で墓石はドミノ倒しにあい、鐘楼は澄んだ音を肌寒い夕闇に染み込ませて、膝が抜けるように崩れた。

藤沢市では中年の男女が水の張っていない休耕地に肩から下を埋没させて死亡しているのが発見される。周囲が黒ずんだ蟻地獄の巣のように変色していて、液状化により身体が沈んだと究明される。似た現象は一九四八年の福井地震（M7・1　死者三七六九人）でも記録されている。

相模川の東側、茅ヶ崎市には旧相模川橋脚という史跡がある。関東大震災の液状化によって、一一九八年の鎌倉時代につくられた一〇本の木製の橋脚が出現したものである。本物はコンクリートで保護されて水中に保管されており、水面にあるのは模型である。ところが今回の大地震で水中の橋脚がふたたび姿を見せた。おなじ茅ヶ崎だが、海岸の沖にある姥島《うばじま》は、一般にはエボシ岩と呼ばれている。平安時代の帽子である烏帽子に形状が似てるから呼ばれるようになったが、この独特の形状は在日米軍の射撃訓練の標的になったためだ。その岩の一帯は液状化ではなく、大正時代の地殻変動を再現して、七〇センチ隆起した。

農業用ため池の管理は法律で規定されている。阪神淡路大震災では淡路島のため池が決壊したが、人的被害は出なかった。兵庫県にため池は二万四〇〇〇もあり、淡路島だけで一万を数える。

ため池の存在が危機管理意識を高めていたと分析されている。しかし東日本大震災では福島県の灌漑用ダムである藤沼ダムが決壊した。一五〇万トンの水は簀《す》の子川を下って、家屋が流され八名が死亡したが、この件はあまり報道されていない。犠牲者のひとりは四〇キロメートルも離れた阿武隈川で発見された。これを機に、ため池のある地域ではハザードマップが作製される。

神奈川県には農業用のため池が二〇しかない。そのうちの平塚にある四〇〇〇トンの水を貯めることができる万田八重窪ため池が決壊した。濁流は一分で畑地の土をえぐって住宅地に入り、小学校へ流れ下った。到達まで二五分しかなかったが、この地域でもため池のハザードマップが作製されており、生徒と教職員、近隣住民も危険性を心得ていたので、迅速に避難し人的被害はなかった。

河川の堤防も液状化の被害を受けていたが、この時点では気づいた者はいない。

＊　　＊　　＊

地震火災は同時多発し、消火が追いつかず大火になりやすい。

しかも春まだ浅い日の夕方である。足柄平野だけで地震の直後に一五ヵ所から火の手があがった。出火元となった建物の半分が住宅で、つづいて飲食店、そして工場だ。地震火災の極端な例は大正関東大震災だが、出火原因が、かまど・七輪・火鉢の時代であり、現在の火元は電気が主である。ガスは地震を感知して供給を遮断するガスメーターにより主原因ではなくなった。

巨大地震による火災発生率は一万世帯あたり、東日本大震災で〇・四四件（津波浸水域外）、新潟県中越地震と能登半島地震で一・〇であった。季節や時間帯でも大きな差があり、熊本地震で〇・

二四件と低いのは、本震の二日前に前震があったためとされる。

小田原市消防本部は足柄平野の四町二市に加えて、中井町も管轄としている。世帯数は一三万なので、やはり出火数の一五件（率一・一五）は多いといえる。

消防署員は事務職員を含め三七五名で、車両は救急車の一四台を入れて合計七〇台を有する。火災時の初動体制である第一出動で通常一〇台が出場する。小田原と足柄の消防組合が統合される前は六台だったので、すべての車両を動員すれば、いくらか不足はあっても、全出火現場で消火活動をおこなえる能力を持つが、地震火災とは非日常の混沌である。

水道管がちぎれて各家庭に水は届かず、消火栓の多くが破壊されている。初期消火の成功率は、震度6強以上では二〇パーセントを下回る。道路はズタズタで、消防署の周辺だけでも要救助者がいるので、遠方まで手が回らない。彼らは目の前の被災者を見過ごしたりしないからだ。よって消防は待てど到着しない。火災は出火元から急激に拡大する。このとき市街地での延焼速度は一時間に一〇〇メートル。大正関東大震災では一時間で七〇〇メートルだったので耐火力は格段に強くなっている。それでも消防車一台で放水できる距離は標準で二〇メートル。シミュレーションでは、たった三ヵ所の火元は、微風が吹いているだけで四時間後には一〇〇軒にまで延焼する。小田原市消防本部では年間の火災発生件数は一〇〇もないので、二ヵ月分の火災が同時に発生し、みるみる延焼するのだ。

地震から停電までに時間差のあった地域での出火が多かった。

それらの原因は家具の転倒でケーブルの被膜がめくれて加熱したり、熱帯魚の水槽用ヒーターが落下して可燃物に接触したり、温かみのある光を演出する白熱灯が割れてカーテンに着火したりと、ありふれている。飲食店では油の入った鍋や、炭火料理のコンロなどからはじまる。無停電電源装置を備えたコンピュータルームが地震による振動で配電不良が生じて火災になる事例もあった。さらに石油ストーブや薬品落下による火災も発生した。家庭用発電機の操作中に余震に驚いて、燃料がこぼれて火災になった家もある。

消火器の家庭での保有率は五〇パーセントに満たない。あっても使用期限切れが四分の一も占める。簡易型のスプレー缶も多く、地震によって一気に燃えあがる火災には歯が立たない。

倒壊した家屋ではもはや消火する気力が奪われる。そしてさらに延焼を招く。雨の中でも火は成長する。火災報知器が出火を告げる。昼の天気予報では小田原市の気温は氷点下一度だったが、市街ではプラス四度を観測した、火災により五度も高くなったのだ。大正関東大震災では気温は二三度だったが、中央気象台のあった麴町区元衛町《もとえ》では四五・二度を記録している。

地震火災として、ひとつのヤマをこしてからも危険がある。ロウソクを灯している最中の余震や、通電が再開してからの接触不良である。また林野火災も発生する。しかしいまはそこまで気がまわらない。ただ消防と警察、自衛隊機が夜間飛行で燎原の火を映し、燃え立つ街を打つ手なく見つめているだけだ。

＊　　＊　　＊

ところで先の一万世帯あたりの出火率だが、津波浸水地域では一桁大きい一・二・〇である。

津波――ＴＳＵＮＡＭＩ――は学術用語として明確に定義された単語ではない。『津』とは日本語の港であり、沖に立つ波ではなく、港に被害を与える波として区別して使われるようになった。もともと英語ではタイダル・ウェーブ（Tidal Wave）とサイズミック・シー・ウェーブ（Seismic Sea Wave）の二つの用語がある。タイダル・ウェーブは月による潮の満ち引き、すなわち潮汐波と、さらに低気圧による高潮の二種類が含まれている。ここには地震や火山によっておこる波は含まれない。サイズミック・シー・ウェーブは、まさに地震性海洋波の意味であるが、学会でも使用頻度は高くない。

ＴＳＵＮＡＭＩには地震や火山だけでなく、地すべりや、爆弾によって引きおこされる広義の波も含まれていて使い勝手が良く、日常用語としてだけでなく、定義は曖昧でも国連機関や学際的にも一般に使用されている。

ところで津波は縦波でも横波でもない、波形を変えない孤立波である。地震エネルギーのたかだか五パーセントが津波に変換される。波源域の海水が移動しているのではなく、海水を押す力が伝播しているので、波のエネルギーを散逸させずに突き進む。だから一九六〇年のチリ沖で発生した津波が二三時間も太平洋の海中を静かに伝わり、一万七〇〇〇キロ離れた東北地方で牙をむいた。平均時速八〇〇キロである。津波速度は海底までの深さで決まるので、水深一〇メートルでは時速三六キロ、つまり一〇〇メートルを一〇秒で走る。よって海岸で津波を目視したときは、オリンピック選手以外は死亡フラグが立ったようなものである。

海の波は光線のように屈折と反射をする。震源域が広く、複数方面から来襲する津波は、海底地形の複雑さもあって波高と浸水の予測が困難になる。とくに相模湾の大洋側へ凹んだ形状は見えない縄で湾内に捕縛されるエッジ波（沿岸捕捉波）が生まれるが、この成因と特徴には未解明が多く、防災科学に組み込まれていない。二〇〇三年の十勝沖地震（M８・３）では津波警報解除後にエッジ波による最大波高で、北海道の東海岸線が被害を受けた。

国道一号線は神奈川県の南部では相模湾の海辺に沿って走っている。それに並行して大磯から小田原の端までの、主に高架橋よる自動車専用道路が西湘パイバスであり、人気のドライブルートであるだけでなく、この地方の防潮堤の役割も兼ねている。それなのに台風ではしばしば波をかぶり、路肩や護岸の崩落までおこしている自然災害に弱い道路でもある。

西湘バイパスが開通したのは一九六七年なので、それ以前の海岸線は大波に無防備だった。小田原では明治時代に膨大な投資をして独自の防潮壁を構築するが、これは津波対策ではなく、小田原大海嘯《かいしょう》と呼ばれる一九〇二年の高潮被害を契機にしたものである。海嘯とは高波、高潮、津波などの古い呼び方である。小田原大海嘯の原因は台風であった。小型ながら強風をともない、しかも時速一〇〇キロで関東を突き抜けた。全国で死者行方不明者は八一二人も出した。小田原地方では一二メートルの高潮で、犠牲者七二人と、一二〇〇の家屋が流出と倒潰にあった。いまでも旧防潮壁の姿を所々で見られるが、生活圏がより海岸に広がったので、西湘バイパスもそこよりずっと波打ち際にある。路面までの高さはせいぜい一〇メートルである。

西相模湾断裂帯と相模トラフがほぼ同時にずれたため、相模湾沿岸には一〇から一五メートルの津波が襲来した。直下型地震のため津波警報が発令される前、まだ揺れがおさまらないうちに引き波がおきて、ただちに第一波が海岸に接近していた。津波は沖合では目視できない。通常の波浪に似た海面の盛りあがりがあるだけだ。ただその盛りあがりは、海岸線に並行して何十キロメートルも延びて、その状態のまま陸地に浸水する。津波はサーフィンのビッグウェーブの形状をしていない。見た目は平凡な波であるが、波の山が到来しても、いっこうに谷がやってこない。波高とは一般には波の谷から頂点までの高さだが、津波の場合は谷がないので平均潮位面からの高さになる。そのため波高一〇メートルの津波は、際限なく押し寄せる膨大な海水量によって、防波堤で運動エネルギーを位置エネルギーに変換して一五メートルの巨大な壁となる。唐突に五階建てのビルが倒れ込むようなものだ。

防潮堤を兼ねる西湘バイパスの橋梁下には、海岸への出入りができるように三九ヵ所に扉が設置されている。小田原市が管理するのは二三ヵ所である。手動式であり、消防職員が開閉を任されている。ところが東日本大震災では防潮扉の閉門に五〇分を要した。数が多いので到着までに時間を要し、海岸にいるひとの誘導もおこなったためだ。相模湾にある津波避難タワーは、ほんの数カ所に建てられているだけであり、小田原にはない。もっともたとえ数分でかけつけたとしても、直下型地震では無力だ。さらにいえば電動で遠隔操作ができても、停電になっては役に立たない。東北の陸前高田市の水門がそうであった。

引き波ではじまった津波の第一波は、波高四メートルで、地震発生から二分三〇秒後に真鶴半島と湯河原海岸に到達した。波は熱海ビーチラインをこえ、海岸線の店舗と家屋に浸水したが、被害は軽微だった。海水浴の季節ではないし、サーファーたちは寒さに唇を紫色にして早々に家路についていた。しかし平塚から熱海までの広い範囲で津波が観測され、道路も瓦礫や倒壊物で荒れていたので、防潮扉への接近は断念せざるを得なかった。

各自治体からの速報メールで津波警報が同報配信されたのは、第一波が到着してからである。緊急地震速報が繰り返し鳴っていたため、津波への警告の効果は限定的だった。

大津波警報のサイレンが鳴ったときには、第二波が目前に迫っていた。西相模湾断裂帯のすべりによる地震に、相模トラフを波源域とする大波が重なり、想定外の波高一五メートルとなって相模湾全域を襲った。

海抜の低い湯河原の町は真っ先に波に噛みつかれた。第一波が終わり、大したことがなかったので警戒が緩む。東日本大震災の津波映像は別世界の出来事であり、自分の身に降りかかる惨状に結びつかない。停電で情報が途絶えたため、せめて外の様子をうかがおうと町民が家を出たころ、ザワザワと町をひっかく騒音が忍び寄り、潮混じりの泥臭い風が吹いて、気づくと黒い海水で足が濡れている。津波は海の方角からやってくると刷り込みされていたので、町内を遠回りしてくるとまでは考えない。急いで家へ戻ろうとするが、波は重く、みるみる膝まであがってくる。電柱にしがみつくが、そう簡単にはいかず、はやい流れに引き離されてしまう。ひとは三〇センチの津波で転倒する。いったん転ぶと流速がはやく起きあがることはできない。また汚れた泥水が口に入り息ができなくなる。だが津波による死因でいちばん多いのは溺死ではない。頭部への衝撃や腹部の圧迫などによる損傷によるものだ。しかも津波に巻き込まれると即死になるため、肺に空気は届かず、遺体は沈んで行方不明者となってしまう。

海を望む海抜七メートルに建つ湯河原町立中学校は、もとは山側にあったが、耐震性の問題でわざわざ海岸の古い高校跡へ引っ越してきた。波は容赦なく窓を突き破り、壁に海底からの砂泥と巨礫を叩き込んだ。部活で学校に残る生徒と教職員がいたが、彼らは入校とともに避難訓練をひんぱんにおこなっていた。教職員が生徒をかばい、生徒が教職員の手を引く。彼らは全員が比高一八メートルの屋上にあがり、難を逃れた。

熱海ではこれまでも堤防の低さが指摘されていた。津波の先端が堤防にぶつかり水柱を荒げ、後続する波の塊が造作なく乗り越えると、ヨットハーバーと交番を破壊して、繁華街に浸入した。海底土砂の混ざった汚れた海水は、乗用車などトミカのおもちゃ同然に扱い、浸水深が五〇センチでトラックを浮かせる。二メートルもあると家でさえ土台を離れ、その流速で運ばれてしまう。だれかが津波と叫ぶが、どす黒い濁流を目撃するまでは冗談と思う始末だ。観光地なのでホテルに逃げ込めば助かるが、街を散策中の旅行者は情報が限られているうえに、土地に不案内のため、途方に暮れてとっさの判断ができない。かえって浸水深のある方向へ移動してしまうひともいる。そんな軟弱な肉体は海底からの礫塊と陸上の無機物を混合させた鋭利な流動体に粉砕される。

アスファルト道路は抵抗が少なく、津波にとって理想的な流路となる。しかも路側に建物が並ぶので津波の勢いが増す『縮流』となり、ひとも物も流される。シャッターがあっても紙切れ同然だ。津波は波の高さの四倍ほど陸地をはいあがる。波高一〇メートルの津波は標高差四〇メートルまで遡上可能になる。そのため熱海のホテルの大半と、消防署や市役所も海水の泥流につかり、機能を大幅に低下させる。

おなじころ、小田原にも第二波が押し寄せていた。

小田原の海は波打ち際から急に深くなる。そのおかげで格好の釣り場ポイントになるのだが、津波の波高を一気に高めてしまう。また第一波の引き波が沖に下がる前に第二波が襲ってきたので、波の後退ができず、なおさら高さを増す。

東海道線で小田原駅からひとつ熱海側に進むと早川駅である。駅前には小田原漁港がある。地元民からは早川港とも呼ばれている。港湾口にある赤白ふたつの灯台は、かつて箱根路の道中に使われた小田原提灯の形をしている。卸売市場は旧港にあり、新港には釣り船が舳先《へさき》を並べている。小田原から真鶴の港には釣り船も多く営業しているが、東京湾や湘南とちがって、混み合わず、船長も親切であり、ファミリー層に人気がある。小田原の釣り船は昼の二時には終了するので、あとは船の整備をして家に帰る。大地震の発生時刻に船着場に人影はなかった。

国道一号線は小田原で海岸を離れて箱根方面を登る。伊豆方面の道路は国道一三五号線であり、下田までつながっている。この道路の渋滞は有名で、朝は東伊豆方面への行楽客、夕方は東京方面への帰りで、長々と車のヘッドライトが海岸線を連なっている。渋滞の開始点と終了点が、ちょうど早川駅あたりである。

渋滞にならぶ車の列が、身震いしたように左右に振れた。前方から順番に海水がタイヤを浸し、軽々と浮かんで回転させる。ホーンが鳴り響いたが、注意のためか故障かわからない。車を捨てて走り出すドライバーがいれば、他車にぶつけてでも無理やりUターンして、渋滞から抜けようとする輩《やから》まで出てくる。Uターンした車はハンドル操作を誤り、側壁にぶつかると、ボンネットをつぶして蒸気を噴きあげた。

　津波により膨らんだ海水にあおられた三艘《そう》の船は、もやい綱があっさりと切れ、港から国道一三五号線に押しあげられて、波に流されなかった渋滞の列に飛びかかった。一艘は舳先から落下し、逆立ちしてから、乗用車にのしかかりペシャンコにした。二艘は横倒しのまま国道をすべり、渋滞の車列をなぎ払った。つぶれた車のガソリンが霧状に噴霧され、そこに火花が飛んで、爆発する。火は渋滞の車と船に引火し、真夏の風物詩である箱根強羅の大文字焼きの様相となり、波にのまれるか、車ごと焼かれるかの二択になる。フロントガラスを破って脱出を試みた男性は、四つんばいでコンクリートの擁壁を登る。爪が剝がれて壁が朱に染まるが、本人は気づいていない。しかし足をすべらせて落下して、波にさらわれた。

　炎をあげる車は可燃物に火をつけて、民家にぶつかり、延焼させる。地震動でプロパンガスの容器の固定が解けて転がり、安全弁が壊れてシュウシュウと音をあげ、オレンジの閃光とともにボンと火を吹いた。プロパンガスは総じて安全だが、東日本大震災でも漏出と爆発が複数目撃されている。

　波によって海と陸の境がなくなり、国道の上を流されていると思っていると、擁壁から反射してきた波に押し返され、つぎつぎと車は道路をはずれ海に転落していった。

　小田原港より街に近い、御幸《みゆき》の浜の海岸線は砂が削られ、毎年のように養浜工事がおこなわれている。夏には海水浴場が開くが、国道一号線とそのバイパスは真横をとおっている。津波は西湘バイパスをこえて、さらに開いたままの防潮扉も抜け、民家や昔からの海産物製造の店舗を蹂蹦した。ひとによっては地響きを感じるが、まったく気づかないうちに浸水した家もある。地震で割れた食器を片付けていると、床下から突然、海水が噴き出してくる。すぐに和室も浸水し、畳が浮いてイカダみたいになった。ばちん、という音は電柱が倒れる際に電線が千切れた断末魔だ。

道路を走る海水は、遠目には水面が白く泡立つが、間近ではヘドロの溶けた黒い泥水である。それは重機をも倒す破壊力を持つ。冠水して海と化した道路を突破しようとした車は、エンジンの吸気口がつまり、停止してしまう。ドアを開けようにも水圧に押されて身動き取れなくなる。別の車は安全装置が危険を察知して道路の真ん中で非常停止した。立ち往生を横目に電気自動車は通過するが、一時間後には泥にまみれた冷却装置が故障して炎上してしまう。

普段ラジオを聞かない家では、虚脱状態のため情報源を失っていて、懐中電灯の薄明かりだけで家にこもり、事態を見守っていた。そのうち停電も復旧するものと思っていた。どこかでサイレンが鳴っている。しかし防災無線ではない。停電でただの棒飾りになってしまったためだ。イヌを抱えた隣人が玄関を叩いて逃げろと叫ぶので、二階にあがろうとしたが、我が家のネコが見つからない。部屋を探すとタンスの隙間で目を光らせていた。手を伸ばすがおびえて出てこない。好物のおやつを鼻先で振るが、匂いをかぐが興味を示さない。家が揺れたので、またもや余震かと考える。窓から水が滝壺のように落ちてきた。ネコは隙間から飛び出したが、家主は逃げ道がなかった。

親戚に大工がいる家庭では、用心のために家の土台を二メートル高くしていた。窓の外では棚や冷蔵庫、木材などが流れている。ゴミの中に発泡スチロールにしがみつく女性を見つけた。家の主は物干し竿を窓から出すと、女性がつかまった。彼が引き寄せるが、服が濡れて重い。女性は力を出しきってしまったようで、窓枠をこえられない。水流がはやく、つかんだ手が抜ける刹那に、中学生の息子が助けに入って、どうにか救出できた。

木材が外壁を突き破る。車のうえに車が乗り、流されていく。フォークリフトが横倒しになる。助けを呼ぶ声が聞こえるが、姿がない。濁流では自分の身すら守れない。

水流が穏やかになり、なんとか一命を取りとめたと思うが、こんどは逆向きに流れだし、しかも轟音をたてながらものすごいスピードで海岸に引かれていく。瓦礫と倉庫、車と家が引きずられる。屋根に乗った男性と視線が合うが、そこには生命の活力は消えている。火のついた家具が倒れた電柱に堰き止められ、家屋に燃え移る。別の漂流物にも人影があり、お母さん、と叫ぶ少女の手に洋服が見えるが、母親の姿は水中にある。

小田原から熱海にかけての津波による惨状は、相模湾の広い範囲でも発生していた。平塚から鵠沼《くげぬま》には地震発生後五分で第一波が、その七分後に一二メートルの大波が押し寄せ、地震で傷んだ家屋を破壊した。葉山から三浦半島の先端である城ヶ島では八メートルを観測した。県西部より低いのは、この土地が三メートル隆起したためだ。津波は三浦半島を回折し東京湾にも入り込んだが、波高は八〇センチ足らずだった。それでも埋立地と海抜ゼロメートル地帯では浸水被害が出た。海抜ゼロメートル地帯とは、0メートルではなく、満潮時の海面より低い場所であり、五メートルや一〇メートルも下がっている。荒川と隅田川にはさまれたいわゆる江東デルタ地域の人口は八〇万人である。

津波は相模湾に注ぎ込む河川にも流入した。県西部の酒匂川より、県央部の相模川、引地《ひきじ》川、境川の流域での被害が大きかった。防潮扉の閉門が間に合わず、津波は水門を通過し、たちまち水かさが増し堤防を乗りこえた。越水すると液状化で基礎がゆるんだ堤防の外側を洗い、底から切り崩す。別の川では水流が勢いを保ったまま陸閘《りくこう》を突破し一キロメートル奥まで、場所によっては二キロメートルも遡上した。地震で散乱した家財を後片付けしていると、防災無線で町内に津波を警告している。しかし海の方角に水音はない。すると背後から濁流が襲ってきた。

＊　＊　＊

東海道本線は東京から神戸までをつなぐ太平洋側の大動脈ともいえる鉄道路線であるが、関東の人間には、小田原か熱海あたりまで通じているオレンジと緑色の線を特徴とする在来線の印象が強い。

小田原のふたつ先、つまり早川駅の隣が根府川《ねぶかわ》駅である。かつてはミカン栽培と、根府川石という安山岩でできた装飾石で有名だった。根府川石はちかくの白糸川を横切る岩脈から流れた溶岩が固まったものである。ミカンも石も産業としての勢いがなくなり、最近では気象観測所と勘ちがいする名称の芸術ギャラリーと、丘陵地に建つアメリカ系の某ホテルチェーンが有名である。特殊法人の『雇用促進事業団』が四五五億円を無駄遣いして事業が成り立たず、あげくに九億円で売り出した物件が当ホテルである。

ところが電車を降りると、モダンな建物よりその場所自体が名所であることに気づく。プラットホームが崖の上に延び、春から秋は濃緑に囲まれ、冬も蒼穹《そうきゅう》へ広がる相模湾への眺望は格別である。旅の目的地にならなくても、ふと立ち寄ると感慨深いものがある。それと根府川駅のちかくには小ぶりだが山寺や神社がある。これら寺社と根府川駅には震災遺構という悲しいつながりがあった。

神奈川県内における崖崩れは平年でさえ年間一〇〇件ちかく発生している。近年ではちょっとした前線の停滞や、大型化した台風の影響で、被害が拡大する傾向にある。県内で崖崩れ危険地帯として指定された箇所は八〇〇〇をこえ、多くは横須賀と横浜であるが、県西部でも急崖地区は多い。この地震により足柄、箱根、真鶴だけで七〇ヵ所の崖が崩れ落ちた。

足柄平野の地下でプレート境界が反跳したとき、小田原から熱海へ向かう東海道本線は、根府川駅を発ち、白糸川橋梁にさしかかるところだった。赤色の橋梁は鉄道写真ファンに人気が高かったが、防風柵の設置と耐震補強で、往年の見栄えは薄れた。それでも神奈川県の橋一〇〇に選ばれている。ところがこの橋は危険箇所でもあった。

在来線の早期地震警報システムが地震動を検知したが、下り列車に通知が届くと同時に、揺れが列車にとびかかった。運転手はめったに使わない非常ブレーキをかけるが、橋桁がぐんぐん迫ってくる。自動アナウンスが急停車を警告する。乗客が前方に飛ばされる。橋の途中で止まるわけにいかない。止まるくらいなら二〇〇メートルの橋を駆け抜けたほうが良さそうだが、その先は寒ノ目山《かんのめやま》トンネルがある。この振動は尋常ではない。トンネルは地震に強いのだが、橋梁とともに鉄道の緊急停車には鬼門である。運転手は脱線しないこと、そして橋梁の前で止まることを神と仏と天に願う。連結器が派手に音をあげ、車輪とレールがぶつかり、絹を裂く絶叫と火花をあげる。

運転手の脳裏に、この区間にまつわる事故の記録がよぎる。根府川駅の前後はきわめて注意を要する区間である。東海道本線の乗務員ならば、だれもが知っている。

大正関東大震災で、まさにこの場所で二件の列車事故が同時発生したのだ。土石流で根府川駅の駅舎といっしょに下り列車が崖下の海に落ち、乗客と、駅で到着をまっていた旅客者など一三一人の犠牲を出した。ほぼおなじころ、上り線でも寒ノ目山トンネル出口で土砂崩れに遭遇し、機関車が埋もれて、死者八名を出している。駅の下に広がる海には当時のプラットホームのコンクリートや金属の残骸が沈み、ダイビング・スポットになっていた。運転手は自身もダイビング・スポットの魚のエサになるのかと戦慄が走ったが、まだ駅のちかくだったのでスピードが出ておらず、車輪が鉄の軌条をつかみ、なんとか橋梁前で停車した。線路わきの木々が折れ曲がらんばかりに振れ、架線が鞭打つ。橋の防風柵が左右に暴れて、不器用なブレイクダンスを踊っているようだ。

左下方に見える国道一三五号の車列でも、ヘッドライトが狂ったように動いている。

このとき根府川駅の照明が消えた。単なる停電ではなく、ゴワンゴワンと重低音が響いて、駅舎がつぶれ、ホーム間にかかると跨線橋《こせん》とともに線路が消滅した。運転手からは全体は見えなかったが、脅威は想像できた。彼も乗客も膝が震え、言葉が出なかった。

しかし彼らは大正地震での根府川駅周辺の悲劇が、列車だけでなかったことを知らなかった。山崩れで根府川の集落が土砂にのまれ、住民と海岸で遊ぶ児童など計二九〇人が犠牲となった。

またその先の米神《こめかみ》集落でも六六名が別の崩落で命を失った。その一ヵ所目がまさに列車が停車した白糸川である。川の上流は箱根外輪山に通じている。根府川石の特徴であり、きめ細かく端麗でうすい石は、板状節理という熱い溶岩の状態でできて、容易に剝離することができる。こういった性質の石と火山灰が何万年にもわたって層状に堆積し、その間隙を地下水が浸透している。それが根府川での岩屑崩れの要因になったのだ。

無線で救援を要請しようとするが、異様な気配が行動を威嚇する。遠くから鬼気迫る破壊の圧力を感じた。闇に浮かぶ鉄橋が小刻みに振動し、何者かが急接近するのを知らせている。

姿は見えなくても白糸川橋梁の二〇メートル下方では、土石流が川をかけ降りているのを聴覚の奥に感じた。根府川の山の斜面で地層の表面が剝がれたのだ。地震動が止まっても列車の横ゆれがつづく。そのうち耳を弄する雷のような鳴動が闇夜を割り、橋脚が震える。列車は後退もできず、挟み撃ち状態となった。前照灯が消えて停電になり、山間の闇に閉じ込められた。橋のもとでは岩石がぶつかる痛々しい破壊音がする。ゴンゴンと激しく当たり、硬い石が割れている。橋梁の鉄骨が震えて鐘のように音を鳴らし、耳をふさぎたくなる。すると、いきなり静寂が訪れた。耳をすませば水流と、小石が転がる音がするが、岩屑の濁流は止まったようだ。

鉄道に並行する国道一三五号線にも異変があり、渋滞した車の列から、前方を照らすヘッドライトの一群が消滅していた。道路に沿った空間に車数台分だけ闇になっている。背景の黒い海に重なって、地上から消えてしまったのは、白糸川と道路が重なるあたりだった。土石流に洗われたのだ。

どくどくと運転手の心臓が鳴る。自然現象というのか、災害かそれとも事故と呼ぶべきかわからないが、彼らがなんとか助かったことだけは理解できた。

神奈川、東京、千葉、山梨、静岡の鉄道と地下鉄では線路の折損、脱線、高架の落橋、擁壁破損と信号機故障、駅施設の損傷、路盤の陥没とバラスト砕石の流出、浸水や土砂流入などで惨憺《さんたん》たるありさまだった。

小田原駅周辺

空き巣の通報があり、高橋巡査とボンクラ巡査長が原付バイクで現場へ向かった。国道一号線が海に向かって直角に曲がっているあたりだ。この日も迷子や騒音の苦情、ケンカやゴミの不法投棄といった他愛もない通報の多事多端である。

ふたりとも慌ててはいなかった。おなじ老人から三度目の通報で、前回も彼らが対処した。家族と同居しているが、ひとりになるとお金が盗まれたといって騒ぐのだ。それでも警察は駆けつけなければならない。みぞれ降る寒い夕方だ。事件性がないとわかっているので、高橋巡査には苦痛でしかない。老人から支離滅裂な話を聞いていると家族が買い物から帰り、前回同様に恐縮され、ようやく解放されると、たちまち一時間を浪費する。まったく面白くない仕事だった。異動の辞令が待ち遠しかった。

地震がおきたのはバイクで署に戻っていたときだ。竹かごの中で豆を転がすような激しい揺れで走っていられず、バイクを止めて膝をつけて身体をおさえる。地響きが骨を伝わる。地面から金属を削ったときの匂い、オゾン臭がのぼってきた。家々の軸がゴリゴリ泣き、電柱の変圧器から火花がはじける。屋根瓦が落下し、高橋巡査のかぶるヘルメットを直撃した。三〇秒、一分と揺れはつづき、それからしばらくたって振動が消えた。

周囲を見渡すと車がガードレールにぶつかっていた。エアバッグが開いて運転手が顔を沈めている。その横では倒れた家屋がある。切れた電線がのたうっている。

彼らはまず衝突した車にかけ寄り、運転手の怪我を確かめた。呆然としているが、無事のようだ。同乗者もいない。すぐに倒れた家屋に走った。木造の古い家だ。層崩壊をおこし、一階がなくなり、二階の窓が地上にあった。警察の職務には救出救助活動がある。消防の到着を待てない。

「だれかいますか？　警察です、声が聞こえますか」

「ここです」か細い女性の声だ。しかし息継ぎができているので肺は圧迫されていない。

高橋巡査が懐中電灯で圧壊した内部を照らすと、屋根とタンスにはさまる人物を見つけた。家財はタンスくらいだ。家が頑丈でも重い家具で圧死する例は多い。彼は窓枠に上半身を入れて手を伸ばすと、年老いた女性の指先に触れた。

「動けますか」ヒョウのように肩をすぼめて前進する。

「足が痛い。はさまってます」

「無理しないで、いま助けますから」

軽々しく助けるなどと口にしたが、そんな保証はどこにもない。言質《げんち》を与えて訴えられたら目も当てられない。ボンクラ巡査長は無線機で連絡している。代わりに近所の住民がやってきて、瓦礫を撤去して間口を広げた。ホコリが充満し、カビ臭い空気で息がつまる。ジリジリはっていくと、筋交が邪魔をして進めなくなる。

「いっしょに住んでいる方はいますか」

「わたしひとりです。子どもは東京のＩＴ企業で働いています」

「それはすごいですね」高橋巡査は会話をつづけた。「ときどき帰ってくるのですか」

「お正月に孫を連れてきました。三歳なんです。女の子です」

「ああ、それは可愛いでしょうね。あと少しです、がんばって」

筋交は歪んで亀裂が入っており、屋根の支持となっていない。いつ崩れてもおかしくない。そこで左腰に装着している伸縮式の警棒を取り出し、支え棒にして屋根の落下を止めた。二分あれば救出できる。彼は筋交をつかんで押してみた。家は古く、昔の建築基準法に則って建てられている。だから補強材は金物による緊結がされていない。彼はじわりじわりと力を込めて板を押し曲げると、釘が抜けて、通り抜けできる隙間ができた。

「タンスをどかします。痛かったらいってください」

彼は腕をはわせて埃の中を進んだ。小型の桐タンスが老女の細い右脚にかかっている。移動させるのは造作もないが、天井の梁を受け止めているようで、雑に扱えない。

「ぼくがタンスを押しあげるので、脚が抜けるか試してください」

クスッと女性が声を漏らした。なんでこの状況で笑えるんだ。

「ごめんなさい、お巡りさんは本官っていうと思っていたから」

「それは都市伝説です。おれ、ぼく、わたしですよ。さあ、持ちます」

彼がタンスを押しあげると、天井の化粧板が裂け、瓦の破片が落ちてきた。ところどころ釘が貫通して、赤サビに染まった先端が顔を出している。破傷風ワクチンのトキソイド接種は受けていたはずだ。屋根裏に入ったのは二度目だ。前回は逃げだしたペットのカメレオン捜索に駆り出されたときだった。結局カメレオンは見つからなかったが、あの飼い主はお礼すら口にしなかった。

「どうです、抜けましたか」

「あとちょっと……もう少し……抜けました」

「そのまま外に……出られますか、急いで！」

「やってみます」

桐タンスは頑丈で、それゆえ重い天井を支えていたが、おさえのなくなったいまは、高橋巡査の力だけで崩落を食い止めていた。その力も体勢が悪く、筋肉が震えだした。彼が根負けしたら、柱や瓦につぶされる。それに破傷風だ。

「はやく！」

彼が苦悶の声をあげて、タンスを押し止める。家がきしみ、全重量がのしかかってくる。もう我慢の限界だ。

「抜けたぞ！　無事だ」別の男性の声がした。

高橋巡査が腕を引くと、タンスが倒れて埃をあげ、天井がきしり、雨に濡れた瓦が降ってきた。彼は寝た姿勢のまま後退りして、やみくもに動いた。警棒を回収できず、懐中電灯も放棄して、足の方から照らされる薄明かりを目指した。すでに残骸となっている家が白らの重みに耐えられなくなり、女性と子どもたちの何十年にわたる生活の痕跡を抹消した。

高橋巡査はからくも脱出できた。彼が息を整えていると、家主が隣人に肩を支えられてやってきた。

「脚は大丈夫ですか？　すぐに避難所が開設されます。まずはそこで支援を受けてください。法律相談もできるはずです」

「軽傷です。ほんとうにありがとう、なんてお礼をいったらいいか」

住まいの心配ではなく、彼をねぎらった。薄汚れた老女が両手で高橋巡査のグローブをした拳を包んだ。彼の制服をはたき、身なりを整える。まるで祖母だ。

「お巡りさんは勇敢だ」

近所の住民が彼を誉めてくれたのが、無性に恥ずかしかった。

「あんなときでも冗談をいえるなんて、できたひとよ」

冗談を口にした覚えはないが、おばあさんが目元を拭いていった。彼らは勘ちがいしている。そんな善良さはない。職務を遂行しただけだ。

遠くで緊急車両のサイレンが鳴っている。はやくも煙があがっていた。ボンクラ巡査長が警察無線で被害状況を連絡している。防災無線が唐突に声を張りあげる。津波警報だ。すると巡査長が無線機の通話をやめて高橋巡査に指示した。
「津波が来る。住民の避難誘導だ」

＊　　＊　　＊

太田香織は傘をさして日課の散歩をしていた。厚手のコートを羽織っているがお腹の大きさは隠せない。いつもはもっと明るい時間におこなっているのだが、検診と友人の訪問が重なって遅くなってしまった。さぼろうかとも思ったが、日課をおろそかにするのは、生まれてくる赤ちゃんに申し訳なかったのだ。出産予定日が近いので遠くには出かけられないが、医師も軽い運動を勧めた。そのことを話すと夫は気が気ではないようだが、出産は病気じゃないのよ、というと口を尖らせながらも納得した。赤ちゃんの性別は聞いていない。まあなんとなくわかるが、夫にも伝えていない、彼は男の子と女の子の名前を一ダースほど列記して、字数と漢字の印象を日々研究していた。

地震の直前まで彼女は御幸の浜の防砂壁から、砂浜を見ていた。この砂浜は明治時代の天皇皇后が御幸（外出）されたことから名がついたが、砂は少なくゴロタ石海岸になっている。小田原で生まれ育った彼女には、この界隈は日常風景だった。体格のいい若者たちが雨など臆せずに無邪気に走っている。

身体が冷える前に海岸を離れ、帰宅しているときだ。ドンという地中からの突きあげではじまった地震は、振動と騒音で街をかき混ぜていたぶった。歩行者もたたらを踏むどころか、前後不覚になって酔歩している。香織も立っていられず、ガードレールにつかまって震えた。

土埃が昇り、家が崩れ、街灯が折れて道路をふさいだ。地面が割れて、マンホールの蓋が外れ、水が噴き出す。ハザードランプをつけた乗用車が路肩に止めようとすると、荷物を満載したトラックがよろめいて追突する。テレビのピタゴラスイッチでも見ている気分だ。通行人たちも腰をおろして互いを見ている。

長い揺れだった。時間感覚は消失していたが、尋常でないことは察しがつく。彼女は立ちあがろうとするが、ひざが抜けたように力が入らない。それでも両手で体を支えると、水汚れを払って歩き出した。電話は通じない。公衆電話のほうがつながりやすいと聞いていたが、どこにあるのかさえ知らなかった。じつは家庭の固定電話の通話は九割も規制される。パケット通信は維持されるので、ネットを使った１１９番通報のアプリは使える。ただし利用対象者は聴覚や言語機能に障がいがあるひとに限られる。

ひとの往来があった街には、不気味な静寂が降りていた。悲鳴があがるが、動物の声と判別できない。

この時点で彼女は津波の危険性を思い出したが、それよりも帰宅することを優先した。きっと家の中はめちゃくちゃに散らかっているだろう。食器棚は扉が開かない仕組みになっていたが、壁に固定していない。結婚祝いのティーカップが気がかりだ。家具も電化製品も装飾品も散逸しているはずだ。ガラスを踏まないように注意しないと。片付けの見とおしがついてから、荷物をまとめていったん避難所に向かおう、などと考えていた。津波警報のサイレンが鳴ったので驚きはしたが、重大事という判断と、実際の行動には乖離があった。

東日本大震災では地震直後の行動が研究されている。三陸地方でさえ、津波の可能性を理解しながらも避難行動をとらなかった住民が三割いた。小田原では津波被害をあまり聞かない。大海嘯など死語だし、大正地震の被害も家屋倒潰と火災が主だ。城の石垣が崩れたとか、小田原駅が全潰したといった話だ。よって津波は東北地方と、将来の南海トラフ地震といった他所の自然災害としか認識されていない。

停電で街は暗くなっている。信号器も消えている。人々が逃げ回っている。彼女は左右を見て車の往来がないことを目視して、水道管破断で冠水した道路を渡ったが、歩みがいつもより遅い。地震のせいで気力が大気中に抜けてしまった。サイレンがうるさい。水が長靴に入って気持ち悪かった。足がすべらないように慎重に歩を進めると、無灯火の車が飛び出してきた。身体が硬直し、急接近する黒っぽい車体をただ目を見開いて視界に危機を感じていた。

ひかれる、と覚悟した瞬間に車が急角度で曲がり、水の幕を張って箱根方面に去っていった。香織は転倒し、全身がずぶ濡れになる。傘が風で飛ばされる。

啞然としていると、闇から息を切らした人影が接近した。

「怪我はないですか。ひどい車だ」

高橋巡査が尋ねた。道路が倒壊物や陥没でふさがれバイクは乗り捨てた。走って海岸線に駆けつける途中だった。ボンクラ巡査長はもっと奥へ向かっていて姿は見えないが、住民に避難を呼びかけているはずだ。高橋巡査が香織を助けおこし、傘を拾ってきた。

「津波警報が出ています。急いで避難してください」

「どこに逃げればいいんでしょう」

周りには民家があるだけで高い建物はない。市は津波避難施設としてビルの持ち主と協力協定を交わしているが、そもそも海岸線に高いビルがないのだ。

「駅に向かってください――」お腹を見て「歩けそうですか」

警察官が手を添える。距離がだいぶあるが、選択肢はないのだ。香織がためらったのちに足を踏み出すと、お腹に張りを感じた。いや張りではなく、痛みだ。深呼吸する。症状は変わらない。痛い。前駆陣痛だろうか。陣痛だと信じたくなかった。いまはダメ。赤ちゃんお願い、もう少しお腹にいて。ママに顔を見せるのはまだよ。しかしこの苦痛と、下腹部の異変は――。彼女は自分の足首を見た。なんてこと。破水だ。香織はお腹をかばって膝をついた。

高橋巡査が異変に気づいた。

「痛むのですか……まさか、産まれそうなんですね」

香織が中途半端にうなずく。初産だから判断つかないが、この兆候は危険だ。

高橋巡査は被災していない家に救援を頼むか逡巡したが、あの巨大地震ではどんな津波が襲ってくるか予断を許さない。避難するひとはいても、自分と家族が大事で、だれも彼らを助けようとしない。

海からざわめきが耳に届いた。いつもの波音ではない。もっと混濁して、邪悪な轟《とどろ》きだ。それが前方からだけでなく、相模湾全体で唸《うな》っていた。はやすぎる。高橋巡査にできることはなかった。彼は産気づく女性の恐怖がいくらかでも軽減するように、肩に手をかけた。

香織はひとりごとをつぶやいた。「わたしの赤ちゃんごめんなさい」

四人の男性が走ってきて通りすぎた。彼らも逃げ惑う有象無象の連中か、と思ったら、足を止めふたりを囲んだ。海岸にいた大学生らしき若者だ。

「動けない。赤ちゃんが産まれそうなんだ」

高橋巡査が端的にいう。津波の音がちかづく。四人は顔を見合わせると、困惑して、結局、走り出した。

くそっ、逃げた。しょせん赤の他人だ。身体ばかりデカくても、精神年齢はガキ以下だ。共助なんて言葉を聞いたことがないバカものだ。やっぱりオレはこの街が嫌いだ。こんなところで死ぬのが悔しかった。

ところが四人は逃げていなかった。道路を跳躍し、崩れた家の物置からポリカーボネート製の側板を力任せに引き剝がした。さらに着ている服を脱いでクッションにし、即席の担架をつくる。

「さあ乗せて！」

ひとりが指示を出す。他の三人が女性を持ちあげ、担架に乗せると、上着をかけていくらかでも暖かくし、枕までこしらえて、四隅を抱えて猛ダッシュした。

津波が背後に迫る。彼らは弾丸となって光の消えた街を走った。高橋巡査も必死になってついて行く。通りがかりに家々へ津波を警告するので、声がしゃがれる。女性が額から汗を流す。お腹をさすって痛みをこらえる。

高齢の女性がよちよち歩いていた。走れないのだ。位牌を手にしている。持ち物はそれだけだ。

波を引き離したつもりが、すぐ後ろで店の立て看板と自転車を倒して、意思を保つ生き物のように寄ってくる。波の勢いに衰えはあっても、老人の足をすくう力は存分にある。道路は倒壊物が散乱して、障害が多い。高橋巡査は高齢女性に声をかけると、返答を待たずにおんぶした。ずいぶん軽い。それでも一人分の体重が背中にかかる。

彼らは後方を見ずに走った。診療所があったが、ひとりがなにかをいい、皆がうなずいて素通りした。

「ここらへんは波にのまれる。それに病院は怪我人であふれます」

「どこまで行くんだ」

「駅前の医療大学です。あそこなら安全だし、設備が整っている。助産師さんもいます」

「なんで知ってるんだ」

「ぼくたちはスポーツ医学を学んでいますから、最低限の知識はあります。妊婦さんの世話はできませんが。さあ、あとちょっとの辛抱です」

軽いとはいえ、ひとりの人間をおんぶして走るので息が苦しい。高齢の女性は振り落とされないように首に腕を回すので、呼吸にも四苦八苦する。それでも警察の術科訓練のほうがよほどつらかった。年齢を考えると彼女も大学まで連れていったほうがよかろう。そこなら駅近くなので支援を受けやすい。

大学に到着すると、被災者の受け入れ態勢ができ、すでに怪我人を収容していた。この大学には災害医療の大学院も開設されている。ボランティアをかってでた童顔の学生にも緊張の中に決意がみなぎり、てきぱき動いている。名札には相原と書かれていた。下宿先から自主的に駆けつけた生徒も多いという。デートを切りあげてきたような、いま到着したばかりの髪を染めた学生はつけ爪をはずし、ゴミ箱に捨てた。頬を両手で叩いて、さあ来なさいと構えた。

市による避難所受付の準備ができるまで、位牌を握る老人には待機場所で座ってもらうことにした。妊婦を預ける際に、女性が高橋巡査の両手をつかんで「恩は忘れません」と涙声でいった。彼はただうなずいた。

「きみたちは見捨てたと思った」

高橋巡査は四人の若者にいった。

「担架をつくるときですね。全員、口下手ですからね。それよりお巡りさんこそ、あのひとを見捨てなかった」

「職務だから」

「ぼくにはもっと純粋な姿に見えました。スポーツをしていると感じるんです。覇気とでもいうのでしょうか。困っているひとを助けるという、素朴で力強いオーラですね」

高橋巡査は口下手を公言する年下の男から偉そうにいわれるのが癪《しゃく》にさわった。

彼らはまだ困っているひとがいると思いますので、といってひと足先に救援活動に出ていった。

高橋巡査は疲弊していた。いまになって足腰が震えてきた。彼がベンチに座ってひと呼吸ついていると、歳をとった男性が不満もあらわな表情で「税金使ってあぶら売ってるのか」とくってかかった。「こっちは命からがら逃げてきたんだ。たいそうなご身分だな」

彼はいくらでも反論できるが、老人の顔についた泥と、破れたズボンを目にすると、口をつぐんだ。年寄りはまだ文句をいいたげだが、隣の女性が割り込んで制止する。

女性は彼にペットボトルを差し出した。

「これを飲んでください。わたしには他人を救うことはできません。貴方はその力があります。さあ、少しでも休んでください」

彼は呆気《あっけ》に取られ、黙ってペットボトルを受け取った。キャップを回して、ひとくち飲む。冷たい液体が涸《か》れた喉に落ち、逆に彼の血流を温めた。胸につまった澱《おり》が流れた気がした。

彼が求めていたなにかが、あの若者が口にした言葉とともに、目の前の女性の態度からも気づかされた。

真鶴町

土いじりで汚れたので、夫の直樹が仕事をはやあがりして子どもを風呂に入れてくれた。長津田美幸は息子の優斗にパジャマを着させて夕食づくりに戻った。夫はビールをグラスに注いで、ニュース番組を見ている。夜は冷えそうだからクリームシチューと決めていた。それなら野菜が入っていても優斗は食べるだろう。具材はそろっていた。ニンジンとタマネギは小さめに刻む。彼女は鶏もも肉に牛肉も交ぜる。コクが出て夫の口にも合うのだ。あとはブロッコリーだが、これは隣の田島さんがわけてくれた。

　ブロッコリーは冷蔵が基本だと思っていたのだが、田島さんによると、この時期なら新聞紙に包んで日陰に置くと冷えすぎず乾燥もしないと教えてくれた。彼女がガスコンロの火を消して、軒先のダンボール箱に野菜を取りに出たときだ。

　だれかからタックルを受けたような衝撃で身体が投げ出された。裏山がゴワゴワと鳴き、さらに強く地面が弾んだ。目の錯覚かと勘ちがいする光景が展開された。地響きとともに山が海水のごとく波打って流れた。家の壁板が曲がり、柱がむき出しになった。明かりが消え、屋根が落ち、見えないブルドーザーに押されて、ずるずると彼女に接近する。家だった建物が折れて砕けて廃材になり、彼女をつぶそうとしたが、寸前で進行が止まった。

　呆然として思考が固まったが、わずかに残った正気が、山の斜面がくずれたという非現実を神経に植えつける。ハッと我に返り、瓦礫に突進した。

「優斗！　あなた！」

　岩屑と折れた杉の木が積みあがり、廃棄物の山となっている。彼女は闇の中で石をどかして、声をあげるが、返事がない。彼女は青くなり、名前を呼びつづけて無我夢中で土を返した。

「これは大変だ」

　田島さんが懐中電灯を持って駆けつけ、木材を引っ張るが、びくともしない。消防への電話も圏外となりつつながらない。彼らは横に回って皮の剝がれた杉の木をどかそうとしたら、土砂の中から泣き声がした。

「優斗！　優斗！　いま助けるからね」

美幸が絶叫する。彼女と田島さんが家の柱らしき部材を動かそうとすると、こんどは弱々しい声が聞こえる。夫だ。ふたりとも無事なのだ。

「ダメだ、無闇に動かすと完全に崩れる」

直樹が息苦しそうな息で制止する。優斗は泣いている。

「優斗は無事だ。ぼくの……手が届くところだ。岩と材木の隙間にいる」

「あなたは大丈夫なの」

「いまのところは……でも動けない。助けを呼んでくれ」

「電話がつながらないの」

「サービスダウン……壊れたんだ」

「わしが車で助けを呼んでくる。奥さんはここにいて」

田島さんが懐中電灯を美幸に手渡すと家にとって返し、軽トラックで飛び出した。

耐震補強を後回しにしなければこんなことにならなかった。岩屑なだれでは補強など役に立たないのだが、彼女はひどく後悔した。

「優斗、痛くない？」

子どもは泣くだけだ。少なくとも泣く元気はあると自分を勇気づける。彼女が懐中電灯で照らす。

「明かり……が見える」

直樹が弱々しい声を出す。美幸が岩と家の柱だった部材にできた間隙に話しかける。

「いま田島さんがひとを呼んで来るから、待ってて」

「町は……どうなった……大きかった……地震だ」

美幸は岩屑なだれと地震を切り離していた。いま後ろを振り返ると、車のヘッドライトらしき光が点々とあるだけで、町から生活感が失われていた。真鶴だけではない。この時間なら国道一三五号線が相模湾の海岸線を浮かすのだが、海と区別がつかなくなっている。

「停電している、ここだけじゃない。ずっと広い範囲が被害にあったみたい」

夫が返事をしない。「あなた聞こえる？　大丈夫よね！　ねえ、返事して」

「ああ……元気だ」

夫の声が遠く聞こえる。かなり無理している。

細い道を車のライトが照らした。田島さんが助けを連れて戻ったのだ。ところが車から降りたのは田島さんだけだ。

「すまない、道が土砂をかぶって先に行けなかった」

美幸は怒りを覚えたが、それが八つ当たりと考えると、深い絶望を感じた。子どもを持てないという、あのときの鉛を飲んだような沈鬱な息苦しさがこみあげてくる。優斗の泣き声がしぼんでくる。

「優ちゃん、痛いの？」

「息はある。眠ったんだ……子どもの防御本能……だろう……水が流れている。このままでは優斗が……低体温症……になる……歩いて救援を呼びに……行くんだ」

子どもと夫を置いて離れるのが恐ろしかった。それでもふたりを助けるには消防の力が必要なのはわかる。余震がおきて裏山からさらに土砂が落ちてきた。時間がない。

「すぐに戻ってくるから、がんばって」

「道がなくなってるんだ。危険だよ」田島さんが忠告する。

「でも行きます。田島さんは見張っててください」

彼女は意を決して走り出した。せいぜい二キロメートルの道のり、歩いても三〇分だ。走れば半分で行ける。道に街灯はなく、送電線も切れている。暗くなってからひとりで出歩いたことはない。山に潜む魔物が襲ってきそうだが、そんな恐怖が入り込む余裕はない。彼女はがむしゃらに進んだ。遠くでサイレンが鳴っている。救急車と警察の車、いいえ、あれは津波警報だ。津波が来襲している。映像でその破壊力を見ていた。下界では人々が逃げ回っている。消防が動けるのか一抹の不安はあるが、だれかいるはずだ。

まともに運動したことがないので、すぐに息が切れた。それでも足を止めない。舗装された道だが、車ですれちがうのも難渋する狭さだ。山側は地肌が露出していて、何箇所かに土嚢《どのう》が置いてある。小石がよく転がっていて、雨あがりには道が茶色く汚れていたものだ。

田島さんがいっていた現場に来た。雑木林の斜面が落ちて、狭い道路をふさいでいる。水が流れて、いまだに土が崩れてくる。車の通行はできない。復旧には数日かかる。ということは救急車両も入ってこられない。

いまは悲観要素をあげても解決しない。美幸はためらうことなく両手をついて土の山にのぼった。足が泥につかまり、折れた枝が鋭利な串となって腕を刺す。服は破れて、髪もびしょ濡れになる。柔らかい土は底なしの沼といっしょで、身体が沈んでしまう。全身が泥まみれだ。靴の片方が脱げてしまった。彼女は倒れた木を踏み台にして、泥の小山を登りきり、まさに転落して地面に叩きつけられた。泥が口に入る。額から血が落ち、両手がしびれるが、そんなの苦痛に入らない。赤色の回転灯が森の下方に光る。

絶対に優斗と夫を助ける。それだけを強く誓って走った。

＊　＊　＊

湯河原町消防本部が１１９番の救急電話を知覚したのは、まだ揺れている最中だった。大沢涼介は身体が翻弄されながら、署がつぶれる可能性もあるため車庫から消防車両を出し、消防服を装着し、震災対策用装備を積んで出場準備を整えた。震度５以上の地震で隊員は自動召集となる。さらに受援者の要請なしに出場も可能となるが、起震機でしか体験したことのない激烈な揺れでは、情報整理が困難になる。むしろ被害が大きいほど情報は入手できなくなり、あやふやな断片だけで活動を強いられる。彼らはただちに出場したが、たちまち瓦礫で行き止まった。

消防隊は指揮、消防、救急、救助、そして後方支援部隊で行動するのが基本だが、大災害では機能しない。全国から緊急消防援助隊が到着するのは、はやくても数時間先になる。隊長が隊を小さく組み直した。彼らはそれぞれが特殊技能資格を複数有しているので、小隊あたり一事案に対処する。資格がなくても、同等の経験がある。

大沢が率いる計四人（片倉、新田、矢嶋）からなる小隊はもともと手薄となっている真鶴へ急行した。国道は渋滞しているので、彼らは遠回りして、火点となる現場にＣＡＦＳ装備のポンプ車で向かう。この消防車両はハイルーフ仕様となっているので、救助工作用の資機材を多く収容できる。真鶴の主要道路は海岸線の崖に沿った国道だけで、あとはカーブの多い山の中をくねる旧道と、ポンプ車がギリギリとおれる幅しかない坂の多い小道が生活路である。崩れて通行できない道もあり、出口のない迷路を走っているようだ。

彼らが現場に到着する前に、津波警報が発令された。

消防救急無線が各隊の状況を報告する。

「本部から各隊、津波警報が発令中。くれぐれも注意するように」

「救急三号、障害物が多くて熱海ビーチラインまで時間を要す」

「まなづる一号、倒壊家屋に現着。受傷者を救出する」

「ゆがわら三から消防本部、海岸で津波の形跡あり。第一波と思われるが、すでに引き波となっている」

「特殊二号、海浜公園で避難誘導中」

「ゆがわら三、第二波を現認……なんだこれは、まずい！」

「ゆがわら三、津波か？　退避せよ」

「くそっ、なんてことだ」滝壺の瀑布《ばくふ》らしきごうごうという雑音。

「本部から、ゆがわら三号、状況報告を……ゆがわら三号、おい橋本、こたえよ、橋本！」

無線機は空電をひろっていた。大沢は驚愕して同僚である片倉の顔を見た。彼も無線機を見つめている。橋本は大沢の二年後輩だ。熱血漢でがむしゃらなところがある。無線機を凝視しても奴の声はない。

「特殊二号から本部へ、大波だ、堤防を乗りこえて、海が町に流れ込んでいる。避難誘導が間に合わない」

「至急、至急、各隊に告ぐ、大津波が沿岸を襲来、ただちに避難せよ」

大沢は頭を振った。仲間を助けに駆けつけたいが、それを無理やり制止して任務に専念する。ポンプ車に乗る四人が歯を食いしばって耐えた。

大沢小隊が通報のあった火点につくと、すでに炎が壁に移っていた。居住者は避難している。倒壊物が多くて建物に近づけない。仕方なくホースを五本連結して一〇〇メートルの長さにして放水した。彼らの乗るポンプ車はＣＡＦＳ《キャフス》と呼ばれる装置を搭載している。水にごく微量の消火薬剤を添加して圧縮空気で発泡させる。泡が壁に付着して消火が促進する。貴重な水を二〇倍も効率よく使えるので、真鶴のような水利の確保に困難な地域で有効である。それでもタンクの水は七〇〇リットルだけであり、多くない。消火栓が破壊され、道路も傷んでいると、河川まで遠くなる。タンクが空になったら、水利がなくなる。そんな心配が頭をよぎる。津波は火災を鎮火させるどころか、火をつけてまわると学んだ。

大津波警報のため彼らは苦渋の決断で完全鎮火の手順を省略してホースをしまい、消火活動から避難誘導に切り替えた。海岸を遠まきにして市民の誘導に徹する。国道の車が波に流されているのが、ヘッドライトの動きからわかる。消防隊が海にのまれては救出する者がいなくなる。救援したくても無駄死にはできない。津波の破壊するどよめきが、凍てついた大気を震えさせる。

ボンと爆発音がした。プロパンガスのボンベか、それとも燃料に引火したとわかるが、真夏の花火みたいに夜のしじまに染み入る乾いた音なので近隣ではないと、判断できる。ガスの場合、消火できないので燃え尽きるのを待つだけだ。彼らは隘路《あいろ》に進入して、住民へ警戒を呼びかける。

東日本大震災ではナビゲーションも役に立たなかった。GPSは機能していても道がなくなり風景が激変したからだ。そのため他県からの緊急消防援助隊が救援に駆けつけるのに難渋した。住民でさえ自分の家のあった場所が判断できないのだから無理もない。大沢涼介はナビゲーションにも描かれていない道路を知悉《ちしつ》しているが、それでも原型を保っていればこそだ。記憶にある道はそこらじゅうで断たれている。

そのとき狭い道路に獣が出現し、ひきそうになる。車が急ブレーキをかけると、獣がドアにしがみつく。

「お願いです、坊やを、わたしの家族を助けてください」

大沢は飛び出した息の荒い獣が、痩身の女性と理解するのに一拍要したくらいに、全身が泥だらけで腕と額から出血し、髪が荒れていた。すぐさま女性を保護し、水を飲ませ、傷を洗い、息を整えさせた。混乱した発言が整理され、状況を理解すると、大沢は本部に連絡した。本部でも建物倒壊と津波被害に加えて、交通事故と東海道線の沿線で斜面崩落の通報、中学校での生徒教職員の孤立があり、にっちもさっちもいかない状況で、まったく余力がなかった。

長津田美幸と名乗った女性の情報では道路がふさがっているので、航空消防隊にヘリコプターでの救助を要請したいが、神奈川県には川崎と横浜にしかない。県東部での被害も大きいので、彼らは来られない。

大沢たちのモットーは、要救助者を見捨てない。

本部の了解を得て、彼らは現場へ向かった。怪我の重篤がどうであれ救急受付の手配も依頼した。彼らは救出が大前提である。美幸も同乗している。強く懇願するのと、暗い夜道に置いておくこともできず、それに現場を理解しているからという判断だ。走りながら家のレイアウトと倒壊状況を聞き出す。

距離としては数分だが、美幸の指摘どおり、土砂で斜面が崩れ、道が泥の山に隠れていた。ショベルカーがなければ道路啓開できない。こんな細身の女性がひとりで踏破したのが信じられなかった。

彼らは閉ざされた道の前でポンプ車から資機材を取り出した。専用の救助工作車ではないので種類は限られているが、通常装備に加え出場前に地震被害対策の資機材を艤装《ぎそう》している。それらの中から運搬物を選んだ。湯河原と真鶴は災害が発生すると孤立しやすいため、周辺自治体からの消防派遣部隊を期待できない。そのため彼らは自力救助の道具を多めに準備していた。

投光器、発電機、カッター、スコップ、12ミリロープ、小さく収納できるターポリン担架、毛布、可搬式ウィンチ、支柱器具、マット型空気ジャッキ、多機能型の斧、応急処置セットと水、携帯無線機などだ。建物が倒壊しているので人命検索のファイバースコープ画像探索機も必携となる。彼らはすべての機器を熟知している。電磁波人命探査装置のシリウスと音響探索機は持っていないが、本件では不要だ。そこにひとがいるのがわかっているからだ。

ポンプ車は置いてゆく。四人の総力が必要だ。それでもこれだけの資機材を運ぶのは至難の業だ。美幸にポンプ車に留まるようにいうが、聞き入れない。大沢は連れてきたことを反省するが、致し方ない。

彼らはポンプ車のはしごをクレーンとして使い、先に隊員の矢嶋に岩なだれをこえさせ、資機材を道路の反対側に運んだ。つぎに新田隊員がカラビナで美幸の安全を確保して、崩れた山道を横断した。全員が道を渡ると、装備をかつぎ、数百メートルを走った。彼女も備品を持つというが断った。これらは命を救うツールだ。素人が触るものではない。重装備で闇を進むと、訓練を思い出す。訓練あってこそ本番に活動できる。だが訓練は十分だろうか。巨大災害は人智をこえるのが常だ。

山の木々から光がこぼれている。そこに到着すると、老人がありったけの照明で瓦礫を囲んで、現場を照らしていた。

「旦那さんの声が聞こえない」

田島さんが非道なことをいう。

「あなた、消防隊が来ました、いま助けてくれます。優斗、ママよ、がんばってね」

大沢らは現場を一周して、状況が深刻なのを見てとった。隊員が救出準備にかかり、山から落ちてきた木々と岩、家だった柱や梁を調べる。美幸は救出作業がはじまらないのでヤキモキするが、じっとこらえた。考えあっての時間だとわかる。

「すぐいくからね」「待っててね」「あとちょっとだよ」隊員たちが声をかけつづける。

隊員のひとりである片倉は工学部出身で、国立の土木研究所で土石流の研究をしていた変わり者だ。この研究所は新潟県中越地震による大規模な崖崩れで、名を馳せた。車に閉じ込められた子どもを九二時間後に救出したハイパーレスキュー隊とともに、まさに落下寸前の巨岩が重なる現場で、専門家として正確な崩落判断を下したのだ。その話を聞いて、彼は消防隊員になった。

大沢は余震で流入する土砂と水を堰き止めるため、木材で仕切りを作るようにいって、親子が閉じ込められた岩と家の骨格を探った。矢嶋の操作でファイバースコープが土砂でつぶれた家の中に挿入される。内部は思ったより空間が残されていて、それはちょっとしたはずみで崩壊する可能性も秘めている。

やがてファインダーに子どもの顔が映った。

「優斗くんを発見！」矢嶋がいう。皆の血流が熱くなる。つづけて「おお、父親が崩落を食い止めている！」

父親の直樹が子どもの横で歯を食いしばり、崩れそうな建材を背中で受け止めていた。直樹の瞳がファイバーを見つめる。大沢はこの瞳の奥に宿る切願の叫びを見たことがあった。自身が瀕死でありながら家族の救出を優先してくれという、あの原始の声だ。父親の肉声はでないが、子どもを救ってくれ、瞳はそう強烈に訴えている。

隊員に勇気が湧く。ファイバーが抜かれ、片倉が指示を出し、動かせる木材を慎重にどかし、固定させておくべき岩に多機能型の斧《レスキュー・フォース》でマークをつける。判断を誤れば大変なことになる。

「マークが動いたら教えてください」

彼らは最悪の事態を想定しながらも、最高の判断を希求する。可搬式ウィンチを組み立て、ロープで岩と流木を移動させる。老人はウロウロするが、母親は微動だにしない。

大沢は小隊長として決断を下さないとならない。何トンもの岩と土砂の中に潜れというのだ。できるなら大沢自身がその役を買って出たい。しかし現実は無情だ。大沢以下の隊員は絶対に救出をあきらめない。彼らの遺伝子がそう命じている。だから下命されればためらわない。彼らの生命を守るのは大沢の責任だ。

「新田、いけるか」

「はいっ！」

いちばん小柄な新田がはっきりとうなずいた。この役は俺のものだという顔をする。恐怖など吹き飛ぶ。大沢は彼の腰ベルトにロープを結んだ。新田は素早く瓦礫に身体を潜りこませた。カッターで木の根っこを切る。

スコップで泥をかき出し、マット型空気ジャッキ《マキシー・フォース》を隙間にいれる。「ニッタ……イズ・ザ……チャンピオン」という新田の自身を鼓舞する口癖が聞こえる。余震が発生し、大沢がロープを引いて、新田の身をいったん引かせる。緊張が走るが、さらなる崩壊はおこらない。

すぐさま救出活動を再開する。矢嶋がコントロールボックスのレバーを操作して、高圧ホースにつながるケブラー繊維の空気マットを慎重に膨らませる。岩屑がこぼれ、ミシミシと屋根材が鳴る。マークは動かない。

「ストップ！」片倉がかけ声をあげる。「急がない、ゆっくりとだ」

「優斗くん、いまいくからね。動かないで待ってて。ママもいるよ」隙間にもぐる新田が声をかける。「お父さん、ジャッキを入れますから、あと少し辛抱して」

マットが膨らむ。土砂の木材が崩れて派手な音を出すが、それは織り込み済みだ。隙間が大きくなると、新田が目いっぱい手を伸ばして、岩石と材木の間に支柱器具をはさんだ。崩れる場合を想定してもう一基の支柱器具を別の岩の隙間に挿《い》れる。

「お父さん、力を抜いて大丈夫です」

しかし長津田直樹は体勢を変えない。身体が凝り固まってしまったのだ。

新田はさらに深く入ると、もぞもぞと動き、そして叫んだ。

「子どもを確保！」

大沢がロープをたぐると、新田が優斗くんを懐に入れて出てきた。顔は泥だらけだが、目をぱちくりさせて、照明に光る。美幸が嗚咽して、言葉にならない声をあげる。

父親の救出にはさらにマキシー・フォースへ空気を送り、隙間を大きくした。新田がふたたび穴ぐらへもぐる。土が降ってくる。岩石と木材の嚙み合わせが悪くなり、柱が裂けて破裂する。いま余震がおきたら、崩れてしまう。新田は父親の怪我の具合を手早く調べた。肋骨と足の骨折はありそうだが、頭部と背中は損傷していないと判断する。肌の色と腫れ具合、圧迫状態も同時に視る。

大沢が固唾《かたず》を飲んで見えない新田の動きを想像する。中にいる新田は父親の脇に両手を入れて、そろそろと引っ張った。父親が苦痛にうめく。ぶつかり合う何トンもの岩が欠けて、バランスが乱れる。マキシー・フォースの耐荷重をこえる重量がかかり、天井が下がるものの、なんとか倒壊防止の支柱器具が踏ん張る。

大沢があわてずにロープを引いて、ふたりの脱出を助ける。やがて新田の下半身が見え、大沢はロープを投げて彼のベルトをつかんだ。ひとつ目の支持器具が何トンもの岩石の圧力に負けて、弾け跳ぶ。もう一基がこらえる。土砂が落下するが、その間際に父親を瓦礫から引き出した。

隊員がかけより、父親を安全な場所に移動させる。

「新田！」大沢が声をあげると、新田が「無事です」と応えた。

ふたりとも救出すると、大沢はいままでしたことのない行動を見せた。無意識に拳を胸に当てたのだ。父親は声が出ないが、涙を流して隊員たちに感謝した。

彼らはふたりに応急処置をしてから父親をターポリン担架に乗せた。複数の骨折と胸部外傷、血気胸《けっききょう》、気管損傷の疑いがある。クラッシュ症候群の懸念はなさそうだが、多めに水を飲ませた。判断は医師に任せる。子どもは体温が低いので毛布をかけ、片倉が抱えてポンプ車に戻った。母親の嗚咽は止まらない。資機材の回収があるので、大沢は片倉と矢嶋のふたりを残して、家族を病院へ搬送するため、ポンプ車をバックさせる。バックモニターを見ながらUターンできる幅まで後退すると、赤色警光灯をつけて手配済みの病院へ向かった。不気味なことに津波の影響で発災初日の患者搬送数は少ない。

大沢は救出した家族を見た。母親は子どもの手を握り、夫の疲弊して眠る顔をじっと見つめている。

大沢涼介は内ポケットにしまったデバイスに手をのぼした。結衣から発災直後に送られたメールが入っている。

『こっちは無事、みんなを救って！』

彼は緊張を一瞬だけゆるめて親指の絵文字だけを返した。

首相官邸

総理大臣官邸は傾斜地に建てられているため、正面入り口は三階だが、職員の通門は西側の一階になる。長年、政府の危機意識が足りないせいで、官邸周辺には高層ビルが林立している。とくに背が高いのは地上四四階建てだが、当初の構想は六〇階だった。法律を守っている限り政府は民間の建物に口出しできないが、外国の要人も訪問する場所であるため、さすがに警備上の問題が大きく、高さと、ビルの向き、窓配置に強く配慮を求めていまの姿となっている。

その官邸の地下一階に設けられた危機管理センターには四名、五個班からなる情報集約をおこなう要員が常駐しており、二四時間体制で自然災害や外部からの脅威に神経を尖らせている。彼らは地震発生直後に関係機関からの情報をまとめて総理大臣、官房長官、内閣危機管理監らに第一報を入れた。

内閣危機管理監はただちに緊急参集チームを呼集するが、呼び出しがかかる前に当事者は動き出していた。都内二三区で震度5以上、それ以外の地域では震度6弱の地震、あるいは大津波警報の発令で自動参集する決まりだからだ。彼らは官邸二キロ以内の官舎に住み、三〇分以内に――実際には一五分で――集まるため、外出もままならない。携帯電話を持ち込めないので、いったんセンターに入ると家族との連絡も途絶える。たいてい長期戦になるので、仮眠室が三〇ある。

このときの緊急参集チームは主宰する内閣危機管理監をはじめ、官房副長官、政策統括官、警察庁と消防庁、気象庁、自衛隊からは統合幕僚総括官などである。彼らは危機管理センターで協議し、ただちに総理大臣へ報告した。総理大臣は初動として、災害規模と被害情報の収集、警察の広域緊急援助隊・緊急消防援助隊・自衛隊の災害派遣部隊・海上保安庁の救援救助部隊、および災害派遣医療チームＤＭＡＴの派遣と協力を指示する。また関係閣僚会議を開き、緊急災害対策本部が設置された。

一七時二五分　地震発生
一七時二八分　官邸対策室設置
一七時三〇分　情報集約チームが官房副長官と内閣危機管理監へ通知
一七時三一分　内閣危機管理監が緊急参集チームを呼集
一七時三九分　緊急参集チームの協議開始
一七時四三分　緊急災害対策本部設置

一八時一二分　第一回緊急災害対策本部会議開催
一九時〇七分　第二回緊急災害対策本部会議開催

稲田恭太郎《きょうたろう》は首相官邸にある四階大会議室の長テーブルを囲む閣僚たちを見回した。正面に外務大臣、右隣は官房長官、そして彼の左横に座るのは、本来なら防災を担う特命担当大臣だが、欠席のため内閣府副大臣が代理を務めていた。防災担当大臣は選挙区でリサーチといっていたが、どうせゴルフにでもいって立ち往生しているのだろう。彼は連合する万年野党だった政党からの要請で入閣した、使えない政治家のひとりである。防災どころか、業者への口利きの噂が持ちあがっていて、自分を取り巻く火の粉すら払えない。コンピュータを触ったことのない先のデジタル庁長官とおなじ木偶《でく》の坊である。

総理大臣になって二年もたっていないのに、国民からの支持率は下がっていた。即席の野党連合が政権を獲れたのは、例によって前与党の収賄、失言、パワハラ、不純なスキャンダルで派閥の分裂がおこり、公文書改竄《かいざん》まで指摘されて、国民がお灸をすえる潮時と感じたからだ。その流れで離党した稲田一派にお鉢が回ってきたのだが、お馴染みの粗相が彼の政権にも持ちあがり、反感を買っているのだ。

よりによって防災担当大臣が巨大地震の発生時に不在というのは、目も当てられない運の悪さだ。たとえ当人が不甲斐なくても、席に着いていれば粗探しのネタは減る。これから緊急時対応の片言隻句《へんげんせきく》が、一挙手一投足が記録に残り、後世まで嫌というほど評価されるのだ。

それにしても日本という国は、政治の転換期をとらえるように大災害に見舞われているなと、稲田恭太郎は苦々しく思った。

関東大震災では八日前に加藤友三郎総理大臣が急逝し、首相の席が空いていた。臨時首相として外務大臣が就任するが、地震当日、首相官邸にいたのは前内閣の閣僚たちだった。

阪神淡路大震災は社会党の党首である村山富市を首相に据えた社会、自民、新党さきがけの三党連立政権である。閣僚経験すらない政党が出自の首相に、国の命運を任せられる素養はない。よって責任を取るから現場に一任するという姿勢をとったとされる。この話を美談にしようとする連中もいるが、要するに世間知らずのお殿様が『良きに計らえ』と家臣に命じたのとおなじで、国民からの信頼など皆無であった。

東日本大震災では民主党政権だった。経済も外交も素人集団だったため、国民はそうそうに見放した。自民党からは『国政史上に大きな汚点を残した』とまで総括されている。そう書く自民党の遺産が、福島原発事故であることはだれもが知っている。

稲田恭太郎は菅直人元首相には内心、同情していた。官邸を空けてヘリコプターでの原発視察という行為は度をこした愚行だが、少なくともあの時点で原発事故の恐ろしさを予想できたのは、政権内どころか全国会議員の中でも、彼を含めた二、三人だけだろう。

昔であれば天譴論《てんけん》として、堕落した社会への天からの戒めとでもなるのだろうが、稲田首相はそのレッテルを受けるつもりはなかった。地震災害のカラクリが理解され、その発生が避けられず、それなのに防災も減災すら中途半端な社会において、実際の災害に遭遇し、ただ苦難に耐えるというのは、政治の不手際が生んだ理不尽である。かつてポルトガルのポンバル首相はリスボン大地震で壊滅した国の復興に辣腕を振るった。天譴論を主張するイエズス会の財産を没収し、国から追放した。日本に住んでいる限り自然災害からは逃れられない。ポンバル時代には独裁者として強権を発揮できたが、総理大臣の権限は限られている。であっても救助・救援と復旧・復興に全力を尽くそうと彼は己に誓った。

稲田が第二回目の緊急災害対策本部会議の開催を告げた。

「すでに激甚災害の様相となっている。国難といってよいだろう。政府の総力をあげて情報の収集と救助、そして被災者支援に対応するように」

「総理の発言のとおり、甚大な被害が発生しているのは間ちがいない。各省庁から端的に説明してほしい」

稲田とともに離党した内閣官房長官が指示をだすと、末席の気象庁長官が配布済み資料を読んで地震を概括する。壁際には大臣秘書官たちが並んでメモをとっている。

「神奈川県の南部を震源域とした連動型地震です。マグニチュードは緊急地震速報から修正されていて8・3です。三連動、四連動した可能性もあり、解析を進めています。暫定ですが、はじめに神奈川県西部の小田原付近、そこから相模湾の海底にある相模トラフから三浦半島、および房総沖までの断層が動いた模様です。震度7は神奈川県南部全域と千葉県房総半島。6強は千葉県北部と横浜、川崎、相模原、伊豆半島、6弱は東京二三区、多摩地方、埼玉県南部です。津波が発生しています。館山から三浦半島、平塚、伊東にかけて八から一二メートル、小田原の観測点では一五メートルが記録されています。大津波警報は八時間ほど継続されます。解除まで海岸には近づけません。今後ですが、震度7や6強の余震の可能性があります」

「南海トラフではないのだな」首相が尋ねる。

「南海地方ではありません。そこでの変位は観測されていません」

国家公安委員会委員長の番だ。

「警察の広域緊急援助隊と、消防の緊急消防援助隊は、出場準備ができた部隊から順次、被災地に移動しています。隊は地元組織の指揮下に入るのが原則ですが、もはや機能していないでしょうから、派遣隊の判断に任せる許可を出しました。法的根拠は別途考えます。東京消防庁のハイパーレスキューと指揮支援隊、および航空消防救助機動部隊にも派遣要請しています。道路が閉ざされている箇所もありますが、彼らは自分たちで道を開きます。中野区と荒川区、世田谷区の木造密集市街地で火災が発生しているので、延焼を阻止するため複数の消防隊が出動しています」

災害対策基本法では対応にあたる第一の責任は市町村になる。つぎに都道府県の知事が自衛隊派遣を要請し、国が後方支援にまわる。だが大規模災害では最前線の市町村が壊滅している。

厚生労働大臣も同様の報告をした。

「ＤＭＡＴ（災害派遣医療チーム）も現地入りを進めています。停電が広範囲にわたっているため、病院への発電用燃料と医薬品、応急医療機器、酸素ボンベの手配を中心に、輸送経路の計画を立てています。医療機関と民間の災害医療支援団体、および助産師会への連絡をおこなっています。また重症患者の搬送に都道府県の医療ヘリコプターを要請していますが、夜間暗視ゴーグルでの飛行ができる機体は多くありません。そのため警察と消防には、被災区域外の医療機関から無線で指示が得られるように手配します」

つづいて原子力規制庁長官が原子力発電所の状況を述べる。かつては原発推進派の経済産業省が所管していた役割だ。

「各電力会社からの報告によると、浜岡と東海第二を含む原子力発電所に異常はありません。福島第一原発での最大震度は4でした。現在被害状況の詳細を調査中ですが、モニタリングポストの放射線量に変わりはありません。原子炉格納容器を支えるペデスタルに脆弱性が指摘されている福島原発一号機について、確認に時間がかかります」

経済が専門である経産省出身の長官の発言は誤りだ。正しくは原子炉格納容器の中にある圧力容器である。ペデスタルとは原子炉の心臓部にあたる四四〇トンもある圧力容器を支えている、円筒形の鉄筋コンクリート製の土台である。一号機ではメルトダウンによってコンクリートが剥離し、鉄骨がむき出しになっている。土台が崩れたら膨大な量の放射性物質をまき散らすことになる。

「時間がかかるとはどのくらいだ」総理が問うた。

「三日です。余震が多いため、近づくことができません」

「そんなに待てない。ペデスタルひとつで東北日本がなくなる危険性があるのだ。福島県民は東京のために十分に苦しんできた。明日中にたのむ」

「最善を尽くします」

「最善という言葉がほしいのではない、行動だ。あの震災から何年たったのだ。ロボットの一台もないのか」

稲田恭太郎の強い口調に規制庁長官が驚きの表情をした。後方に控える事務方の官房次長がメモを渡す。

「核燃料デブリ調査用のロボットが搬入されています。遠隔操作が可能なので、さっそく指示を出します」

「そうしてくれ。冒頭でわたしは政府の総力をあげるようにいった。協力を頼む」

国土交通大臣が咳払いしてから口を開いた。

「首都圏のＪＲと私鉄は全面的に停まっています。脱輪や施設の破損が相当数あるので、復旧のめどは立ちません。地下鉄も数ヵ所で水道管破裂による浸水が報告されており、安全確認まで運行停止しています。道路ですが災害対策基本法により、第一次交通規制として、高速道路と首都高は緊急自動車専用となっています。神奈川県と千葉県でも高速道路と主要な自動車専用道路は一般車両の通行を禁止しています。国道二〇号の甲州街道と二四六号の青山通り、玉川通りなど六路線も同様です。環状七号線の内側方向への通行は禁止、環状八号線内側への流入も抑制しています。空港は羽田と成田は閉鎖しています。航空機はすべて他空港へ代替着陸させています。両空港とも再開見込みは出ていません。港湾施設の被害状況は情報収集中です。横浜と横須賀のコンビナートから事故通報もあるので、テックフォースのヘリが実態調査に向かっています」

派遣されたテックフォースは国土交通省に設置された緊急災害対策派遣隊のことで、自然災害発生時に被害状況を迅速に把握して、現地の支援をおこなうチームである。

石油タンクにはスロッシング防止や耐震補強されていないものが残っている。泡放射の消火システムには自力走行できないタイプもあり、牽引移動は容易ではない。消火システムは地震の少ないヨーロッパ製が多いためだ。

総務大臣が簡潔にいう。

「帰宅困難者にはビルディングやコンビニ、商店などとの事前協定どおりの対応を要請しています。ガソリンスタンドには救急車両への優先給油を、また民間の災害救助犬団体へも話をしています。七二時間が勝負ですから、輸送には自衛隊の協力をお願いします」

統合幕僚総括官がうなずく。七二時間、すなわち三日間の壁に明瞭な医学的・統計的な根拠があるわけではないが、救出を急ぐ目安にはなる。だからといって、がむしゃらに作業をして二次災害を誘発したり、七二時間を過ぎてあきらめるのは間ちがいだ。

「それで自衛隊の出動状況は？」

官房長官が陸自出身の統合幕僚総括官に尋ねる。

「神奈川県知事からの出動要請はまだ受けていませんが、自衛隊法第八三条第二項にもとづき陸自東部方面隊のファストフォース隊が情報収集をはじめています。立川、朝霞、木更津からヘリコプターと航空機が、入間と厚木の空自と海自からもヘリコプターと監視任務中の哨戒機が被災地上空へ向かっています」

自衛隊制服姿の男は平易な言葉で報告した。彼はファストフォースのバイク隊が乗るＫＬＸ

二五〇や、多用途ヘリコプターのUH－1J、哨戒《しょうかい》ヘリコプターのSH－60K、P－1哨戒機、U－125A救難捜索機が、初動活動を開始したことも説明できたが端折った。その前に茨城県の百里基地からは、地震発生の三分四五秒後に、二〇ミリ機関砲とミサイルを装備したF－2戦闘機がスクランブル発進していた。この機にFLIR（前方監視型赤外線装置）は搭載されておらず、また発災直後のため火災規模も小さく、雨雲も厚いため、パイロットは大規模な停電を報告して帰投している。

阪神淡路大震災では自衛隊出動要請に五時間もかかった。その反省から知事からの要請を待つのが遅いと判断される非常時には、自衛隊の自主派遣が可能となった。

自衛隊法第八三条第二項ただし書きにこうある。

『天災地変その他の災害に際し、その事態に照らし特に緊急を要し、知事等からの要請を待ついとまがないと認められる時は、要請を待たないで部隊等を派遣することができる』

自主派遣は使い方を誤るとクーデターの抗弁に使える。そのため事後要請という形式で文民統制の基本を堅持する。自主派遣の条件は明確である。

『震度5弱以上の地震が発生した場合は、速やかに情報収集することができる態勢』を、『震度5強以上の場合は、航空機による情報収集することができる態勢』を持つことである。

この地震で自衛隊への出動要請がないのは、県庁でも深刻な被害が発生したことを意味する。先ほどの国家公安委員会委員長が口にした法的根拠というのも、同様にして説明づけることを念頭においたものだ。

自衛隊の代表がつづけた。

「東部方面隊第1師団と第12旅団および隷下《れいか》部隊は出動準備を整え待機態勢にあります。東北方面隊と中部方面隊も待機状態を保持。なお館山の海上自衛隊第21航空群基地は津波の影響で一時的に使用できなくなっています。横須賀の航空自衛隊武山分屯基地も津波の影響はありますが、パトリオットミサイルは高台に移動しているので防備に支障ありません」

どちらも海抜二メートルや三メートルしかない基地だった。そもそも数年前まで自衛隊施設の四割が旧耐震基準で建てられていた。この基準は震度5強の地震に耐えるだけである。しかも適切にメンテナンスされていればという条件つきだ。長年、日陰者だった自衛隊に改築や耐震補強の予算はなく、戦前に建てられた施設まで利用せざるを得ない困窮ぶりだった。自衛隊の強靭化計画でようやく国民を救えるまともな部隊として機能したのだが、それでも低地での津波には敵わなかった。

「周辺国の動きに変化は出ていませんが、そのうち偵察飛行の活発化が予想されます。各空自基地は警戒待機状態を維持して、自衛隊法第八四条の規定にもとづく対領空侵犯措置をとります」

防災担当大臣の代役である内閣府副大臣が立ちあがった。

「人的被害は調査中です」発災後の一時間では警察庁にも情報はあがってこない。巨大災害ほど情報伝達が遅滞する。東日本大震災も熊本地震も能登半島地震も同様だ。副大臣は被災予測をメモも見ずにつづけた。「ですが内閣府および東京都・神奈川県・千葉県による当該震源域における事前被害想定に照らして推定すると、死者と行方不明者は四万人から八万人、家屋全壊は三〇万棟、半壊は四〇万棟をこえると見られます」会議室が凍りついた。数十人の出席者が息を止める。大臣の代理は容赦なく現実を叩きこむ。「停電件数は四〇〇万戸、ガス途絶は二〇〇万戸、上下水道の断水人口は六〇〇万人、エレベーターの停止は一万五〇〇〇基です」これでも南海トラフ地震の想定被害より三分の一程度であることを彼は知っていた。「三日目での避難者数は三〇〇万人、高齢や要介護者などの配慮が必要な方は四〇万人を見込んでいます」出席者に情報が浸透する間をつくってから、彼はつづけた。「被災地の救助・救援活動を支援するため、総合防災情報システムを使って道路や鉄道の状況、停電の範囲、断水・給水拠点、携帯の通信可能エリア、避難所案内や、今後のボランティア募集など各種の情報発信をおこないます。停電エリアが広く情報収集に格差があり、また一部マニュアル入力が必要なため、ISUTすなわち災害時情報集約支援チームを現地対策本部へ派遣しました」

彼が言及した情報システムとは基盤的防災情報流通ネットワークのことで、SIP4Dと略される。いわば災害発生時の情報共有のハブシステムであり、これまでの紙やホワイドボードでの情報共有からようやく脱脚したものだ。

稲田首相は防災担当大臣の代役に感心した。彼に任せたほうが無難だ。稲田内閣の平均年齢は五二歳で諸外国と比較すればまだ高いが、日本の国政においてはきわめて若い。最高齢は防災担当大臣の七六歳なので、古参の頭では戻ってきても役にたたないだろう。

国土交通省の随行員が秘書官にかけ寄りメモを渡すと、それが大臣に手渡された。

「海上保安庁の無人航空機からのリアルタイム映像が入ります。相模湾上空を夜間運用していたものを急きょ、被災地域へ派遣しました」

会議室の大型スクリーンに上空からの映像が入った。雲が多いので低空飛行している。

全幅二四メートルの無人航空機シーガーディアンであり、光学カメラと赤外線暗視カメラ、レーダーを搭載して三〇時間の連続飛行ができる。徐々に機体を増やして日本の海上周辺を警備している。海上自衛隊でも複数が運用されている無人機だ。

「小田原上空です」

海上保安庁だけでなく自衛隊や固定カメラなどからの映像は、官邸地下の危機管理センターに集められている。ハードウェア優先の設計思想による使えないシステムは過去にもあった。たとえばEMS（応急対応支援システム）やSPEEDI（緊急時迅速放射能影響予測ネットワークシステム）である。EMSは誤差が大きく、放射性物質の大気中濃度を予測するSPEEDIは一五〇回以上計算したがだれにも活用されず、オーストラリア、ノルウェー、フランスなどの外国研究機関からの公開情報に頼った経緯がある。EMIS（広域災害救急医療情報システム）もネットワーク障害で使えなかった。Jアラート情報もハード優先で、いまだ利用者には使いづらい。

限定的でも役に立つシステムになったのは最近のことだ。

「暗いな。いまの時間なら街が煌々《こうこう》と輝いているはずだ」だれかが感想を代弁した。

この街は何度も地震で痛めつけられている。赤外線カメラではパッチワーク状に白黒の光が見えるが、それは文明の灯火ではなく火災によるものだ。映像の中にはこの瞬間も瓦礫に埋まり、津波にさらわれ、すべてを失って救援を待つ人々がいるのだ。

「あの線はなんだ？」

「海岸線を走る国道の車が燃えているのでしょう。渋滞していたはずですから」

しばし皆が言葉を失った。シーガーディアンが映像をクローズアップすると、家屋や庭木が判別できた。数軒が燃えている。さらに近隣へ延焼しているようだ。聞こえるはずないが、バチバチとはぜる音が耳に届く。焦げる匂いまで漂う。光がないエリアは建物が消滅した所だ。

「相模湾の海岸線一帯がおなじ状況だろう」

「われわれは傍観者になってはならない」

稲田首相が議事を戻した。人あたりの良さそうな普段の柔和な表情は微塵もなかった。

外務大臣がいう。

「危機管理センターに事態対処班をもうけ、海外支援受入れ調整チームC7を設置しました。人員は外務省から出します。在外公館から外務省経由でC7へ連絡し、関係省庁と県の災害対策本部との仲立ちをおこないます」

事態対処班は現地対策本部と、政府省庁とのつなぎ役を担う。C1の事案総括班、C2の消防・警察・防衛・海保といった実働対処班、C3の国交相・農水省の緊急輸送をおこなう専門チームなど、九個班から構成される。ちなみにAは現地対策本部での総括部門、Bは情報部門であり、Cが事態対処の各班である。

「くれぐれも諸外国に失礼のないように」

首相が注意した。外務大臣は目を細めたが、すぐに意味を理解した。東日本大震災では真っ先に支援を申し出た台湾隊の入国を外務省が足止めした。中国より先に来られては困るという腐り切った理由だ。この話には前日譚がある。一九九九年の台湾集集《チーチー》地震で日本の支援に感謝を示し、もし日本で災害が発生すればただちにかけつけると約束してくれ、実際に行動で友好を示したのだ。日本国は過去にもおなじ過ちをおかしている。大正関東大震災ではロシアの船が救援物資を載せて横浜港に入るが、政府は受け入れを拒否した。いわゆるレーニン号事件である。政府だけではない。韓国を十把一絡げに拒絶し、東日本大震災での支援を無思慮に揶揄する幼稚な嫌韓派がいるが、彼らは台湾を除けば最初に救援活動を開始した国である。

金融庁長官が経済支援を説明した。彼は話が長く、記者を辟易させるので有名だ。思ったとおり、気の早い解説をはじめた。

「まず被災者には災害弔慰金、当面の生活資金としての各種支援制度、子どものいる家庭には就学援助措置をとります。生活保護、無利子や低利子での貸付、未払い賃金立替、その後は住宅再建や企業の資金支援なども用意します。これら制度の周知、法律相談窓口などは早急にはじめます。金融機関へは預金や定期積立の払戻し、手形の取引配慮を要請します。保険と証券会社にも従来どおり、いえそれ以上の便宜措置をとってもらいます。金融市場について言及すると、国内の証券取引所は閉じていますが、ロンドンが開きました。まだ様子見のようですが、日本株が売られ出しています。あと数時間でニューヨークも開きますので注視します。東証は明日の取引は停止になります。予測ですが短期での平均株価は二〇パーセント安、その後はサプライチェーンと福島第一原発の被害を評価してからになります。為替相場は株安に連動して円高になります」

「円安ではないのか？」

「ここが不思議なところで、過去がそうだったから今回も円高になるという期待です。決算期にあるので、現金化は進みますが、大きな理由は別にあります。実は阪神淡路大震災後とリーマンショック、そして東日本大震災でも円高が進みました。リーマンショックでは『有事の円買い』ですが、ふたつの震災では、保険会社が保険金支払のためとか、企業が復興計画のために海外資産を売却して円を確保するといわれたこともありますが、本当は投資家が持ち株調整をおこうため、円相場を利用しただけのようです。そして今回は過去がそうであったからという単純な理由です」

あまり納得できる説明ではなかったが、金融セミナーではないので深追いはしなかった。

各省庁の反応は初動としては悪くない。稲垣首相が首肯した。これも幾多の災害で膨大な犠牲を出した、まさに血の結晶だ。しかしまだプランに過ぎない。実践がともなうかどうかが問われる。

「法務大臣からはなにかありますか」官房長官が尋ねた。

東大法学部を首席で卒業した大臣が小さな声でいう。

「各省庁の救助・支援活動が円滑におこなえるように法務省としても動きたい。それから、さっきの国家公安委員会委員長のおっしゃった法的根拠云々だが……」法学博士の目がカミソリとなって鋭く光った。「わたしのいないところで穏便にやっていただけると、スムーズですよ」

皆の頬がいくらかゆるんだが、法律に抵触する重大性を理解している稲田首相と何人かの出席者の顔はこわばっていた。法務大臣の表情も言葉と裏腹に厳しい。先の救援組織の指揮系統もそうだが、政治家や官僚たちが法律を破る承認を下すことは必至の状況下にある。資金面もそうだ。巨大災害に対処する予算は確保されていない。すなわち原資もなく物資の調達と搬送、救援活動をおこない、民間企業に口約束で支援を要請するのだ。後に法的整理が問題となることに気づいた者は少ない。

ひととおり議事が終わると、首相が尋ねた。

「ひとつ気象庁に質問なのだが、これは首都直下地震とは別なのか」

「震源域が想定と異なります。むしろ関東大震災に近いものです」

学究肌の気象庁長官が言下に否定した。首相にとっては想定が当たったことがあるのかと反論したいところだが、議事録に残す発言ではないので閉会にした。

稲田首相はテーブルを囲む大臣たちを見た。

「最後だが、多くの国民が苦難に直面していることを再度認識してほしい。軽率な発言、行動はげんに慎み、ひきつづき全力を尽くしていただきたい」

さらに大臣たちの後方に控える秘書官や審議官、参事官、各省庁からの随行者たちに顔を向けた。

「この国を救えるのはきみたち若い世代だ。いまは救助・救援に専念する。その後には復旧・復興活動がある。よろしく頼む」

新横浜～小田原

相原純一はとっくに疲れが出ていた。早足で二時間半歩いても横浜市緑区の女子大学あたりまでしか到達しない。このペースでは休まずに歩いても小田原までさらに九時間はかかってしまう。焦げ臭い匂いが光を失った街にはびこり、倒壊したビルや燃える家屋がいちだんと目立ってきた。一般車がホーンを鳴らし、渋滞を避けようと裏道に抜けようとするが、そこでも車列につかまり、にっちもさっちもいかなくなる。警察と消防の車が道を開いているが前途多難で、赤色の回転灯が歩行者たちの顔を虚しく照らしている。

商店街は暗く、シャッターをおろしている。駐輪場の自転車が根こそぎ倒れている。鉄道は踏切の手前で止まり、遮断棒は下りたままで、警報音も鳴っていない。乗客は指示なく車両から出られないので、歩行者を恨めしく見る。運転手もなすすべなく連絡待ちだ。運転再開にははやくても数日かかるだろうから、人々は遮断棒の隙間から線路に入り、踏切を横切った。

相原も線路を渡った。自家発電設備でなんとか営業できているガソリンスタンドには車が給油の列をつくり、破壊されていない店舗はシャッターをおろし、ホームセンターはPOSシステムが使えないので店頭で水や食料、電池等の必要最小限の商品だけを売っていた。その水も相原の見ている前で売り切れてしまった。もちろん電子マネーは使えず、販売員は電卓でお釣りを計算している。自動販売機も停電では無用の壁である。

その場しのぎの都市計画で肥大化した街は、建物自体は頑健になっても、いったん災害が発生すると狭い道、液状化による陥没、倒壊物などで救出・救援活動が困難になる。自治体は防災計画を立てられても、被災前提の街づくりまでは考慮しない。たとえば道路に倒れている電柱と電線の群れだ。東日本大震災では二万八〇〇〇本も倒れた。電柱は災害に強い、あるいは復旧がはやいと平然と嘘をつく団体がある。地震を含めた災害には架空線より地中線のほうが格段に強靭だ。地中はトンネルや地下街同様に、揺れが少ない。なぜなら地面といっしょに動くからだ。そもそも災害が発生しなくても電柱は交通に邪魔でしかなく、美観を著しく損ねている。日本の観光地を醜悪にしているのは電柱と架空線である。それでも電柱好き団体と、予算のない行政当局は、究極には工事費用で議論を切り抜けようとする。結局、災害に強い街づくり計画は頓挫し、目先の復興計画で住みにくくなる。とりわけ被災した地方では過疎が進む。橋梁やトンネル、洞門は半世紀以上も前の高度経済成長期に建設されたものが多く、自治体は補強や架け替えに四苦八苦している。

相原は妹の無事を災害用伝言ダイヤルで確認できた。大学でボランティアをおこなっている。ひとまず心労が軽減した。父からの伝言はない。

すでに流言が広まっていた。横浜の動物園からトラが脱走したとか、商店で強奪が発生しているといった、平時だったらいったんは事実をチェックする常識が喪失している。中には南海トラフ地震がおきたとか、富士山が噴火したという、まったくの誤解かイタズラが交ざっている。

大正関東大震災での流言飛語は最悪だった。富士山が噴火程度ならあわて者を嘲笑するだけで終わるが、社会主義者と朝鮮人が危害を加えているとなると、人倫に反する行為が生まれる。デマの発信源には警察署もあったのだからタチが悪い。内務省警保局の電文や公文書でも、朝鮮人から身を守るように伝えられ、三〇〇〇以上もの自警団が組織されて、噂にあがった人々を殴打し虐殺した。軍でも盲目になり殺害した。加害者の大半は裁判にかけられていない。

災害流言はネットワークの発達によって軽薄な邪心がこもるようになっている。すなわちデマだ。嘘や誤解に惑わされないように、政府は公共機関の情報を確認するように広報していたが、巷間《こうかん》で口の端にあがる噂の正誤を、いちいち公共機関が載せるとも思えないし、そもそも行政の発表は後手に回る。マスコミもセンセーショナルな映像ばかりを積極的に流す。津波映像の繰返しに怒ったコメディアンが、避難所を報道しろと生放送番組で発言したのは有名だ。だから自分で見極めるしかないのだ。

ビルの下にはガラスやコンクリートが飛散している。そこを帰宅途上の通行人たちが避けて道路にはみ出す。古いビルの窓は壁にガッチリ固定されているので、建物の揺れによって力が不均質に加わって壊れる。ところが中層マンションでも強震によって壁のパネルが落ちて粉々になり、通行人がこわごわ空を見あげていた。上層階での揺れはひどかっただろう。壁部材を工場でつくっておくプレキャストコンクリート工法らしいが、接合部の施工が不十分だと、こういった剝落はおこる。免震や制振構造のビルであっても仕組み、材料、施工によっては被害を受ける。たとえ一回目の地震に耐えても、そのときに免震・制振機構が損傷して大きな余震で崩れることもある。建築基準法は複数回の巨大地震を想定していない。免震ダンパーの改竄事件があったが、正常かどうかはビルを解体しないとわからない。

マンションの居住者は当面、生活に不便を強いられる。最近のエレベーターには地震時管制運転装置で閉じ込めは発生しづらいが、古いビルはエレベーターの交換などできないので、交通網が断たれているいまは、大勢が箱に取り残されているはずだ。そういったエレベーターに防災備蓄ボックスは置かれていない。それに閉じ込められていなくても停電でエレベーターは使えないし、じきに屋上貯水槽の水はなくなり、低層階では下水があふれ出す。地方自治体での災害用トイレの備蓄は必要となる人数分はない。マンション住民は孤立し救援物資が届かない。届いても運搬には並でない体力が必要だ。東京の晴海や豊洲あたりの高層マンションでは一時避難したくても、人口密度が高すぎて収容する場所がない。非常用発電設備があるのでエレベーターは使えるが、はやければ半日もたたず燃料が切れる。もっとも非常用の備蓄品があれば、避難所よりは格段にマシだろう。日本の避難所は、ソマリアの難民キャンプより劣悪と報道されたこともある。

道路に沿って歩いていると、被災地がまだら模様となっているのに気づく。どこも暗闇であるのはおなじだが、ある場所では何事もなかったかのように家が並んでいるが、少し進むとアスファルトがばらけたジグソーパズル状に割れて、街灯が横倒しになり、木造住宅が崩れ、マンションの壁に内部をのぞけるくらいの亀裂が走っている。地質のちがいは大きいが、工法と施工検査でも差が出てしまう。道路の右側は倒れ、左側は健在という町内もある。

相模川を渡った。海水の遡上跡がある。液状化の痕跡もそこかしこに残っている。住民は惨状を目の当たりにして、茫然自失し、懐中電灯の光に浮かぶ顔は感情が枯渇し能面となっている。

潰れたコンクリート製の建物にはさまったまま生き絶えたひとも見た。正確には切断された肉片だ。他の部位は見当たらない。年齢も性別もわからないが大人だ。家族も内部にいるのだろうか。時間帯からいって在宅者は妻と子どもの率が高い。相原は二、三人の近隣住民と瓦礫を取り除こうとしたが、暗いうえ重機がないとどうしようもない。声をかけ、耳をすませるが、うめき声も、息ひとつ聞こえない。どこかに隙間があったとしても、彼らには探れない。ガス臭がする。倒壊物の寸隙から煙がのぼっている。救援は現れない。そのうち近隣住民が倒壊現場を去っていく。閉じ込められた者はいないと、自分を納得させるように頭を振って。もうだれも手伝ってくれない。手の施しようがなかった。相原もあきらめるしかなかった。こういった光景がひっきりなしに出現する。奇跡的に無傷の建築物があると、魔物に取り憑かれた不吉な塔にすら見えてしまう。いまさら不吉でもないが。

ヘリコプターの爆音がして、街をざわつかせて南へと向かっている。少しずつ入る情報では、津波が相模湾一帯を襲ったとのこと。状況から流言でないのは彼がよく知っている。

照明の消えたコンビニエンスストアが店を開けていた。電池式のランタンで会計をおこなっている。相原は水を補給しようとして立ち寄るが、ペットボトルの水と、目ぼしい食べ物は売り切れていた。しかしパウチに入った飲料とキャンディがあったので、それを現金で買った。販売員は東南アジア系の若者だ。彼も相当怖かったはずだが、逃げ出さずに仕事をしている。

「ひとりなのかい？　ほかの店員は」

相原が尋ねた。

「わたしひとりです。でもやり方知っています。インドネシアでもありました。店長そのうち来ると思います」

そのとき店にバイクが止まり、フルフェイスのヘルメットを被った男が入ってきた。金属製の棒切れを持っている。相原とインドネシアの若者が緊張する。道中で強奪の噂があった。そこまで治安が悪くなっているのか。男は冷蔵庫の扉を開け、なにも取らずに閉めると、食品棚に立ち止まり、首を傾げた。ヘルメットを脱がない。店内が暗いためバイザーの奥の顔がわからない。彼ら以外に客はいない。男が菓子袋を手にすると、彼らに接近してきた。相原が身構える。店員の若者がカウンターの下側に手を伸ばしたのが見えた。自衛用のなにかだろう。男が相原の真横を素通りし、カウンター前で懐に右手を差し込んだ。そこから鎖につながった物を引っ張り、彼らから隠すようにしてガシャガシャ音を立てると、顔をあげて「いくらですか」と、がまくちを開いて尋ねた。

相原とインドネシア人が息を吐く。

「ねえきみ、お店ではヘルメットを脱いだほうが良いよ」相原が注意した。

「うわっ、こりゃしまった」男はあわててヘルメットのバイザーを開いて、ふたりに謝った。「寒いのでヘルメットしたままでした」

「手に持っている棒はなにに使うんだ」

「自動ドアの横に立てかけてあったんです」

「それ、わたしです」インドネシア人がいった。「シャッターを閉めるときに使うフック棒です。地震で商品が棚から落ちて、元に戻す間だけシャッターを開閉したときに忘れたようです」

やれやれ、全員が冷静さを欠いている。

三人が持つデバイスで緊急地震速報が鳴った。耳障りで恐怖をあおる悪夢の音楽だ。メッセージを読む間もなく、余震がコンビニを揺らす。大きい。商品棚から物がこぼれ落ちる。相原とヘルメット男は座り込んで、棚を押さえる。外のバイクが倒れる。震度6弱か。余震が多くて吐き気をもよおす。コンビニの正面にある住宅が左右に振れる。暗いので明確には見えないが、店だけでなく町内がギシギシと不協和音をたてる。自分の五感を疑うような状況だ。瓦が落下して割れる。一軒の家から住民が飛び出してきた。老人と娘らしき女性だ。裸足の老人が足をすくわれて、道路に倒れる。女性がおこそうとするが、反応がない。

数秒間だけ様子を見ていたが、老人は動かない。相原はコンビニを飛び出して、老人にかけつけ、肩をたたいて声をかける。

「聞こえますか、わかりますか」

意識がない。口と喉がしゃくりあげている。空気を求めているが、胸は上下せず、あえぐような呼吸になっていて、いまにも止まりそうだ。心停止の死戦期呼吸というやつか。医師でもないと判断できないが、それができるものが存在する。女性が老人に声をあげる。相原は彼女に気道確保の方法を教えて心臓マッサージをさせ、彼はコンビニにとって返すと、店番のインドネシア人に聞く。

「ＡＥＤはどこだ」

店員がキョトンとしたが、答えを得る前に、相原はコピー機が置いてある隙間にハートマークの記号をつけたＡＥＤ――自動体外式除細動器――を見つけた。それを奪うように倒れている老人にかけ戻る。温泉地学研究所の講習会で使い方を学んでいたが、生身の人間で試すのははじめてだ。

ＡＥＤのふたを開けると電源が入った。インジケータが緑色に光る。『パッドを取り出してください』音声ガイドが流れる。液晶画面にイラストが表示される。女性が老人のシャツを脱がそうとするが冬用の厚手のため手間取る。相原はバッグをまさぐりファーストエイドセットからナイフを取り出すと、シャツを裂いて、胸を出した。『パッドを右胸と左わき腹に貼ってください』電極パッドをシールからはがし、イラストに描かれた部位、つまり老人にとって右側の鎖骨の下と、左下の胸に貼った。「ペースメーカーを使っていますか」相原が女性に聞く。「いいえ」過剰なくらい首を振って否定する。『心電図を調べています。体にさわらないでください』音声ガイドが注意する。心電図の解析がスタートした。ＡＥＤは電気ショックを与えるか否かを自動で判断する。『解析中です。体にさわらないでください』この装置は電気ショックで心臓を動かすのではない。心臓のけいれんによる異常拍動をショックで抑制させる。『電気ショックが必要です』音声ガイドがいうと、自動で充電がはじまった。『三秒後に自動で電気ショックをおこないます』中央のボタンが明滅する。『離れてください。三……二……一……』老人の体が一瞬ビクッと跳ねる。『電気ショックをおこないました。音に合わせて心肺マッサージをつづけてください』まだ老人は意識を戻さない。ＡＥＤから等間隔の音がする。相原がマッサージをつづける。胸骨圧迫の度合いと救護者の疲労から、装置は二分おきに心電図の解析をおこなう設定になっている。

電子音に呼応させて心臓マッサージをする。息があがる。『心電図を調べています。体にさわらないでください』そして『三秒後に自動で電気ショックをおこないます』ビクン。すると老人の体が動き、息を吹き返した。

「お父さん、わかる、お父さん」

女性が老人をおこそうとしたので相原が制止した。彼を寝かしたままもう二分間待って、AEDが再度解析をおこなうと『電気ショックは不要です』と答えた。彼は老人を家に入れた。既往症と投薬だけ確かめる。

「意識ははっきりしている。かかりつけ医は近くですか」

「電車で一五分のところです」

「電車は数日間動かないでしょう。道路もズタズタですから救急車もしばらく来られない。電話がつうじたら、かかりつけ医に相談してください。それまで安静にするしかないでしょう」

「ありがとうございます。わたしだけでは、どうしようもありませんでした。帰宅途中でしょうか、この騒ぎがおさまったらお礼に伺います」

「小田原に戻る途中です。お礼なんかいいですよ」

ふと玄関口の自転車が目に留まった。マウンテンバイクだ。

「小田原までは遠いですね」女性がいう。

「ものは相談ですが――」

そういって相原はマウンテンバイクで小田原を目指している。彼女の夫の趣味が自転車での低山登りだった。ヘルメットも貸してもらった。彼が名刺を渡すと、研究所のことを聞きかじっていたようで「地震研究しているところですね」といった。この惨状を予見できなかった出来損ないを批判したかったようにも見えたが、気のせいかもしれない。

とにかく歩くより格段にスピードアップする。それにつれて風景はどんどん悲惨になってきた。道路に地割れや陥没があれば、地中で爆破があったように裂けている場所がある。レンガ調のインターロッキングの路面は煮立った水面と化して荒れている。無理やり段差を乗りこえようとした車のタイヤが破裂する。壁が落ち、塀が崩れ、トラックが横転して煙を吐いている。エアコンの室外機が建物からぶら下がって揺れている。目の前で家々が燃え、水利のない消防の小隊が延焼阻止線を張っている。マンションが傾き、タイル張りの外壁がはがれ、バルコニーの底が抜け、家財が道路に散逸し、立体駐車場がひしゃげて車が転落している。工場の天井が崩落し、溶剤がこぼれて悪臭を放ち、消火設備が破壊されて、消火剤の雪が道路を埋める。からくも形の残った建物が余震で完全に破壊される。

相原は何度も倒壊物で転倒し、遠回りを強いられた。路肩に座り頭《こうべ》を垂れている男性、崩れたブロックをひたすら掘る女性、憔悴《しょうすい》する老人、瓦礫に半身が埋まったひとや、犬を助けた。遺体に遭遇しても驚かない。寒風が吹き、新聞紙やビニール袋で暖をとる家族。文明は瓦解し、つぶれた肉体が横たわる。街は心停止している。電気ショックでも回復できない。

彼は必死にペダルをこいだ。感覚が麻痺して、通りでしゃくりあげる泣き声を無視し、自我を失って彷徨《ほうこう》する人々を素通りした。災害状況を目に焼きつけるつもりが、そんな光景を神経が拒否する。彼は死亡者が数万におよぶと推測した。被災者はその数百倍にのぼる。戦場だ。資料映像で見た空襲で焼かれた街だ。死屍累々という言葉を使いたくなかったが、まさにいまをいうのだと痛感した。被害総額は国家予算をこえるだろう。稼働中の原子力発電所は少ないが、それらに異常は出ていないのか気がかりだ。とりわけ福島第一原発の残骸だ。放射能汚染は復興の勢いを大幅に削《そ》いでしまう。それどころか東日本にひとは住めなくなってしまう。

多くの想念を頭によぎらせて真夜中まで自転車をこぐと、破壊された街並みに、見覚えのある指標がいくつか見つかった。酒匂川の飯泉橋は通行規制されていないが、それは警察の手が回らないためだとわかる。懐中電灯の光では届かないが、車のヘッドライトに照らされると、橋の主桁がねじれて、欄干にヒビが入っているのが見える。不同沈下か断層によるものだ。だれも渡らない。相原は一本上流にまわり込んでから南下した。空気に磯の感触が混ざっている。潮の匂いである硫化ジメチルの中に、生臭い泥の匂いを鼻の奥に感じた。津波で海底がかき乱されたのだ。みぞれは雨になり、煤《すす》を含んで黒ずんでいる。道路は破壊され街並みも変貌しているが、傾いた看板が居場所を解説する。夜なのに朝焼けのように伊豆の方角が明るい。津波による火災だ。

彼は自宅に寄らなかった。家が無事なのは想像ついた。防災・減災には念を入れている。液状化の懸念がない土地だが、それでも地質調査をおこなっていた。食料や衣類、燃料などの必要物資も倉庫に保管されているので、三週間は生活できる。町内会で避難訓練を毎年実施していた。相原家が指導員だ。妹の智美は中学生のころまで恥ずかしがっていたが、高校生になると自主的に参加していた。

彼は満身創痍《まんしんそうい》で温泉地学研究所へ進んだ。小田原駅で妹の顔を見たかったが、無事なのはわかっているし、あっちもそうとう忙しいだろう。彼女は責任感が強い。じきにメールでのやり取りが回復する。それまでの辛抱だ。

駅そばの急斜面が崩落していた。割れた擁壁と雑木と電柱が道路をふさいでいる。寒風には焼けこげたゴムの匂いと、ガソリン臭が染みついている。停車したままの鉄道。車の渋滞。マンホールの蓋が消えて、穴が開いている。傾いた住居に瓦解した店舗、骨組みだけ残った建物、横倒しのビル。火柱、土砂の山。液状化でアスファルト面が沈降し水没した駐車場の車体、鳴り止まない盗難防止装置。割れたコンクリートを染める赤色の筋、徘徊《はいかい》する人影。

闇夜に響く救急車両のサイレン。大型ヘリコプターの重低音。ようやく自衛隊が本格的な活動を開始した。

温地研は非常用電源で明かりが灯っていた。普段から所員は外に出ているので、数人だけが作業している。

「ハラさん、無事でしたか」

府川の疲れた顔が、ぼうっと浮かんだ。書類が床に散らばっているが、転倒した物品はない。

「遅れてすまない。新横浜で地震にぶつかった」

「そんな遠くから……泥だらけですね。智美ちゃんとは連絡つきましたか」

「あいつも無事だよ。大学でボランティアとして協力してる」

「ぼくのアパートは半壊です。住めそうにないので、しばらくここにお世話になります」

「それは不運だが、怪我がないだけでも良かったと考えるべきだろうな」

「住まいよりも、コレクションの火山灰が気がかりです。明るくなったら取りに戻ります」

「おおハラくん」町田研究課長が午前中の資料を手にして残念そうにいう。まだ一日もたっていないのだ。「やはりあれは兆候だったようだ」

「後予知です。説明材料としては役立っていませんでした。ご家族は大丈夫ですか」

「幸いなことに、連絡がついた……いま地震波の解析データを集めている。手を貸して欲しい」

「そのために戻りました」

「県東部の様子はどうだった」

「こちらほどではありませんが、それでも正視するに耐えない深刻さです。大正関東大震災の再来です」

「やはりそうか。震源域がほとんど一致している」

「南海トラフでも首都直下でもないのが不気味です」

「わたしも同感だ」

相原のポケットでデバイスが着信を告げた。突発的に電波をひろう場所がある。アイスランドにいる父親の相原祥行からだ。送信されたのは三時間も前だ。

『メールは届いていたが、続報がなかったので心配していた。智美から連絡をもらった。災害用伝言ダイヤルが国内専用なのを忘れていたようだね。とにかく、ふたりが無事でよかった』外国からは使えないのを失念していた、相原純一は妹に感謝した。『こちらでも日本の被害状況を常時放送している。だが今回の地震は、はじまりにすぎない。本当の災害はこれからだ。そちらのネットワークが復旧したら連絡して欲しい。東アジア全域が危機に直面している。炎の環が開く』

＊　＊　＊

おなじころインドネシアのジャワ島にある港湾都市スラバヤでもM7・7の地震が発生し数千人の犠牲が出ていた。その八時間後に震源地の南部に位置する成層火山のスメル山とブロモ山が同時に噴火をおこし、周辺の町や村が火砕流に襲われた。これまで同火山の噴火様式は規模の小さいストロンボリ式かブルカノ式であったが、今回は噴煙柱をともなう大規模なものとなり、火口から三五キロメートル離れた観光都市ルマジャンは、火山泥流のラハールにのみこまれた。

中国地震火山研究センターが、白頭山で火山性微動が活発になっていると発表した。

そして富士山直下の深さ一五キロメートルで鳴動がはじまった。

リング・オブ・ファイア――炎の環が開く。

〈発災編　完〉

近代に発生した地震には、モーメント・マグニチュードを使用している。そのため気象庁発表の数値とは異なっている。

〈著者紹介〉

朝倉京（あさくら きょう）

日本科学史学会会員。神奈川県小田原市出身。

理工系大学を卒業後、宇宙開発企業で人工衛星の設計や、宇宙開発事業団（現ＪＡＸＡ）と共同で宇宙機の安全性評価を行う。

その後ＩＴ及びマーケティング企業でデータ分析業務に就く。データサイエンティスト。

炎の環

2024年12月1日初版第1刷発行
著　者　朝倉京
発行者　百瀬精一
発行所　鳥影社 (choeisha.com)
〒160-0023 東京都新宿区西新宿3-5-12トーカン新宿7F
電話 03-5948-6470, FAX 0120-586-771
〒392-0012 長野県諏訪市四賀229-1（本社・編集室）
電話 0266-53-2903, FAX 0266-58-6771
印刷・製本　シナノ印刷

ISBN978-4-86782-126-8　C0093